LA PUERTA DE LOS TRAIDORES

LA PUERTA DE LOS TRAIDORES

JEFFREY

ARCHER

Editado por HarperCollins Ibérica, S. A.
Avenida de Burgos, 8B - Planta 18
28036 Madrid
www.harpercollinsiberica.com

La Puerta de los Traidores
Título original: Traitors Gate
© Jeffrey Archer 2023
© 2024, 2025 para esta edición HarperCollins Ibérica, S. A.
© De la traducción del inglés, Celia Montolío Nicholson

Diseño de cubierta: Claire Ward/HarperCollinsPublishers Ltd
Imágenes de cubierta: © Mark Owen/Trevillion Images (hombre corriendo) y Shutterstock.com (Torre de Londres)
Imagen de la pág. 232: autor: Haiward, Gulielmus; Gascoyne, J/Source/Shelfmark: Mapas. Crace.8.42, *Un bosquejo verdadero y exacto de la Torre de las Libertades, inspeccionada en el año 1397*, de Gulielmus Haiward y J. Gascoyne. Crédito: British Library, London, UK © British Library Board. All Rights Reserved/ Bridgeman Images
Imagen de la pág. 234: *Thomas Blood y sus cómplices escapan tras robar la Corona de Carlos II*, 1793 (grabado) (fotografía en B/N). Crédito: Colección privada/Bridgeman Images

ISBN: 978-84-1064-453-3
Depósito legal: M-15410-2025
Impreso en España por Black Print

Para Alan Gard, maestro joyero

Libro I

«Inquieta yace la cabeza que lleva una corona».
WILLIAM SHAKESPEARE,
Enrique IV, parte II

Capítulo 1

Martes, 22 de octubre de 1996

El comandante Hawksby abrió el cajón inferior de su escritorio y sacó dos dados, aunque no era aficionado al juego.

El comisario William Warwick y el inspector Ross Hogan permanecieron de pie mientras Hawksby, alias el Halcón, agitaba enérgicamente los dados con la mano derecha cual crupier de Las Vegas, los soltaba y esperaba a que se asentasen.

—Cinco y dos —dijo William. El Halcón arqueó una ceja mientras William y Ross explicaban los dos números—. El cinco, señor, significa que cuando salgamos del palacio cogeremos la ruta más larga, la del Embankment.

—¿Y el dos, inspector? —preguntó el comandante, volviéndose hacia Ross.

—Que la contraseña es «Puerta de los Traidores».

El Halcón asintió con la cabeza y se miró el reloj de pulsera.

—Más vale que nos pongamos en marcha —dijo—. No podemos permitirnos hacer esperar al lord chambelán.

Se agachó y volvió a guardar los dados en el cajón, donde permanecerían otro año más.

William y Ross salieron rápidamente del despacho mientras el comandante cogía el teléfono y marcaba un número que no figuraba en ningún listín. Al primer tono, alguien respondió.

—Cinco y dos —dijo el comandante.

—Cinco y dos —repitió la voz al otro lado de la línea telefónica, y acto seguido se cortó la llamada.

William y Ross enfilaron el pasillo, pasaron por delante del ascensor y bajaron corriendo los dos tramos de escaleras que llevaban a la planta baja de Scotland Yard. No se detuvieron hasta llegar a la entrada, donde vieron al agente Danny Ives sentado al volante de un Land Rover gris oscuro que, aunque no era el medio de transporte habitual de los dos policías, era el más indicado para la ocasión.

—Buenos días, señor —dijo Danny mientras William se subía a la parte de atrás.

—Buenos días, Danny —respondió William mientras Ross se sentaba a su lado.

El comisario William Warwick y el agente Danny Ives habían ingresado en el cuerpo de policía hacía una década, en la misma promoción de reclutas novatos, y el eterno agente Ives había tardado bastante en dejar de dirigirse a su jefe por su viejo apodo de «monaguillo» y llamarle «señor». Eso sí, había tardado muchísimo más en decirlo en serio.

Danny encendió el motor y metió primera para arrancar aquel vehículo con el que estaba tan poco familiarizado. No era necesario que le dijeran adónde iban. Al fin y al cabo, una visita al palacio de Buckingham no era algo que sucediese todos los días.

Nunca rebasaba el límite de velocidad porque no querían llamar la atención, pero en el trayecto de vuelta al palacio por la que era una de las capitales más concurridas del mundo llegaría a los cien kilómetros por hora, a ratos incluso a los ciento diez.

Danny se detuvo al final de Whitehall y miró al legendario héroe naval de Gran Bretaña, encaramado en su columna. Cuando el semáforo se puso en verde, giró a la izquierda, pasó por el Arco del Almirantazgo y, ya con el destino a la vista, siguió lentamente por el Mall.

Al llegar a la imponente estatua de mármol de la reina Victoria, los vehículos que los precedían giraban a la izquierda o a la derecha del palacio, pero ellos se dirigieron hacia la entrada. Allí, Danny se detuvo de nuevo, y un guardia irlandés se acercó mientras la ventanilla trasera del Land Rover bajaba suavemente. Examinó la tarjeta de identificación, puso una marca al lado de su nombre y se hizo a un lado para permitir el acceso del jefe del Servicio de Protección de la Casa Real. Danny vio un Jaguar gris blindado al fondo del patio, y aparcó detrás. Nada cambia, pensó al ver a Phil Harris, el chófer del lord chambelán, esperando a su jefe en posición de firmes junto a la puerta trasera.

Danny bajó del coche y se acercó a su viejo colega.

—Buenos días, Phil.

—Buenos días, Danny —dijo Harris.

Aunque solo se veían dos veces al año, se habían hecho amigos. El lord chambelán cambiaba cada cierto tiempo, pero Phil había trabajado para tres titulares distintos de este alto cargo en los últimos once años, y Danny llevaba casi los mismos años de servicio a sus espaldas.

—Supongo que sabrás qué ruta vamos a seguir, ¿no? —preguntó Danny.

—La número cinco —dijo Phil.

—¿Y la contraseña?

—La número dos. Aún no habíais salido de Scotland Yard y tu jefe ya había informado a mi comandante.

—Acabo de ver a su señoría —susurró Danny mientras el jefe de la Casa Real cruzaba el patio a zancadas, como buen soldado que había sido en otros tiempos.

Harris abrió la puerta de atrás del Jaguar mientras Danny volvía rápidamente al Land Rover. El lord chambelán, un hombre cortés que jamás alardeaba de su rango, saludó con la mano a William antes de subirse al coche.

El pequeño convoy salió majestuosamente al Mall por una entrada lateral sin señalizar y puso rumbo a Trafalgar Square. Ni escolta de motoristas, ni sirenas ni luces azules: no querían poner sobre aviso a posibles curiosos, algo que no iban a poder evitar durante el trayecto de vuelta de la Torre.

Danny se puso a la cola, y, aunque se mantenía a distancia, no iba a permitir que ningún vehículo se colase entre él y el coche blindado del lord chambelán.

William cogió el teléfono del reposabrazos y marcó un número al que solamente llamaba dos veces al año.

—Le habla el jefe de guardianes alabarderos de la Torre de Londres —contestó una voz.

—Calculo que llegaremos en unos quince minutos —dijo William.

—Ya está todo listo para su llegada.

—No se me ocurre ningún motivo para que nos retrasemos —observó William antes de dejar otra vez el teléfono en el reposabrazos. Volvería a llamar solo si se producía una emergencia, y no había habido ninguna en los últimos cinco años.

—¿Qué tal los peques? —preguntó Ross, interrumpiendo sus pensamientos.

—Creciendo demasiado deprisa —dijo William mientras se incorporaban al Embankment—. Artemisia es la primera de la clase, pero si alguna vez queda segunda en algo, se echa a llorar.

—Clavadita a su madre —dijo Ross—. ¿Y Peter?

—Acaban de nombrarlo delegado y cuenta con ser capitán del colegio el curso que viene.

—Vamos, que está claro que no tiene tu ambición —bromeó Ross, sonriendo—. ¿Y qué hay de mi preciosa Jojo?

—Tu hija está enamorada del príncipe Harry y ya ha escrito al palacio de Buckingham invitándole a tomar el té.

—Ya lo sé —suspiró Ross—. Me pidió que entregase yo la carta.

Por un instante, Ross se sintió culpable al pensar en el motivo de que su hija siguiera viviendo con Beth y William. Pero todos estaban de acuerdo en que desde la muerte de su esposa no podía cumplir con su deber y criar él solo a Jojo. Los Warwick habían resultado ser unos maravillosos padres de acogida, y Ross jamás confesaba cuánto la echaba de menos.

—En fin, ahora nos toca pensar en lo que tenemos que entregar tú y yo —dijo William.

Ross salió de golpe de su ensimismamiento y se concentró en la tarea que tenían por delante. Danny tuvo que saltarse un semáforo en rojo al pasar por Somerset House para no perder el contacto con el Jaguar del lord chambelán. Nada habría complacido más a Phil Harris que demostrar que podía aventajar a Danny.

En lugar de doblar a la izquierda para meterse en el corazón del distrito financiero —más de dos kilómetros cuadrados bajo la vigilancia de otra fuerza policial que no sabía nada de su presencia—, siguieron por el paso subterráneo hasta Upper Thames Street y no pararon hasta el siguiente semáforo, desde el que se veía la Torre de Londres.

Cuando el Jaguar giró en el cruce, Danny lo siguió por St Katharine's Way. Por delante solo se veía el Támesis. Por fin, viraron bruscamente a la derecha y se detuvieron enfrente de la Puerta Este de la Torre. Una barrera se alzó automáticamente.

El guardián de servicio salió de la garita y se acercó con paso firme al coche del lord chambelán.

—Buenos días, Phil —dijo el guardián—. ¿Contraseña?

—Puerta de los Traidores —respondió Harris.

El guardián se volvió y asintió con la cabeza, y los dos enormes portalones de madera que les impedían el acceso se abrieron lentamente.

Ambos vehículos recorrieron sin obstáculos el último tramo del trayecto, ya que ese día la Torre estaba cerrada al público y los únicos presentes eran los guardianes alabarderos y los ocho cuervos residentes. Danny siguió conduciendo en paralelo al Támesis doscientos metros más antes de girar a la derecha y pasar por el puente levadizo oriental, construido en su momento pensando en caballos, no en coches. Los dos vehículos entraron majestuosamente por el arco de la reina Isabel y subieron la empinada cuesta que llevaba a la Casa de las Joyas, donde vieron al guardián de la Casa de las Joyas en posición de firmes junto al general *sir* Harry Stanley, caballero comandante de la

Real Orden Victoriana, gobernador residente y custodio de las joyas de la Corona.

Phil Harris detuvo el coche, bajó de un salto y le abrió la puerta trasera a su jefe. Los dos hombres, que también se veían dos veces al año solamente, se dieron la mano. Tras un breve saludo y lo mínimo de conversación superficial, el gobernador acompañó a su invitado por el camino que llevaba a la Casa de las Joyas.

—Buenos días, Walter —dijo Harris, sonriendo cálidamente al jefe de alabarderos antes de darle donde más le dolía—. Otro mal año para los Gunners, ¿eh?

—No me lo recuerdes —respondió el jefe de alabarderos, y acto seguido entró detrás de su jefe en la Casa de las Joyas y dio un fuerte portazo.

William se bajó del Land Rover y esperó. A menudo se preguntaba qué sucedía detrás de aquellas puertas cerradas y vigiladas por un cuadro de guardianes alabarderos conocidos por el nombre de «los partisanos», doce hombres preparados para una emergencia que no había habido desde 1671.

Una vez cerrada con llave la puerta de la Casa de las Joyas, Harris volvió a su coche y continuó con la rutina anual. Recorrió un pequeño semicírculo, con Danny a la zaga, a fin de asegurarse de que estarían listos para irse rápidamente en cuanto llegase el momento de hacerlo. Se le sumaron cinco motoristas del Grupo de Escolta Especial; aunque por lo general solo acompañaban a miembros de la familia real, al primer ministro y a jefes de Estado extranjeros, la Corona imperial del Estado y la Espada del Estado eran símbolos de la autoridad de su majestad y precisaban de idéntica protección. En cuanto los dos coches y la escolta se colocaron, Harris salió del coche principal, abrió el maletero y esperó. La mirada de William no se apartó ni un instante de la Casa de las Joyas mientras también él esperaba a que se abriera la puerta y apareciese de nuevo el general Stanley, acompañado de los tesoros más valiosos del reino.

Entraron tres hombres en la Casa de las Joyas, pero minutos más tarde salieron cinco. Los dos guardianes de la Casa de las Joyas encabezaban la marcha, con sendos estuches de cuero negro y la insignia EIIR inscrita en oro en la tapa. El uno parecía un estuche de viola y contenía la Espada del Estado, mientras que el otro llevaba la Corona imperial del Estado que había colocado sobre la cabeza de la reina Isabel II el arzobispo de Canterbury en la ceremonia de coronación de 1953 y que de nuevo iba a lucir su majestad al día siguiente, cuando pronunciase el Discurso de la Reina en la Cámara de los Lores a las once y media de la mañana, como dictaba el protocolo.

La última persona en salir de la Casa de las Joyas fue el mismísimo lord chambelán, que, después de comprobar que los dos estuches negros estaban a buen recaudo en el maletero del coche blindado, tomó asiento en la parte de atrás. Después, asintió con la cabeza para indicar que podía empezar la segunda parte de la operación.

El jefe de alabarderos se cuadró y saludó mientras el grupo de escoltas se alejaba, y ni él ni el gobernador residente abandonaron sus puestos hasta que el pequeño convoy se hubo perdido de vista.

Un taxi se acercó al hotel Savoy por la derecha de la calzada. Miles Faulkner había olvidado que esa era la única calle de Londres por la que se podía conducir por la derecha sin miedo a que te parase un guardia.

Habían pasado casi cinco años desde la última vez que había estado en Londres. Miles Faulkner, un hombre que dividía las opiniones —él se consideraba un empresario internacional, mientras que la policía le consideraba un delincuente—, había acabado cumpliendo cuatro años de condena por fraude. Al salir de la cárcel, había dejado Inglaterra y se había comprado un piso de lujo en Nueva York, convencido de que así estaría lo suficientemente lejos de la mirada entrometida del inspector jefe William Warwick como para volver a su turbio negocio de importación y exportación, una empresa libre de impuestos que reportaba inmensos beneficios sin estar inscrita en el Registro Mercantil. Pero no tardó en echar de menos su hogar y quiso volver a Inglaterra…, a poder ser, pasando desapercibido. No hubo suerte: un tal agente James Buchanan del FBI había estado siguiendo de cerca a Faulkner por si tenía que informar de sus actividades al comisario Warwick…, al que además de admirar quería agradecerle los buenos consejos que le había dado cuando se conocieron durante unas vacaciones, siendo él aún un estudiante. James estaba ahora en Washington trabajando para el FBI, pero había seguido con admiración los sucesivos ascensos de su mentor. Se preguntaba si el comisario se acordaría de él.

Miles se bajó del taxi y se quedó un rato en la acera antes de entrar en el hotel. Durante su exilio autoimpuesto no había pasado ni un solo día en el que no hubiese pensado en la comida del Savoy. Todavía recordaba aquella dieta carcelaria de gachas de avena frías y grumosas, tostadas quemadas y huevo duro. El chef de la cárcel no estaba familiarizado con su receta favorita de col rizada ni con el melocotón Melba.

Un portero de librea le saludó y le abrió la puerta de entrada al hotel. Miles se fue derecho al restaurante.

—Buenos días, señor Faulkner —dijo el *maître,* como si jamás se hubiese ausentado—. ¿La mesa de siempre?

Miles asintió con la cabeza, y Mario le acompañó por un comedor abarrotado hasta un reservado en el que nadie podría oírle. Se sentó en su silla de siempre y dedicó unos minutos a recorrer con la mirada una sala que no había cambiado nada desde la última vez que estuvo allí cenando. Reconoció a varias figuras conocidas. El director del *Daily Mail* estaba comiendo con un ministro del gabinete, cuyo nombre nunca conseguía recordar, y en el reservado contiguo había un actor al que jamás podría olvidar: en la cárcel había visto todos los episodios de *Poirot,* algunos más de una vez, para matar las implacables horas.

Empezó a pensar en su invitado. Un hombre que nunca llegaba tarde…, pero, claro, cobraba por horas. Un hombre que siempre pedía solomillo y una botella de vino añejo de las que estaban casi al final de la lista.

Durante aquellos años de emigración forzosa, el señor Booth Watson había sido el único contacto de Miles con su país. Había hablado una vez a la semana con su abogado para mantenerle al día de sus numerosos negocios, o para pujar por un cuadro o una escultura que quería añadir a su colección. Por mucho que un juez y un jurado le hubiesen mandado a chirona, el valor de sus propiedades y sus acciones había seguido aumentando.

Después de ganar un recurso de apelación en el Tribunal Supremo, Booth Watson había conseguido rebajar un año de los cinco de condena de Miles. Semanas más tarde, Miles fue trasladado a la cárcel abierta Ford, que en comparación con Wormwood Scrubs le pareció un campamento de verano.

Al cabo de unos días en Ford, le asignaron una habitación individual (en las cárceles abiertas no hay celdas), y un mes después le apartaron de las tareas de limpieza para nombrarle bibliotecario de la cárcel, un puesto que le había costado trescientas libras esterlinas: cien para que el anterior bibliotecario se buscase otro trabajo y otras doscientas para el funcionario de prisiones encargado de la asignación de trabajos. Había estado dispuesto a pagar tres mil, pero el jefe de personal se equivocó al hacer la puja. Ambos pagos se hicieron en efectivo, que, aunque es un delito sancionable, sigue siendo la única moneda aceptable en la cárcel.

Eran pocos los reclusos que dirigían sus pasos hacia la biblioteca, y casi todos se iban derechos a la sección de novelas policiacas en busca de algún libro de bolsillo muy manoseado. En los últimos veinte años, *Guerra y paz* había ido acumulando polvo en el estante, condenada a su propia cadena perpetua.

Miles había sacado partido a su soledad durante esas interminables horas de sesenta minutos. Empezaba el día leyendo el *Financial Times,* que le traía un agente con el café de la mañana. Después de comer en la cantina, volvía a la biblioteca y se enfrascaba en la novela de turno. Durante aquellos años de encarcelamiento lo había leído todo, desde Daphne du Maurier a Thomas Hardy, y para cuando salió habría podido licenciarse en literatura inglesa por Oxford, que treinta años antes le había rechazado.

El director de la cárcel se pasaba de vez en cuando a charlar con él, y se hacían confidencias mientras tomaban café con galletas de mantequilla…; el café lo ponía él y las galletas el director. Pronto quedó claro que Miles sabía más de lo que pasaba en la cárcel que el director. Negociaba con información privilegiada, y así se aseguraba el suministro de galletas para acompañar al café durante los descansos.

Pero durante aquellos años de exilio en Nueva York, solo había una cosa que no se le iba de la cabeza: «¿Cuándo podré volver sin riesgo a Londres para vengarme de Warwick primero, de Hogan después y, por último, del comandante?».

Capítulo 2

William y Ross estaban en ascuas. Desde el asiento trasero del Land Rover, veían pasar en rápida sucesión los célebres monumentos y, aunque el viaje de vuelta al palacio no superaba los quince minutos, eran conscientes de que, si había una ocasión en la que podía irse todo al traste, era esta…, en cuyo caso, lo único por lo que se los recordaría sería por esos quince minutos de infamia.

Cinco motoristas del Grupo de Escolta Especial de la policía los acompañaron por el puente levadizo central a paso solemne, pero, una vez que pasaron por debajo de la Puerta Este y volvieron a St Katharine's Way, hicieron caso omiso de los límites de velocidad. En cada semáforo en rojo, dos de los motoristas paraban el tráfico mientras otros dos salían disparados al siguiente y repetían el mismo procedimiento, asegurándose así de que el convoy no se veía obligado a detenerse en ningún momento.

William miró por el parabrisas para contemplar la primorosa rutina de sus colegas. Mientras un motorista se adelantaba hasta el siguiente cruce y detenía el tráfico con un estridente pitido del silbato, el segundo le adelantaba y continuaba hasta el siguiente, donde repetía la rutina. Al mismo tiempo, las dos motocicletas que seguían de cerca al convoy se situaban delante del coche del lord chambelán, y, en cuanto aseguraban un tránsito sin obstáculos para su VIP, la primera moto volvía a salir disparada y repetía el ejercicio, mientras la pareja que había estado deteniendo el tráfico se situaba detrás del

Land Rover en un relevo impecable que permitía que el convoy mantuviese una velocidad de unos setenta kilómetros por hora frente a los doce o, con suerte, catorce por hora del resto del tráfico de Londres.

William y Ross permanecieron ojo avizor mientras atravesaban Blackfriars a la carrera y salían al Embankment, rozando velocidades de cien y hasta ciento diez kilómetros por hora. Pasaron por detrás del Savoy, felices en la ignorancia de que Miles Faulkner y el señor Booth Watson, consejero de la reina, estaban a punto de pedir la comida en el restaurante del hotel, y de que si había algo que no estaban dispuestos a tragarse era el orgullo.

Miles soltó el menú al ver acercarse a su abogado andando como un pato. Le pareció que las arrugas de su frente estaban más marcadas, y no cabía duda de que caminaba más despacio. Booth Watson vestía un traje cruzado con un buen corte que intentaba disimular su corpulencia, una camisa azul claro y una corbata arrugada del Middle Temple. Llevaba un maletín Gladstone que parecía indisolublemente pegado a su mano.

—Bienvenido, Miles —dijo, inclinándose y estrechando la mano de su cliente más rentable antes de hundirse en la silla de enfrente. Dejó el maletín en el suelo, junto a él.

Cruzaron un par de tópicos (que ninguno de los dos acababa de creerse) y enseguida apareció un camarero. Miles se tomó su tiempo examinando los contenidos del gran menú con tapas de cuero, sin saber por dónde empezar. Ni siquiera había pasado a la segunda página cuando Booth Watson ya había elegido el primer y el segundo plato y un vino que consideraba que los complementaba.

—Para mí el solomillo, poco hecho —dijo Booth Watson, devolviéndole el menú al camarero.

—¿Y usted, caballero?

—Salmón ahumado. —Otro plato que no era precisamente habitual en la trena—. Ponme al día: ¿en qué han andado metidos

Hawksby, Warwick y Hogan en mi ausencia? —dijo una vez que se hubo marchado el camarero.

—El comandante Hawksby sigue al frente del Servicio de Protección de la Casa Real, y el comisario Warwick sigue siendo su segundo de a bordo.

—¿Y Hogan? —preguntó Miles, sin disimular el tono de desdén.

—El inspector Hogan ya no es el agente de protección personal de la princesa Diana porque las autoridades vieron que la relación se iba estrechando peligrosamente, así que le hicieron volver a Scotland Yard.

—Bueno, ¿y en qué están metidos ahora?

—Hoy, por ejemplo —dijo Booth Watson—, el lord chambelán va a ir desde el palacio de Buckingham a la Torre de Londres a recoger las joyas de la Corona en preparación para la ceremonia de apertura del Parlamento de mañana. Warwick y Hogan están en el equipo de refuerzo, y mañana escoltarán las joyas de vuelta a la Torre. Es una responsabilidad que asumen una vez al año.

—Ya que estás tan bien informado —dijo Miles—, ¿qué me dices de Lamont? Supongo que lo habrás mantenido en nómina, ¿no?

—Sí, el comisario cesado todavía forma parte de mi equipo. Te aseguro que tiene la misma opinión de Warwick y Hogan que tú, así que seguirá informándome de todo lo que se traigan entre manos.

—Ahora que he vuelto, puedes decirle que multiplique sus esfuerzos. Para mí sigue siendo prioritario humillar a esos dos, y si encima metieras a Hawksby en el paquete, sería la guinda.

—Ahora que has vuelto a Londres, Miles, ¿no te convendría olvidarte de todo esto y mantener un perfil bajo?

—Ni hablar. De hecho, apenas he pensado en otra cosa desde que Warwick se explayó ante el tribunal. ¿Has olvidado que fue él el culpable de que acabase en la cárcel? No me quedaré satisfecho hasta que le devuelva el «favor» y se entere de lo que significa que te priven de tu libertad. Me importa un carajo lo que cueste…, hay que humillarlos a él y a todos los responsables de aquello.

—Yo pensaba que…

—Pues piénsalo mejor, BW, porque estoy deseando que llegue el día en el que el lord chambelán acompañe a los dos a la Torre y los deje allí.

Booth Watson se quedó mirando su cheque y se pensó mejor lo de intentar que su cliente cambiase de opinión. Se acordó de la cara que se le puso a Faulkner en el banquillo de los acusados y comprendió que no descansaría hasta que se hubiese vengado de Warwick, Hogan y Hawksby. Nada de lo que dijera Booth Watson podría cambiar eso, así que se contentó con dar un sorbo a un excepcional burdeos que hacía tiempo que no saboreaba.

—¿Hay más problemas a los que debería estar atento? —preguntó Miles mientras un camarero les traía los primeros.

Su cómplice nunca le fallaba: se agachó, sacó de su maletín Gladstone un ejemplar del *New York Times* de la víspera y se lo dio a Miles. Esperó a que el volcán entrase en erupción.

—No te andes con jueguecitos, BW, y dime qué se supone que tengo que buscar.

—Página cuarenta y tres —dijo Booth Watson, atacando el solomillo.

Miles pasó rápidamente las páginas sin detenerse hasta que llegó a la página indicada. La leyó con detenimiento y dijo:

—Sigo sin entender nada.

—En la sección de inmobiliarias verás que se vende un piso de lujo en la calle 61 Este.

—Sé de sobra que mi piso de Manhattan está en venta —dijo Miles—, pero lo que tú no sabes es que recientemente he comprado el ático del inmueble, así que ya no necesito el piso del noveno. Conque, a no ser que estés pensando en comprarlo, no me hagas perder más el tiempo, BW.

Dejó el periódico y exprimió la mitad de un limón sobre el salmón ahumado.

—Te sugiero, Miles, que mires el anuncio con más detenimiento —propuso Booth Watson, que sabía que no le estaba haciendo perder el tiempo.

A regañadientes, Miles cogió de nuevo el periódico y estudió los detalles de un apartamento de lujo de cinco dormitorios en Manhattan, con vistas a Central Park. Precio de salida: siete millones de dólares. Volvió a mirar la foto adjunta y, por fin, el volcán entró en erupción.

—¿Quién demonios lo ha permitido? —preguntó, lo bastante alto como para que uno de los comensales de la mesa contigua volviese la cabeza.

—Yo no soy tu agente inmobiliario —contestó con calma Booth Watson—, solo un simple consejero de la reina que hace todo lo que puede para cubrirte las espaldas.

—Encárgate de que quiten esa foto inmediatamente —dijo Miles, casi tan alto como antes.

—Ya lo he hecho —dijo Booth Watson con una sonrisa satisfecha—. También he dado instrucciones para que esa foto concreta no aparezca en futuros anuncios.

Miles siguió mirando la foto del *Descendimiento de Cristo de la Cruz* de Rubens que estaba colgado en la pared del salón de su apartamento de Manhattan… para deleite de millones de lectores.

—Seguro que no hace falta que te recuerde, Miles, que el mundo del arte cree que esta particular obra maestra adorna en la actualidad las paredes del Museo Fitzmolean y no tu apartamento neoyorquino.

—Si alguien pregunta —murmuró Miles, inclinándose sobre la mesa—, deja bien claro que la mía es una copia.

—Pero si una parte interesada viese por casualidad el anuncio y decidiese comprobarlo… —empezó a decir Booth Watson mientras el sumiller aparecía a su lado para llenarle la copa. Esperó a que se fuese a otra mesa para terminar la frase—. No hace falta que te recuerde, Miles, que regalaste el original al museo a cambio de una reducción de condena, y si el Ministerio Fiscal se enterase…

—Hay que impedirlo a toda costa —interrumpió bruscamente Miles, sin tocar el vino.

—No ayuda —añadió Booth Watson— que el director haya

anunciado hace poco que se va a jubilar, y sé de buena fuente que la señora Beth Warwick es la favorita para sustituirle en el cargo.

—Otra cosa que hay que impedir que ocurra, porque si llegase a sospechar que su Cristo no es el verdadero Salvador, la primera persona a la que se lo contaría sería su marido. —Hizo una pausa antes de bajar la voz y añadir—: ¿Hay algo que podamos hacer para evitarlo?

—Tu exmujer sigue siendo miembro de la junta directiva, y por tanto se supone que debería ser capaz de influir en el desenlace. Podrías convencerla para que…

—No me fío de ella ni un pelo. No olvides que es amiga íntima de la señora Warwick y que estaría encantada de traicionarme a la mínima de cambio.

—De acuerdo —dijo Booth Watson—. Sin embargo, como bien sabes, en estos momentos Christina anda un poco corta de dinero, así que quizá…

—Pero te recuerdo que fui yo el causante de esa situación.

—Razón de más para que le devuelvas algo, ¿no? —sugirió Booth Watson, arqueando una ceja.

—Podría ser —dijo Miles, devorando una tajada de salmón ahumado mientras BW apuraba su segunda copa de vino—. Primero, averigua si ha visto el anuncio del *New York Times*. Parece poco probable. Eso sí, si lo ha visto puedes estar seguro de que le enviará una copia a la señora Warwick… abierta por la página exacta.

—Si quiero evitar que sospeche voy a necesitar una razón para verla.

—En cuanto sepas a ciencia cierta que no ha visto el artículo, puedes decirle que no quiero que la mujer del comisario Warwick sea la próxima directora del Fitzmolean, y que pagaré generosamente para garantizar que eso no sucede. A Christina no le costará creérselo.

Booth Watson atacó el filete y sonrió mientras la sangre empezaba a correr.

* * *

Danny pasó a toda velocidad por delante del Savoy, y no aminoró la marcha hasta que el Grupo de Escolta Especial dobló a la derecha para entrar en la avenida Northumberland, donde no se veía ningún otro vehículo. Más sirenas y pitidos les permitieron cruzar Trafalgar Square y entrar en el Mall sin obstáculos antes de continuar hacia el palacio de Buckingham.

Unos turistas sobresaltados intentaron sacar fotos del coche, preguntándose si detrás de las ventanas tintadas habría algún miembro de la familia real.

Cuando por fin llegaron al portalón de entrada al palacio, nadie salió a decir con tono perentorio: «Alto, ¿quién va?». Un centinela presentó armas mientras el coche entraba en el patio, recorría un pasaje abovedado y desaparecía por un recinto interior en el que esperaban dos jóvenes alféreces de los Guardias Irlandeses en posición de firmes para recoger «el botín», como lo llamaban en el comedor de oficiales.

Phil Harris fue el primero en bajar cuando el Jaguar se detuvo. Después de abrirle la puerta de atrás al lord chambelán, abrió rápidamente el maletero y se apartó para que los dos guardias se hicieran cargo del resto. Uno de ellos sacó la caja que contenía la Espada del Estado mientras el otro extraía del maletero con toda delicadeza, como si se tratase de su primogénito, la Corona imperial del Estado.

William se quedó mirando mientras los tres hombres le daban la espalda y se alejaban con paso resuelto. El lord chambelán volvería a la una de la tarde del día siguiente para que William y Ross los escoltasen a él y a las joyas de la Corona de vuelta a casa después de haber pasado la noche fuera.

—Venga, en marcha —dijo William cuando los dos alféreces entraron en el palacio.

Danny salió despacio del patio interior, se metió por Buckingham Gate y puso rumbo a Scotland Yard, sin rebasar ni una vez el límite de velocidad.

—Siempre me ha desconcertado —dijo Ross mientras entraban en Petty France— que se molesten en llevar la corona al palacio de

Buckingham cuando podríamos llevarla siempre directamente a la Cámara de los Lores.

—Se me ocurren dos razones —dijo William—. En primer lugar, yo no dejaría las joyas de la Corona en manos de sus señorías durante toda una noche…, a saber si no habrá entre ellos un coronel Blood. Y, en segundo lugar, no olvides que la Espada del Estado y la Corona imperial del Estado disponen de su propio carruaje, que precede al de su majestad cada vez que la reina recorre el trayecto entre el palacio de Buckingham y la Cámara de los Lores antes de pronunciar el Discurso de la Reina.

Ross asintió con la cabeza antes de admitir:

—Anoche no podía dormirme.

—¿Por qué no? —dijo William, volviéndose hacia su amigo.

—Siempre doy por sentado que algo va a salir mal durante la entrega… y, siendo realistas, ¡basta con que salga mal una sola vez!

—Es poco probable, teniendo en cuenta lo bien protegidas que están las joyas y que nosotros somos los únicos que conocemos los pormenores de la entrega. En cualquier caso, los ciudadanos nunca se paran a pensar en que las joyas de la Corona salen un par de días de la Torre. ¿Por qué iban a hacerlo?

Ross guardó silencio mientras daba vueltas a la posibilidad de que…

Cuando Danny se detuvo delante de Scotland Yard, William fue el primero en bajar. Entró rápidamente en el edificio, subió de dos en dos al primer piso y llamó a la puerta del despacho del Halcón.

—¡Adelante! —gritó una voz.

William informó inmediatamente al comandante de que la rutina anual había transcurrido sin complicaciones.

—No me voy a relajar —dijo el Halcón— hasta que el gobernador residente me llame para confirmar que la Corona imperial del Estado y la Espada del Estado han vuelto a la Casa de las Joyas para pasar otro año más a buen recaudo.

De modo que Ross no era el único que tenía esos pensamientos, fue lo primero que se dijo William. A veces olvidaba que, si algo salía mal durante esos quince minutos críticos, él no sería el único que tendría que dimitir.

—Bueno, ya es hora de que vuelva al trabajo que me da de comer —dijo William.

—Antes de irte, señor comisario jefe, tenemos que hablar de otro asunto —dijo el Halcón, y William tardó unos segundos en asimilar la noticia—. El comisario general ha llamado esta mañana para confirmar tu ascenso. Enhorabuena, William. Sabe Dios que te lo has ganado.

William, quien, cosa rara, se había quedado sin palabras, consiguió farfullar al fin:

—Gracias, señor.

—Sugiero, comisario jefe, que por una vez te olvides del trabajo que te da de comer. Vete a casa y disfruta de Beth y los niños. Basta con que mañana te asegures de volver al palacio a tiempo para recoger la Corona y la Espada del Estado y llevarlas a la Torre. Porque como mañana a estas horas no hayan vuelto sanas y salvas a su sitio, puede que la Torre se convierta en tu residencia habitual.

—¿Qué haces tan pronto en casa, cavernícola? —preguntó Beth al ver entrar a William en la cocina—. ¿Te han despedido?

—No, me han ascendido —dijo William. Sonrió al ver cómo le cambiaba la cara a Beth, pero su respuesta le pilló por sorpresa.

—¡Qué casualidad!

—¿Casualidad? —preguntó William.

—El director del Fitzmolean ha dimitido, y el presidente acaba de telefonear para decirme que espera que presente mi candidatura para el puesto.

—¡Qué buena noticia! —dijo William, abrazando a su mujer. Aunque desde que Beth había dimitido de su puesto de directora adjunta él jamás había sacado el tema, siempre había deseado que volviese al Fitz en calidad de directora.

—Aún no me han dado el puesto, señor comisario jefe.

—La junta no va a cometer el mismo error dos veces —dijo William con tono de seguridad.

—Para ser sincera, todavía no he decidido si realmente lo quiero.

—Estás de broma, ¿no?

—No olvides que estoy ganando casi el doble como marchante de lo que ganaría si volviese al Fitz de directora.

—Entonces, mira qué bien que me hayan ascendido a comisario jefe.

—Y está el problema de Christina —continuó Beth—. Ahora que se ha divorciado de Faulkner, depende del cincuenta por ciento de los beneficios de nuestra empresa para mantener su estilo de vida.

—Que no te quite el sueño esa mujer —dijo William con otro tono distinto—. Si fuese al revés, no dudaría en hacer lo que fuera mejor para ella.

—Al parecer, señor comisario jefe, olvida usted que, cuando me echaron del Fitzmolean, Christina fue la única persona dispuesta a apostar por mi joven empresa.

—¡Y bien que le han ido las cosas! —le recordó William.

—Ni más ni menos que lo que se merecía —le espetó Beth—. Y por eso la considero no solo una socia sino también una buena amiga.

—Cuando le conviene. Y si tan buena amiga es, le encantará saber que tú podrías ser la próxima directora del Fitzmolean. No olvides que está en la junta y que por tanto tendrá voto. En cualquier caso, sabe perfectamente que siempre has querido ese puesto, así que no le sorprenderá. Y repito: a la hora de la verdad, no tendría ningún reparo en darte la patada.

—Pero… —empezó a decir Beth en el mismo instante en el que se abría la puerta y tres niños hambrientos irrumpían en la cocina.

Los tres se sentaron a la mesa, con las bocas abiertas como polluelos en un nido.

—No os podéis ni imaginar para qué nos han elegido a mí y a Peter —dijo Artemisia, haciendo bajar a sus padres a tierra.

—A Peter y a mí —le corrigió Beth.

—Nuestra tutora nos ha seleccionado para que representemos al colegio en un concurso nacional de redacciones y…

—… y el ganador —continuó Peter— irá a Disneyland París y pasará una noche en un hotel.

—Y merendará con el pato Donald y Mickey Mouse —añadió Artemisia.

—Estábamos pensando, papá —continuó Peter—, que a lo mejor se te ocurría alguna idea. Como has pescado a tantos delincuentes…

—Ni en sueños —dijo William con firmeza—. No soy yo el elegido para representar al colegio. El trabajo lo tenéis que hacer vosotros solitos; si no, en caso de que os dieran el premio, iría yo a recogerlo.

—Tendré que pedírselo al tío Ross —le susurró Artemisia a su hermano—; oí a papá decirle una vez a mamá que no le queda ninguna norma por infringir.

A la mañana siguiente, en cuanto mandó a los niños al colegio, Beth se puso a abrir el correo. Facturas, circulares y una carta que tuvo que leer dos veces.

—¿Qué plan tienes para este fin de semana?

William apartó el periódico y se quedó pensando.

—Tengo turno de guardia. Me toca el de este mes. Ross se va a llevar a los niños a Legoland, que causa furor —añadió mientras untaba mantequilla en la segunda tostada—. ¿Y tú?

—Estaba pensando que podíamos pasarnos por el Fitz a ver cómo ha cambiado desde que me fui. Pero ahora creo que voy a coger el coche para ir a Buckingham a hacerle una visita a una anciana dama a la que no conozco.

—Qué misterio —dijo William, intrigado—. Por ahora, la única pista es ese sobre que no sueltas…

—Es de una tal Eileen Lomax, la viuda de Gordon Lomax, un marchante del West End que falleció el mes pasado. Le escribí dándole el pésame y me ha respondido agradeciéndomelo y pidiéndome que vaya a verla porque necesita consejo sobre un asunto privado.

—Necesito más pistas —dijo William mientras Beth sacaba dos huevos de un cazo con agua hirviendo y los colocaba delante de William en dos hueveras.

—Lomax era dueño de dos de las galerías más prósperas del West End, pero, tras el desplome del mercado de los cuadros de paisajes holandeses, parece que no llegaba más que a cubrir gastos.

—La muerte, las deudas y los divorcios, como me recuerdas tan a menudo —dijo William—, son los mejores amigos del marchante.

—Y puede que dos de esos factores sean pertinentes en el caso de Gordon Lomax. Así que creo que voy a retrasar la visita al Fitz y me voy a ir a Buckingham. Gordon fue muy amable conmigo cuando me incorporé al mundo del arte, así que es lo mínimo que puedo hacer.

—¡Y pensar que podrías haber ido a Legoland con Ross y los niños...! —bromeó William mientras cogía una cucharilla y cascaba un huevo.

—A lo mejor me encuentro un Rembrandt o un Vermeer cogiendo polvo en su desván... —dijo Beth.

William quitó un cachito de cáscara y comprobó que el huevo no estaba pasado por agua sino duro.

Capítulo 3

El Carruaje de Estado Irlandés, tirado por cuatro rucios y escoltado por un guardia de honor, pasó por las puertas del palacio y enfiló el Mall mientras el Big Ben daba las once.

Su majestad la reina, vestida de seda lila y con diadema, iba sentada en un lado de la carroza; enfrente estaba el duque de Edimburgo, tieso como una vara, engalanado con el uniforme de almirante de la flota y con una mano apoyada en la espada. Por delante de ellos iba el Carruaje de Estado de la reina Alexandra con las insignias reales —la Corona imperial del Estado, la Espada del Estado y la gorra ceremonial— acompañado por doce policías montados de la Guardia Real de Caballería y con el regimiento de los Blues and Royals como guardaespaldas ceremonial de la reina.

Había grandes multitudes reunidas en el Mall para ver el espectáculo. Algunos llevaban esperando muchas horas para hacerse con un sitio en primera fila y poder vitorear a la reina cuando pasara. Mirando ora a un lado de la calle ora al otro, la reina sonreía a la vez que saludaba con la mano como de costumbre. Al pasar por delante de las Mall Galleries, los dos carruajes de Estado giraron a la derecha, cruzaron por Horse Guards Road y entraron por la arcada principal a Whitehall, un privilegio concedido únicamente a los monarcas reinantes.

En la plaza del Parlamento los esperaba una muchedumbre aún más numerosa que empezó a vitorear mucho antes de que la comitiva real llegase a la Entrada del Soberano de la Cámara de los Lores, donde apenas hacía unos instantes se había arriado la bandera del Reino Unido para sustituirla por el estandarte real.

Al bajar del carruaje, la reina fue recibida por el conde mariscal, el lord gran chambelán y el Caballero Ujier del Bastón Negro. Todos hicieron una reverencia antes de acompañarla lentamente por la ancha escalera enmoquetada en blanco y azul, precedidos por dos heraldos que llevaban sendos bastones que declaraban la autoridad monárquica. La comitiva real acompañó a la monarca hasta la puerta del Salón de la Toga, en el primer piso, pero no más.

Solo una selecta minoría tenía permiso para entrar al Salón de la Toga, donde la soberana desaparecía por detrás de dos grandes biombos rojos situados al fondo. La reina se quitó la diadema que había llevado durante el trayecto a Westminster en el Carruaje de Estado y la dejó a su lado sobre la mesa. La señora Kelly, la vestidora, ayudó a su majestad a ponerse la larga túnica roja y le enganchó las anchas tiras de satén a los hombros, abrochándolas con fuerza para garantizar que la pesada prenda no se movía de su sitio.

Una vez satisfecha la reina con el resultado, la señora Kelly abrió los dos biombos rojos lo suficiente para que el lord chambelán le hiciese entrega de la Corona imperial del Estado. La reina la cogió del afelpado cojín carmesí, se la puso y se miró al espejo, ladeándola hasta que se sintió cómoda. De nuevo recordó lo mucho que pesaba la corona.

Instantes después, se le acercaron dos pajes, que cogieron los mangos de satén que había a cada lado de la túnica para que la reina pudiese emprender la marcha hacia sus señorías de la Cámara Alta.

A las 11:26, la reina salió del Salón de la Toga del brazo de su consorte. Entraron en la Galería Real, donde lo primero que vieron fue dos enormes cuadros: a un lado, Wellington en Waterloo, y al otro Nelson en la batalla de Trafalgar. Cuando el presidente De Gaulle fue invitado a pronunciar un discurso ante ambas cámaras, le hicieron dar un rodeo para que no pudiese ver a los dos héroes conquistadores. Mientras avanzaba lentamente por la alfombra roja, la reina estaba flanqueada por bancos provisionales ocupados por embajadores, altos comisionados y dignatarios extranjeros, además de los maridos y las mujeres de los pares.

La reina salió de la Galería Real y cruzó la Cámara del Príncipe, sin interrumpir la marcha al pasar por delante de la imponente imagen de una joven reina Victoria justo antes de entrar en la Cámara de los Lores. Quinientos hombres y setenta mujeres, ataviados con largas túnicas rojas con ribetes de armiño, se pusieron en pie para recibir a su soberana. A continuación, justo cuando daban las once y media, la reina se sentó en el trono. El duque de Edimburgo tomó asiento a su derecha, mientras que el de su izquierda se quedó vacío.

La reina miró al fondo de la cámara y vio al primer ministro y al jefe de la oposición, así como a los ministros y a sus homólogos en la oposición, de pie en la línea divisoria de la cámara. Se les iba a confiar la tarea de trasladar a leyes las propuestas que la monarca estaba a punto de enumerar. John Major esperó a oír el discurso, aunque conocía todas y cada una de las palabras que contenía.

El lord canciller dio un paso al frente, subió los tres peldaños que llevaban al trono y le dio a la monarca el Discurso de la Reina, aunque a decir verdad ella no había sido responsable de una sola palabra. La tarea había sido encomendada a varios mandarines veteranos repartidos por Whitehall que habían seguido las instrucciones del primer ministro y de miembros de su gabinete recién nombrado.

Su majestad abrió la tapa de cuero rojo que llevaba su blasón y posó la mirada en la primera frase del texto.

—Milores y miembros de la Cámara de los Comunes. Entre las prioridades de mi gobierno estará la construcción de más viviendas para alojar a una población creciente. Mi gobierno también presentará estatutos que garanticen que…

Durante los siguientes veinte minutos, la reina anunció siete nuevos proyectos de ley que su gobierno iba a promulgar, pero que al final solo ella podía sancionar. Concluyó con las palabras:

—A su debido tiempo sus señorías recibirán otras órdenes y estatutos. —Alzó la vista del último párrafo antes de decir—: Dios bendiga a la Commonwealth.

La Cámara volvió a ponerse en pie mientras su majestad salía de la Cámara Alta, acompañada por el duque de Edimburgo. El conde mariscal encabezó el lento regreso de la pareja real al Salón de la Toga, donde la reina entregó la corona, se quitó la toga y, después de cruzar unas palabras con los pajes, bajó las escaleras que llevaban a la Entrada del Soberano, donde la esperaba el Carruaje de Estado Irlandés.

El príncipe Felipe se subió a la carroza y, cuando llegó la reina, los cuatro caballos se pusieron de nuevo en marcha para llevarlos de vuelta al palacio de Buckingham. La Corona imperial del Estado y la Espada del Estado ya los habían precedido en su propio carruaje, mientras que la vestidora iría más tarde en un Rolls-Royce que llevaría el resto de las insignias en una gran bolsa roja para guardarlo todo hasta el año siguiente… en el que tal vez habría un nuevo primer ministro.

Danny se puso en posición de firmes cuando el Carruaje de Estado Irlandés pasó por debajo de la arcada y atravesó el patio interior. Aunque los dos lacayos que iban en la parte de atrás del carruaje estaban quietos como estatuas, sus ojos se movían en todas las direcciones. Reconoció a uno de ellos. Era un agente del Servicio de Protección de la Casa Real, vestido para la ocasión.

Al pasar la reina, William y Ross hicieron una reverencia, y los cuatro caballos levantaron la cabeza mientras se paraban delante de la puerta de entrada. Un caballerizo y dos lacayos estaban esperando a su majestad, que se bajó del carruaje y se dirigió hacia su casa.

Momentos más tarde, dos oficiales de la Guardia Real aparecieron con las cajas negras que contenían las joyas de la Corona. El lord chambelán los seguía a varios pasos de distancia. Phil Harris abrió el maletero del Jaguar y esperó a que los tesoros estuviesen bien guardados antes de sentarse al volante, la señal convenida para que los motoristas iniciasen el trayecto de vuelta a la Torre de Londres. Arrancaron inmediatamente y, gracias a las calles despejadas y los semáforos en verde, pudieron cruzar el puente levadizo central y entrar por la Puerta Este de la Torre trece minutos más tarde. Una vez allí, se encontraron al gobernador residente y al jefe de guardianes delante de la Casa de las Joyas.

William se bajó de un salto de la parte trasera del Land Rover y vio cómo la antiquísima ceremonia se ejecutaba en orden inverso. El lord chambelán y el gobernador se metieron en la Casa de las Joyas, acompañados por los dos guardianes que llevaban los tesoros.

William no se relajó hasta que el lord chambelán volvió a salir con las manos vacías, se subió de nuevo a su coche y emprendió el viaje de regreso al palacio.

Danny le habría seguido si no hubiese reaparecido el gobernador, que se fue derecho a su coche y dio con los nudillos en la ventana. William se bajó de un salto, temiendo que algo hubiese salido mal.

—Señor comisario, quizá no sepa que voy a jubilarme a finales de año, así que, si a usted y a sus hijos les apetece hacer una visita al castillo y ver las joyas de la Corona, estaré encantado de ser su guía.

—Qué amable, general —dijo William—. ¿Puedo incluir a la hija del inspector Hogan, Jojo, que vive con nosotros y ya es una más de la familia?

—Por supuesto —respondió el gobernador—. Pero la invitación no incluye al inspector, porque me da la impresión de que, como tenga una oportunidad, Hogan podría intentar robar las joyas de la Corona...

William, que no acababa de tener claro si el gobernador estaba o no bromeando, vio cómo se marchaba este apresuradamente. Pero William habría sido el primero en reconocer que Ross no siempre respetaba la ley escrita, y que en más de una ocasión se había pasado de la raya y había tenido que enfrentarse a las consecuencias. Gracias a su encanto natural y a su guapura, sus colegas femeninas siempre le sacaban las castañas del fuego, y, a decir verdad, el Halcón le daba mucha más cuerda que al resto de los agentes. Sin embargo, William creía que en algún momento iría demasiado lejos y entonces se daría cuenta de que él no podía hacer nada por ayudarle.

—Deber cumplido hasta el año que viene —dijo William mientras volvía a entrar en el asiento de atrás del coche y le daba un toquecito en el hombro a Danny—. Volvemos a Scotland Yard.

—¿Qué quería el gobernador? —preguntó Ross mientras cruzaban el puente levadizo central, salían por la entrada trasera de la Torre y entraban en St Katharine's Way, donde tuvieron que detenerse en el primer semáforo.

—El general Stanley me ha dicho que se retira a finales de año y que había pensado que a lo mejor a los niños, incluida Jojo, les gustaría que los invitase a ver la Torre —dijo William, sin hacerse eco de otras opiniones del gobernador.

—¿Y ahora qué nos espera?

—El comandante me ha asegurado que vamos a poder hincarle el diente a algo un poco especial, pero se ha negado a darme detalles hasta que las joyas de la Corona vuelvan a estar sanas y salvas en la Torre.

—Ahora que Miles Faulkner ha vuelto a Inglaterra —dijo Ross—, espero que «especial» incluya ir otra vez a por él. Todavía tengo un par de cuentas pendientes con ese hombre.

—No parece muy probable —contestó William—. Al fin y al cabo, no ha aparecido en nuestro radar desde que lo soltaron de la prisión de Ford hace más de cuatro años. Aunque me cuesta creer que se haya jubilado.

—Por si no te acuerdas —dijo Ross, emocionándose—, ese hombre es el responsable de la muerte de mi mujer.

Capítulo 4

El sábado por la mañana, en cuanto William se fue a Scotland Yard y Ross recogió a los niños para llevarlos a pasar el día en Legoland, Beth puso rumbo a Buckingham. Pero primero llamó a Mark Poltimore, de Sotheby's, porque necesitaba su consejo antes de ver a la señora Lomax.

—La galería Lomax existe desde hace tres generaciones —le recordó Mark—. No obstante, como todo el mundo sabe, Gordon Lomax llevaba tiempo en apuros, desde que golpeó la recesión. Puede que también te interese saber que hace un par de años nos pidió que evaluásemos su *stock* para hacer una validación testamentaria, así que debía de saber que no le quedaba mucho tiempo de vida.

—¿Podrías darme una cifra aproximada? —preguntó Beth con esperanza.

—No es algo que pueda revelar —dijo Mark—. Pero quizá la señora Lomax esté dispuesta a decírtelo.

Armada con esta información, Beth dio las gracias a Mark, colgó el teléfono y se puso a hojear la guía de la Asociación Automovilística. Una vez elegida la ruta más directa, partió rumbo a Buckingham. Habría llegado según el horario previsto de no haber sido por las interminables rotondas que se encontró entre Buckingham y su destino, ninguna de ellas indicada en la guía.

Mientras bajaba del coche, la puerta de la casita cubierta de hiedra, que parecía un cuadro de Helen Allingham, se abrió. Plantada

39

en el umbral vio a una anciana que claramente la estaba esperando. Ataviada con un largo y desvaído vestido de flores que ocultaba sus tobillos, también la señora Lomax habría podido ser una mujer de la época victoriana. La abundante cabellera gris estaba recogida en un moño con algo que parecía una aguja de punto. No llevaba joyas y, aunque hacía calor, un grueso chal le cubría los hombros.

—Es usted muy amable por haber venido hasta aquí, señora Warwick. —Fueron sus primeras palabras mientras Beth entraba en la casa.

La señora Lomax cerró la puerta e hizo pasar a su invitada a un salón lleno de viejos muebles de roble y todo tipo de trastos antiguos. Varias acuarelas victorianas adornaban las paredes, pero entre ellas no había ninguna que hubiese podido emocionar siquiera a una casa de subastas de provincias.

Acababan de sentarse cuando apareció una criada que perfectamente habría podido salir de una novela de Daphne du Maurier. Llevaba una bandeja con una tetera cubierta por una funda de ganchillo y un platito de galletas integrales de chocolate. Beth se acordó de los descansos de mitad de trimestre en los que su madre la había llevado a tomar el té a la cafetería Kardomah de Piccadilly para codearse con lo que se imaginaba que era la alta sociedad.

—¿Leche y azúcar? —preguntó la señora Lomax después de que la criada dejase la bandeja en la mesa.

—Leche, sin azúcar, gracias —dijo Beth, acomodándose en la esquina de un sofá ya ocupado por un gran gato anaranjado que a todas luces no tenía la más mínima intención de hacerle sitio.

La anfitriona le dio una taza, y después una galleta que Beth dejó en el platito desconchado de porcelana Wedgwood que tenía a su lado.

—Se preguntará, señora Warwick, por qué quería verla.

Beth consideró pedirle que la llamase Beth, pero se lo pensó mejor.

—Estoy encantada de haber venido. Cuando me metí en el mundo del arte al salir de la universidad, su marido fue una de las pocas personas que me acogieron como si fuera su igual. No te olvides de algo así cuando eres joven.

—Gordon la tenía en muy alta estima, querida —dijo la señora Lomax—, y no ocultaba que tenía la esperanza de que acabase siendo la directora del Fitzmolean, ya que el actual no era muy de su agrado. Pero leí en el *Times* que acababa de dimitir.

Justo antes de que le dieran la patada, pensó Beth, pero se abstuvo de añadirlo.

—¿Me equivoco si digo que es usted la favorita para sustituirle? Porque, en ese caso, puedo asegurarle que nada habría alegrado más a mi marido.

Beth se sintió culpable por no haber ido al funeral.

—Gracias. Estoy en la lista, pero hay otros tres candidatos que también están muy calificados para ocupar el cargo.

—Seguro que se lo dan a usted —dijo la señora Lomax con una convicción carente de autoridad—. Pero, como le decía, se estará preguntando por qué quería verla.

—Supongo que tiene que ver con la galería —contestó Beth—, y será un placer ayudar, aunque solo sea para señalarle la dirección adecuada.

—¿Le sirvo más? —preguntó la señora Lomax, cogiendo la tetera.

—No, gracias —dijo Beth, deseosa de saber la respuesta a la pregunta de la anciana.

—Espero que Oliver no la esté molestando, querida.

Beth miró al gato, que no se había movido ni había ronroneado, y dijo:

—No, para nada.

—Le pusimos de nombre Oliver porque no estábamos seguros de quiénes eran sus padres. —La señora Lomax dio un sorbo al té antes de continuar—: El abuelo de Gordon, como sabrá, fundó la compañía en 1873, y bajo su administración prosperó durante muchos años hasta su fallecimiento en 1919, cuando el padre de Gordon, Bertie, se convirtió en presidente al término de la Gran Guerra.

Dos palabras que pusieron fecha a toda una generación, pensó Beth.

—Cuando mi marido se hizo cargo del negocio —prosiguió la

señora Lomax con un suspiro—, los paisajes holandeses estaban muy solicitados. Pero eso cambió poco después de la Segunda Guerra Mundial, que coincidió con el momento en el que Gordon cogió las riendas. Aunque la galería siguió siendo un negocio boyante durante varios años, los clientes más fieles de mi marido empezaron a fallecer, y enseguida quedó claro que los paisajes holandeses ya no estaban de moda, sobre todo entre la juventud. —Hizo una pausa y dio otro sorbo al té—. Confieso que hace ya años que la galería no obtiene beneficios. —Tardó en continuar—. Por desgracia, Gordon y yo no pudimos tener hijos, así que no hay nadie a quien dejar la galería.

Beth no interrumpió a la anciana, ya que hasta ahora no había revelado nada que no supiera.

—Pero entonces, un amable caballero al que nunca había visto vino al funeral a presentar sus respetos. En el convite posterior al funeral, me sorprendió bastante que me preguntase si había pensado en vender la galería, y dijo que en caso afirmativo tenía un cliente que podría estar interesado.

Quién y cuánto, quería preguntar Beth, pero guardó silencio cual avezada detective.

—Un hombre amabilísimo —repitió la señora Lomax—. ¿Sabe?, le hizo al párroco una donación de mil libras para el fondo de rehabilitación de la iglesia —hizo otra pausa—… en memoria de Gordon.

A esas alturas Beth se moría de ganas de saber quién era el hombre y cuál era el precio, pero esperó pacientemente a que la señora Lomax se lo dijese a su debido tiempo.

—Sotheby's ha valorado hace poco el *stock* de la galería en un millón de libras, más o menos, y el amable caballero dijo que su cliente estaría dispuesto a igualar esa cifra. Nunca se me han dado bien los números, así que solo quería asegurarme de que hago lo correcto, y pensé que quién mejor que usted para aconsejarme.

—¿La empresa tiene otros activos aparte del *stock*? —Fue la primera pregunta de Beth.

—La galería de la calle Jermyn que no pude permitirme mantener abierta. De hecho, acabo de recibir un impuesto municipal para el próximo cuatrimestre de veintiséis mil libras que difícilmente voy a poder pagar. Así que cuanto antes me la quite de encima, mejor.

—Eso no es más que la tarifa vigente para una galería del West End —le aseguró Beth.

—¿Y usted no estaría interesada en adquirirla, señora Warwick?

—Me temo que no, señora Lomax —dijo Beth con firmeza—. Sospecho que su marido estaba en lo cierto: tengo mejor encaje al frente de un museo público que de una galería privada.

La señora Lomax no pudo disimular su desilusión.

—No obstante —añadió Beth—, mi padre lleva toda la vida trabajando en el mercado inmobiliario, así que si usted quiere puedo pedirle su opinión.

—Muy amable de su parte.

—¿Qué le parece si le llamo mientras estoy aquí con usted y vemos cómo reacciona?

—¿No le importa? —dijo la señora Lomax—. Le estaría muy agradecida.

—Será un placer —respondió Beth, y sin decir otra palabra más sacó el móvil y llamó a casa de sus padres.

—¿Qué número de la calle Jermyn? —preguntó mientras empezaba a sonar el teléfono.

—12A —dijo la señora Lomax, al tiempo que contestaba una voz de hombre.

—Papá —empezó a decir Beth—, necesito que me aconsejes en un tema inmobiliario. Quiero asegurarme de que no se me ha escapado nada.

Arthur Rainsford escuchó atentamente mientras su hija le hacía un resumen de todo lo que le había dicho la señora Lomax.

—No se te ha escapado nada. —Fue la inmediata respuesta de su padre—. Casi todas las propiedades comerciales de Mayfair pertenecen a la Corona o al Patrimonio Grosvenor. Y puedes estar segura de que la galería tiene un régimen de alquiler a corto plazo. Como mucho, veinticinco años, con revisiones del alquiler al alza cada cinco. El precio actual es de unos cien mil al año, según los metros cuadrados, así que los precios serían el menor de sus problemas.

—Entonces, ¿te parece que un millón a cambio del *stock* es un trato justo?

—Es tu mundo, no el mío. Pero déjame que haga un par de preguntas discretas y te llamo, por si acaso se nos ha escapado algo a los dos.

—Gracias, papá. Tenemos todos muchas ganas de ir a veros el próximo fin de semana —dijo Beth antes de colgar.

—Esto es una gran ayuda —reconoció la señora Lomax una vez que Beth le hubo transmitido la opinión de su padre—. El momento no podía haber sido más oportuno, porque el amable caballero me ha enviado un contrato para que lo considere durante el fin de semana y ha prometido que llamaría el lunes para saber si me he decidido.

Beth tomó otra taza de té antes de marcharse mientras la señora Lomax le decía que en 1953 había visto la coronación de la reina en un televisor en blanco y negro y que en 1960 había visto a Edith Evans interpretando a la nodriza de *Romeo y Julieta* en Stratford-upon-Avon… ¿O fue en el 61? Sin embargo, su recuerdo más perdurable era…

—Me temo que debería irme ya, señora Lomax… —sugirió Beth por tercera vez.

—¿No se queda a comer, querida? Las tortitas de pescado de Janet tienen fama de excepcionales…

—Y no lo dudo, señora Lomax, pero me gustaría estar en casa antes de que los niños vuelvan de Legoland.

—¿Legoland? —preguntó la señora Lomax, lo cual supuso otro cuarto de hora para que Beth le explicase a la anciana, que solo tenía muebles de madera de roble, lo que eran los Lego.

Por fin, después de una tercera taza de té, consiguió escaparse.

Beth había llegado a la séptima rotonda cuando empezó a sonar el teléfono del coche. Paró en un área de descanso y al cogerlo oyó una voz familiar.

—¿Dónde estás? —preguntó su padre.

—A punto de meterme en la A5. Llegaré a Londres dentro de una hora, más o menos.

—Quiero que te des la vuelta y regreses inmediatamente a Buckingham. Busca un hotel y reserva una habitación para mí y otra para tu suegro.

—¿Puedo preguntar por qué?

—Porque el amable caballero no es tan amable como piensa la señora Lomax, y dado que va a llamar otra vez el lunes por la mañana, el tiempo no corre a nuestro favor.

—Entonces tendré que volver y decirle a la señora Lomax que con mucho gusto probaré las tortitas de pescado de Janet.

Capítulo 5

Booth Watson estaba sentado solo en su oficina, consciente de que la señora Faulkner, como era habitual, iba a retrasarse. Ella siempre pensaba que eso le daba ventaja, pero mientras su cuenta corriente siguiera en números rojos, seguiría estando en desventaja.

La señora Faulkner apareció por fin a las tres y dieciocho minutos de la tarde, sin hacer el más mínimo intento por disculparse. Mientras se sentaba en la silla de enfrente, BW admiró por enésima vez su aspecto impecable, aunque sospechaba que ahora tardaría un poco más en arreglarse. El modelito de alta costura le recordó por qué su traje no era lo único rojo.

—Qué alegría volver a verla —dijo Booth Watson—, y qué buen aspecto tiene —añadió mientras ella se ponía cómoda.

—Corte el rollo, BW. Solo me pide que nos veamos cuando quiere algo. ¿De qué se trata esta vez?

Su lógica, desde luego, era irreprochable, pero Booth Watson llevaba bien preparada la siguiente frase.

—¿Puedo suponer que la señora Warwick y usted siguen siendo amigas del alma?

—Además de socias —le recordó Christina.

—Una relación que terminaría si ella se convirtiera en la próxima directora del Fitzmolean.

—No me lo recuerde —dijo Christina, un poco apresuradamente.

—Lo cual, sin duda, se comería una buena parte de sus ingresos —sugirió Booth Watson.

Christina no comentó inmediatamente la réplica de doble filo de Booth Watson.

—¿Qué está pensando esa retorcida cabeza suya, BW? —preguntó por fin.

—Quizá no le pille del todo por sorpresa saber que Miles, al igual que usted, no se llevaría una desilusión si la señora Warwick no se convirtiera en la nueva directora del Fitz.

Mientras esperaba a ver cómo reaccionaba ella, Booth Watson se recostó y se encendió un cigarrillo. Si Christina sacaba el tema del Rubens falso que estaba colgado en el Fitzmolean, a Miles le iba a costar un dineral. Pero Christina no dijo ni mu. Y Booth Watson sabía por experiencia que cuando Christina tenía un as en la manga, siempre lo sacaba demasiado pronto, de manera que seguro que no había visto el anuncio del *New York Times*. Se felicitó a sí mismo; gracias a su diligencia, el anuncio solo había aparecido una vez, así que todo apuntaba a que Miles se había salido con la suya.

—¿Qué carajo le importa a Miles a quién le ofrecen el puesto? —preguntó Christina.

Una pregunta para la que estaba preparado.

—Mi querida señora Faulkner —empezó a decir a la vez que exhalaba una larga voluta de humo—. Nadie sabe mejor que usted lo vengativo que puede llegar a ser Miles, y que si de algo no anda escaso es de memoria.

Christina no podía discrepar.

—Pero será la junta directiva del museo la que nombre al nuevo director, y yo seré una mera voz clamando en el desierto.

—Entonces va a tener que ser usted muy persuasiva, ¿no cree?

—Y aparte de mí hay once miembros más en la junta —añadió Christina.

—Tendrá que hacer de Judas —dijo Booth Watson sin el menor dejo de ironía.

—Pues a Judas no le salió muy bien la jugada…

—Lo único que tiene que hacer es convencer a cinco compañeros de la junta de que hay otro candidato más cualificado para el puesto.

Christina sopesó la propuesta y todas sus implicaciones antes de decir:

—¿Cuánto está dispuesto a pagar Miles?

Otra pregunta que había previsto.

—Cincuenta mil. Pero solo si tiene usted éxito.

Christina guardó silencio unos instantes antes de decir:

—Cinco mil por adelantado —hizo una pausa—, como un gesto de buena fe.

—Sabe usted regatear, señora Faulkner —dijo Booth Watson, que había pensado que pediría diez mil.

Volvió a su escritorio, abrió el cajón superior, sacó cinco paquetitos de mil libras cada uno envueltos en celofán y se los dio a su nuevo fichaje. No le dijo que tenía órdenes de darle cincuenta mil por adelantado si llegaba a mencionar el Rubens que estaba colgado en el piso de Nueva York de Miles. Pero no había dicho nada, de manera que se apresuró a cerrar el cajón.

—Arthur Rainsford.

—Ah, sí, señor —dijo la recepcionista del hotel—. Su hija ha reservado una habitación para usted esta tarde. ¿Le acompaña *sir* Julian Warwick?

—No, pero calculo que llegará en menos de una hora.

—Estaré atenta —contestó ella antes de darle una llave—. Tiene usted la habitación número once, caballero, en la primera planta. La cena se sirve a partir de la siete, hasta las nueve y media.

—Gracias —dijo Arthur antes de subir por la estrecha escalera.

Si en algo no estaba pensando en ese momento era en la cena. Después de deshacer el equipaje, se sentó ante un pequeño escritorio que daba al jardín de atrás y repasó las notas que había tomado durante la conversación con un director de la oficina del Patrimonio de la Corona. Estaba intentando calcular un precio justo para la empresa cuando llamaron a la puerta. Echó la silla hacia atrás, cruzó el cuarto y abrió. En el pasillo estaban Beth y Julian.

—Pasad —invitó con un amplio gesto de la mano. Besó a su hija en la mejilla antes de estrechar la mano de *sir* Julian—. Sentaos; no podemos perder ni un segundo si queremos estar listos a tiempo. En primer lugar, Beth, ¿pudiste obtener respuestas a las preguntas que te sugerí por teléfono?

—A todas y cada una de ellas —dijo Beth, sentándose en una esquina de la cama—. Aunque para ello tuve que sufrir una segunda ración de las «excepcionales» tortitas de pescado de Janet. Hasta tengo el contrato que el amable y generoso caballero le envió a la señora Lomax para que lo estudie antes de que llame otra vez el lunes por la mañana. —Beth abrió el bolso, sacó un grueso documento y se lo dio a su padre, que se fue a la última página y echó un vistazo al renglón final—. Y si consideras que un millón es un precio justo, papá, la señora Lomax estará encantada de seguir tu consejo y firmar el acuerdo.

—Es una oferta irrisoria, y si la mujer no te hubiera pedido consejo habría picado el anzuelo —respondió inmediatamente Arthur antes de pasarle el contrato a *sir* Julian para que le diese su opinión legal—. Resulta que en 1942 Bertie Lomax, el padre de Gordon, compró un contrato de arrendamiento para 999 años del número 12A de la calle Jermyn… por la bonita suma de diez mil libras.

—Eso suena disparatadamente barato —sugirió Beth.

—No lo era en una época en la que los alemanes estaban lanzando bombas por todo Londres y parecía que Adolf Hitler podía llegar a ser tu próximo casero. No olvides que en 1941 Christie's fue arrasada, y que la calle Jermyn está solo a cien metros de distancia.

Beth no había caído en la cuenta.

—Te concedo que Bertie Lomax, en efecto, corrió un riesgo tremendo —dijo Arthur—, pero a largo plazo resultó ser una inversión de lo más astuta. Porque calculo que el valor actual del 12A de la calle Jermyn estará entre el millón y el millón y medio de libras. De manera que, si *sir* Julian consigue redactar un contrato antes de que el «amable y generoso» caballero llame a la señora Lomax el lunes por la mañana, yo añadiría otro millón por el contrato de arrendamiento, incluso una donación de diez mil libras al fondo de rehabilitación de la iglesia.

—No creo que sea muy difícil redactar un nuevo contrato entre la señora Lomax y tú —dijo *sir* Julian—, porque alguien que claramente es un miembro experto de mi profesión ha hecho ya la mayor parte del trabajo.

—¿Crees que el hombre que se presentó en el funeral sin invitación era abogado? —preguntó Beth.

—No me cabe la menor duda —contestó *sir* Julian—, y además muy sagaz. Habréis oído hablar de los abogados «cazaambulancias», pero puede que no os suene tanto otro grupo más selecto, el de los abogados «cazafunerales». Eligen cuidadosamente a su presa y se presentan en los funerales dando por hecho que la mayoría de las mujeres no conocerán todos los detalles de los negocios de sus maridos. Al irse, presentan sus respetos a la viuda, pero no sin antes soltarle un rollo tipo: «Si hay algo que pueda hacer yo para ayudarla, mi querida señora, no dude en pedírmelo». Después, le dan su tarjeta. No me sorprendería que para colmo añadiesen «sin cobrar», para que parezca que ofrecen sus servicios de manera desinteresada.

—¿Cuándo esperas volver a ver a la señora Lomax? —le preguntó Arthur a su hija.

—Le prometí que la acompañaría a los maitines mañana por la mañana —dijo Beth—. Quiere presentarme al párroco y que me informe mejor de sus planes para reparar el tejado de la iglesia, que por lo visto vuelve a tener goteras.

—Entonces puedes darle un cheque de dos millones y dejarle decidir a ella cuánto deja en el cepillo —dijo Arthur a la vez que sonaba el gong para la cena.

—Y si os portáis muy pero que muy bien los dos —dijo Beth—, puede que hasta me anime a deciros el nombre del «cazafunerales».

Antes de salir de la habitación, se sacó del bolso la tarjeta de visita del abogado.

—El pasaje de esta mañana pertenece a la primera epístola a los Corintios, capítulo trece, versículo trece en adelante —dijo el pastor—. Fe, esperanza, caridad: las tres, sí, pero la más importante es la caridad —subrayó mientras miraba desde el púlpito a la señora Lomax, que parecía cautivada por cada palabra que salía de su boca.

Beth había ido a desayunar con la viuda y le había hecho una propuesta que la había dejado sin habla durante más de un minuto. Las dos escucharon el resto del sermón, que parecía dirigido a un público de una sola persona. De hecho, la señora Lomax permaneció de rodillas hasta mucho después de que el párroco hubiese pronunciado la bendición final.

Una vez que hubieron salido todos los feligreses, el pastor invitó a la señora Lomax y a Beth a acompañarle a la sacristía.

—Quería que fuese usted el primero en saber la buena noticia —dijo la señora Lomax al entrar en su recinto privado—. El padre de la señora Warwick me ha ofrecido dos millones de libras por la galería de mi difunto marido, incluido el *stock,* y después de escuchar su sermón he decidido donar la mitad al fondo para la rehabilitación de la iglesia.

Los dos se quedaron sin habla al oír cuál iba a ser el óbolo de la viuda, pero el pastor fue el primero en recuperarla.

—Acaba usted de resolver todos nuestros problemas de un plumazo, mi querida señora Lomax. Tenga la plena certeza de que estará siempre en mis oraciones.

—Y no olvide que mi padre también está dispuesto a donar otras diez mil libras para contribuir a tan loable iniciativa —añadió Beth.

—Así sea —dijo el pastor, bendiciendo a Beth con la señal de la cruz—. Entre ustedes y el señor Booth Watson, habrán aportado un millón once mil libras a la causa. Que Dios los bendiga a los tres.

—¿Qué tal si se pasa a tomar el té a eso de las tres? —sugirió la señora Lomax—. Sobre esa hora estaré firmando el contrato.

—El milagro de los panes y los peces —dijo el pastor, mientras que la señora Lomax parecía haber entrado ya en la tierra prometida.

Justo después de las tres de la tarde, Beth, su padre y *sir* Julian llegaron a la casita con techo de paja y se encontraron con que el pastor ya estaba allí.

La ceremonia del té habría sido digna de una *geisha* japonesa, y todavía transcurrió otra hora en la que la señora Lomax les habló de Vera Lynn cantando a las tropas durante la guerra, de la boda de Carlos y Diana en la abadía de Westminster y del reciente Discurso de la Reina a la Cámara de los Lores antes de que Beth considerase que era un buen momento para plantear el tema del contrato. Cuando la señora Lomax movió la cabeza en señal de asentimiento, *sir* Julian sacó un documento de tres páginas y lo dejó delante de ella sobre la mesa, junto con su pluma estilográfica.

La señora Lomax fue directamente a la última página, firmó el acuerdo y le dio la estilográfica al pastor para que atestiguase su firma.

—No, no —interrumpió *sir* Julian con firmeza—. Como la iglesia va a ser una beneficiaria principal, es importante que el pastor mantenga cierta distancia.

La señora Lomax hizo sonar inmediatamente una campanilla, y cuando volvió el ama de llaves le pidió que hiciera los honores.

Una vez que las tres copias estuvieron firmadas por ambas partes y *sir* Julian volvió a meterlas en su maletín, Arthur le dio a la señora Lomax un cheque de dos millones de libras. La beneficiaria se quedó un rato mirando la cifra antes de preguntar:

—¿No se olvida de algo, señor Rainsford?

Arthur se quedó desconcertado.

—Las diez mil libras que prometió donar al fondo para la rehabilitación de la iglesia…

Avergonzado, Arthur dijo:

—Sí, por supuesto.

Sacó la chequera y extendió un segundo cheque que le dio al pastor.

—Dios le bendiga —respondió el sacerdote, pero todavía pasó otra hora más antes de que por fin se marcharan, no sin antes recibir otra bendición.

Mientras Beth se alejaba, Arthur miró por la ventanilla del coche y dijo adiós con la mano a la anciana. En cuanto dejaron de verla, comentó:

—Esa mujer no es tan ingenua como quiere hacerte creer. Tengo la sensación, Beth, de que sabía exactamente a quién le estaba pidiendo consejo cuando se puso en contacto contigo.

Capítulo 6

Booth Watson pasó mucho tiempo preparando preguntas en un cuaderno amarillo que tenía delante, y también dibujando flechas que apuntaban en distintas direcciones según las posibles respuestas de la señora Lomax.

Ya había decidido que, si la mujer aceptaba su oferta de un millón de libras por la galería y su *stock,* reuniría el dinero por su cuenta y se la revendería a Miles por un millón y medio, garantizando para ambos un rendimiento rentable. Y si ella le presionaba para que superase ese límite, le ofrecería el trato a Miles y le cobraría un diez por ciento por sus servicios. En cualquiera de los dos casos, obtendría pingües beneficios. Decidió no llamar a la señora Lomax antes de las once para evitar parecer demasiado entusiasta.

Repasó las preguntas una vez más y descolgó el auricular. Oyó varias veces el tono antes de que hubiese respuesta.

—Buckingham 2418.

—Buenos días, señora Lomax —dijo Booth Watson con tono afectuoso—. La llamaba para preguntar si ha tenido tiempo de considerar mi oferta de un millón de libras por la empresa de su marido.

—En realidad, me ha sobrado tiempo —le espetó la señora Lomax—, y he decidido rechazarla.

—Quizá podría aumentar la oferta —dijo Booth Watson, mirando una de las flechas de la página— hasta, por ejemplo, un millón y medio. Pero me temo que ese sería mi límite.

—Y yo me temo que ha llegado usted demasiado tarde, señor Booth Watson. Ya he aceptado una oferta de dos millones de otra parte interesada, a la que creo que usted conoce bien.

Booth Watson apenas tardó unos segundos en comprender quién podía ser.

—Además de una donación de diez mil libras al fondo para la rehabilitación de la iglesia —añadió la señora Lomax, por si lo anterior no era suficiente.

Booth Watson colgó de golpe y rápidamente cogió de nuevo el auricular, al tiempo que buscaba un número de teléfono en su Rolodex. Marcó el nuevo número, y pareció que tardaban siglos en responder.

—Midland Bank —dijo una voz.

—Craig, soy Booth Watson.

—Buenos días, señor. ¿En qué puedo ayudarle?

—Ese cheque de mil libras que extendí a nombre de la iglesia parroquial de Buckingham… Quiero cancelar el pago.

Se hizo un largo silencio, y por fin Craig dijo:

—Me temo que el cheque se cobró esta misma mañana.

Booth Watson colgó de golpe por segunda vez, abrió el cajón superior del escritorio y se quedó mirando los paquetitos de celofán que le había dado Miles por si Christina había visto el anuncio del *New York Times* y, lo más importante, por si había reconocido el Rubens. ¿Y si, en efecto, lo había reconocido…?

Beth fue la primera en llegar a la comida anual en el Ritz. Aunque Christina y ella se veían con frecuencia, Beth solo permitía que se cargase a la cuenta de la empresa una reunión de socias al año, sobre todo cuando era Christina la que elegía el lugar.

El *maître* la acompañó por el elegante comedor de estilo *belle époque* hasta una mesa situada frente a una ventana que daba a Green Park. A Beth no le sorprendió que Christina llegara tarde. Para ella, un reloj de pulsera era un accesorio, no un instrumento para medir el tiempo. Pero así Beth tuvo un poco más de tiempo para pensar en cómo darle la noticia a su amiga.

—¿Champán, señora? —preguntó el camarero.

—No, gracias —dijo Beth—. Un vaso de agua del grifo, por favor.

El *maître* se marchó rápidamente para atender a clientes que no pensaban que el agua del grifo fuera para beber. Beth estudió el menú, y ya había decidido qué ensalada iba a pedir cuando Christina apareció en la entrada con un ceñidísimo vestido naranja que daba testimonio del número de horas que pasaba en la cinta de correr. Beth no recordaba haberlo visto antes, aunque en realidad nunca había visto que su amiga repitiese modelito, y se preguntó cuántos armarios habría en su piso. Después se fijó en sus zapatos. Imelda Marcos habría estado orgullosa de ella.

Cuando Christina la vio sentada frente a la ventana, se abrió camino por la sala como si fuera su pasarela personal, y consiguió el efecto deseado ya que varias cabezas masculinas se volvieron para mirarla por segunda vez, y algunos hasta por tercera, mucho antes de que llegase a su destino. Se inclinó y besó a su amiga en ambas mejillas al tiempo que aparecía una copa de champán a su lado sin necesidad de pedirla.

—Estás despampanante, querida —dijo con tono entusiasta Christina, aunque Beth era plenamente consciente de que, una vez más, estaba interpretando el papel de Amelia Sedley mientras su amiga hacía de Becky Sharp—. Estoy deseando saber cómo ha prosperado nuestro pequeño negocio este año —añadió antes de tomar un sorbito de champán.

—¿Empiezo por la buena noticia o por la mala? —preguntó Beth.

—Empecemos por la buena —respondió Christina—. Porque algo me dice que la mala ya me la sé.

—Hasta hace más o menos un mes, tu inversión nos estaba dando unos beneficios aceptables, y yo apenas tenía nada que contar —comenzó a decir Beth—. Hasta que una manzana madura cayó de un insólito árbol justo en mi regazo. —Christina dejó la copa—. Una manzana que no solo produjo unas ganancias inesperadamente jugosas sino que además tuvo el beneficio adicional de dejar sin blanca a nuestro común amigo el señor Booth Watson, consejero de la reina.

Christina, de repente más atenta, se enderezó.

—La galería Lomax, en la esquina de la calle Jermyn —continuó Beth—, salió hace poco al mercado, después de la prematura muerte de su propietario, Gordon Lomax. Sotheby's ha valorado el *stock* de la galería en torno al millón de libras, pero resulta que el local vale como poco otro millón.

—Pero nosotras no tenemos un capital tan grande a nuestra disposición —interrumpió Christina.

—Cierto —reconoció Beth—, pero mi padre sí. Sin embargo, como el *stock* de la galería no le interesaba nada, le vendí los cuadros a Agnews por un millón de libras, ya que los paisajes holandeses nunca han sido lo mío.

—¿Dónde está la ganancia?

—Paciencia —dijo Beth—. Mi padre entonces volvió a vender el contrato de arrendamiento a largo plazo de la galería a Patrimonio de la Corona por un millón doscientas mil libras, y obtuvo un beneficio de doscientas mil que repartió conmigo.

—¡De manera que ganamos cien mil libras! —exclamó Christina, incapaz de disimular su alegría.

—Y si a eso le sumas las setenta y cuatro mil que ganó este año nuestra compañía, tus ganancias totales ascienden a ochenta y siete mil libras.

Beth abrió el maletín, sacó un cheque y se lo dio a su socia.

—Gracias, cielo —dijo Christina, antes de añadir—: Pero ¿qué papel juega Booth Watson en todo esto?

—Intentó estafarle la herencia a una anciana viuda y acabó con mil libras menos.

—¿Crees que actuaba en nombre de Miles?

—No, sospecho que en esta ocasión se olvidó de informar a Miles…

—¿Lo hizo a sus espaldas?

—No pongas esa cara de sorpresa. Al fin y al cabo, tú misma lo has hecho más de una vez.

—*Touché* —respondió Christina—. ¿Y la mala noticia? —preguntó después de comprobar los ceros y depositar el cheque en su bolso.

Beth bebió un traguito de agua antes de continuar.

—*Sir* Nicholas Fenwick me ha escrito para decirme que el Fitz está buscando un director nuevo y que espera que me presente al cargo.

—¿Y vas a presentarte? —preguntó Christina, tratando de sonar despreocupada.

—Aún no me he decidido —reconoció Beth—. Entre otras cosas, porque ya no estoy segura de querer el puesto.

—Pero si llevas deseando dirigir algún museo importante desde que te conozco —dijo Christina, esperando que Beth la contradijese.

—Cierto, pero eso fue antes de que montásemos nuestra compañía. Si me convirtiera en la siguiente directora del Fitz, el sueldo se me reduciría a la mitad, además de que solo cenaría de vez en cuando con mis hijos y seguramente solo vería a mi marido los fines de semana.

Christina procuró no pensar en la merma todavía mayor de sus ingresos si se disolvía su sociedad. Empezó a pensar en cómo le convenía jugar sus cartas y se acordó de la oferta con condiciones de Booth Watson.

—Aunque confieso —prosiguió Beth— que disfrutaría del reto de dirigir uno de los museos más prestigiosos de la nación, ¿quién no lo haría?

Yo no, pensó Christina mientras la cabeza le iba a mil por hora antes de jugar su primera carta.

—Decidas lo que decidas —dijo al fin—, te apoyaré hasta el final. Y no olvides que sigo en la junta, así que si hay algún escéptico podré convencerlo.

—Eso podría ser crucial —dijo Beth—, porque me han contado que hay un par de pesos pesados que ya han solicitado el cargo, así que no puede decirse que mi nombramiento sea un hecho consumado.

—Con mi voto que no cuenten —prometió Christina, y se propuso averiguar qué otros candidatos estaban seleccionados en cuanto llegase a casa.

—Qué generosa eres, teniendo en cuenta que tú aún tienes más que perder que yo.

—Es lo mínimo que puedo hacer después de todo lo que has hecho tú por mí, Beth.

Christina ya se preguntaba si podría conseguir que Beth no figurase siquiera en la lista de candidatos. En su cabeza empezaba a cobrar forma un plan cuando el *maître* apareció de nuevo a su lado.

—Louis —dijo Christina, devolviéndole la carta—, quiero perder peso, así que para mí solo caviar Beluga, y después lenguado Dover.

—Excelente decisión, señora —dijo, y a continuación se dirigió a Beth—: ¿Y usted, señora?

—Ensalada César, Louis —respondió mientras el sumiller le servía una segunda copa de champán a su socia.

Capítulo 7

William vio vestirse a Beth y no pudo evitar fijarse en lo nerviosa que estaba. Debía de haberse probado cinco o seis conjuntos distintos antes de decidirse por un traje azul marino con grandes botones blancos y una blusa de seda color crema. Después tardó más o menos lo mismo en seleccionar un bolso a juego y un par de zapatos de tacón para completar el atuendo.

Cuando por fin se hubo decidido, William se abstuvo de mencionar que era el conjunto que él habría escogido en primer lugar.

—¿Por qué quiere este trabajo, doctora Warwick? —le preguntó.

—Siempre he tenido la esperanza de volver a este gran museo. Fui su conservadora de cuadros y, después de cinco años como marchante de arte, ahora me doy cuenta de que es mi vocación a largo plazo.

—Un poco exagerado, ¿no crees? —sugirió William.

—No ha pasado un solo día en el que no haya deseado volver al Fitz.

—Mejor —dijo William, antes de continuar con su interrogatorio—. Me gustaría saber un poco más de sus cinco años como marchante. ¿Ha aprendido algo en todo este tiempo que pueda ser útil para el Fitzmolean?

—En primer lugar, presidente, enseguida se aprende el valor del dinero, sobre todo cuando es tu propio dinero el que gastas y no los fondos de un organismo público o de generosos benefactores.

—¿Por ejemplo?

—Hace poco compré una maqueta de Henry Moore, de su serie *Rey y reina,* en representación de un cliente estadounidense que me pidió que se la enviase a su casa de Filadelfia. Saqué a concurso el envío con cinco compañías de transportes distintas y descubrí que sus precios oscilaban entre mil doscientas libras y cuatro mil setecientas. Esto me recordó que el Fitzmolean siempre contrataba la misma compañía de transportes, los mismos enmarcadores, las mismas aseguradoras y hasta los mismos limpiacristales el tiempo que estuve trabajando allí. Los museos que reciben fondos públicos deberían portarse como las galerías privadas cuando se gastan el dinero de otras personas. El director debería pensar como un vendedor ambulante a la vez que actúa como un miembro de un consejo de administración.

—Convincente —dijo William—. Pero ¿estás absolutamente segura de que quieres el cargo?

—Eso no me lo van a preguntar.

—Pero yo sí —dijo William, cambiando de interrogador a marido.

—Tengo dudas —admitió Beth, mirándose otra vez al espejo y dudando de si ponerse alguna joya—. Tan pronto lo quiero como no estoy segura.

—Falta una hora más o menos para la entrevista —anunció William, mirándose el reloj—, así que más vale que no tardes mucho en decidirte.

—Y tú, ¿qué piensas? —preguntó Beth, volviéndose a mirar a su marido.

—Yo no quiero ser director del Fitzmolean.

—Venga, cavernícola, no hagas el tonto y responde a mi pregunta.

—Si fueras económicamente independiente, cariño, ¿qué trabajo preferirías?

—Directora del Fitz, sin lugar a duda.

—Entonces, ahí tienes la respuesta.

—Pero reconocerás que los ingresos extra no nos vienen nada mal.

—Decídete, Beth —dijo William, intentando disimular su exasperación—. Y mientras tanto, concentrémonos en asuntos más prácticos. ¿Cómo piensas llegar hoy a Kensington Gardens?

—Taxi a la ida, autobús a la vuelta.

—¿Y si te ofrecen el trabajo?

—Cogeré siempre el número 14, tanto a la ida como a la vuelta.

—No me refería a eso —dijo William, sonriendo.

—Sé exactamente a qué te referías, señor comisario jefe —dijo Beth mientras se probaba un collar de perlas que le había regalado su padre al cumplir los treinta—. Pero todavía no sé la respuesta a tu pregunta.

—Entonces, te llevaré en coche para que te lo pienses por el camino.

—Pero llegarás tarde al trabajo.

—Bonito collar de perlas —dijo William.

Miles estaba cascando un segundo huevo cuando apareció Collins con una carta en una bandeja de plata. No disimuló su sorpresa; solía dejarle el correo de la mañana en su estudio para que lo viera después de desayunar.

Cogió el largo sobre color crema y lo examinó atentamente. Iba dirigido al señor Miles Faulkner, 37 Cadogan Place, Londres SW1, pero tuvo que darle la vuelta para entender por qué Collins había hecho una excepción. Se quedó mirando el blasón real en relieve.

Si era un engaño, alguien se había tomado muchas molestias para llamar su atención, ya que Miles estaba seguro de que el sobre no contenía una invitación para ir a una de las fiestas que daba la reina en los jardines del palacio. Para empezar, el sobre no tenía el tamaño adecuado. Se le pasaron por la cabeza distintas opciones, y por fin cogió el cuchillo de la mantequilla, lo insertó en una esquina del sobre y abrió este lentamente. Sacó con cuidado una carta y vio las palabras BUCKINGHAM PALACE estampadas en relieve en la parte superior. En el papel solo había escritos, con tinta de color azul claro, once números que no le decían nada. Supuso que sería un número de teléfono. Pero ¿de quién?

Miles hizo sonar la campanilla que había sobre la mesa del desayuno y a los pocos instantes apareció Collins de nuevo.

—¿Quién ha traído esta carta? —preguntó, levantando el sobre.

—Llegó con el correo de la mañana, señor.

Miles se levantó de la mesa sin soltar la hoja.

—Me voy a mi estudio. Encárgate de que no me moleste nadie.

—Sí, señor.

Miles soltó la servilleta arrugada sobre la mesa, salió de la habitación y se metió en su despacho. Se sentó, dejó la carta sobre el escritorio y, tras una breve pausa, cogió el teléfono y marcó lentamente el número. Sonó varias veces el tono y por fin una voz respondió:

—Buenos días, señor Faulkner.

—¿Cómo ha sabido quién llamaba?

—Es usted la única persona que tiene este número —respondió inmediatamente la voz.

—Entonces empiece por decirme cómo se llama.

—No tengo la más mínima intención de revelar mi nombre —dijo la voz con un marcado acento *cockney*— hasta que acceda a reunirse conmigo.

—¿Y por qué iba a querer hacerlo?

—Porque desde hace nueve años hay alguien en Scotland Yard que, sin saberlo, me ha estado pasando datos que seguro que le parecen de lo más valiosos.

—Y que, sin duda, tendrán su precio…

—Un millón de libras —dijo tranquilamente la voz.

Faulkner soltó una carcajada.

—¿Qué puede haber que merezca un precio tan alto?

—La humillación pública del comisario jefe William Warwick. La expulsión del inspector Ross Hogan del cuerpo por mala praxis profesional, de manera que al comandante Hawksby no le quede más remedio que dimitir.

63

—¿Y cómo? —preguntó Miles, de repente interesado.

—Eso es lo que va a costarle un millón de libras, señor Faulkner —dijo la voz—. Porque una vez que dé usted el golpe maestro que tengo pensado, Warwick y sus compinches no tardarán mucho en deducir quién le ha pasado la información necesaria para hacerlo posible.

—Veámonos —dijo Faulkner—. Así sabré si se está tirando un farol.

—No es tan fácil —habló la voz—, porque si alguien nos viera juntos, ataría cabos.

Faulkner se quedó pensando unos instantes antes de decir:

—¿Conoce el Museo Imperial de la Guerra?

—No he vuelto a ir desde que era niño, pero paso por delante de camino al trabajo.

—Que me imagino que estará en Buckingham Palace, ¿no? —preguntó Miles, aunque no obtuvo respuesta—. Al igual que otros museos, el Imperial está prácticamente vacío los lunes a primera hora.

—¿A primera hora?

—Abre a las diez, así que podríamos quedar en la cafetería de la planta baja. Ahí es poco probable que nos molesten, aparte de algún colegio o algún turista japonés que seguro que no nos reconocen a ninguno de los dos.

—¿Se refiere a las diez de esta mañana?

—Sí. —Fue la respuesta inmediata.

Después de un largo silencio la voz dijo:

—Estaré allí a las diez.

—Pero yo no —contestó Miles— si no me dice su nombre.

Se hizo otro largo silencio, y Miles habría asegurado que el hombre anónimo había colgado de no ser porque todavía le oía respirar.

—Phil Harris —dijo suavemente la voz.

Beth se sentó en la otra punta de la mesa de la sala de juntas y se preguntó si los demás oirían los latidos de su corazón. Por fin comprendió cuánto deseaba el trabajo.

Intentó tranquilizarse mientras doce rostros la escudriñaban, y no se empezó a relajar hasta que vio que Christina la sonreía con cariño. Se estiró la falda mecánicamente, intentando no revelar lo nerviosa que estaba.

—Quisiera empezar, doctora Warwick —dijo el presidente de la junta—, agradeciéndole que haya solicitado ser la nueva directora del Fitzmolean. Quizá podría comenzar contándonos por qué quiere este trabajo.

—Nunca he ocultado, señor presidente, que deseaba formar parte del futuro de esta gran institución, en la que he tenido el privilegio de ser conservadora de pintura después de Mark Cranston y, más tarde, de haber desempeñado el cargo de directora adjunta del museo.

—Pero lleva más de cinco años al margen del sector público —continuó el presidente—, y, según dicen, está cosechando grandes éxitos como marchante privada. Entonces, ¿por qué quiere volver al Fitz?

—Es usted muy amable, *sir* Nicholas. Pero no hay un solo día en el que no eche de menos la camaradería del mundo de los museos. Yo no soy un animal empresarial por naturaleza. Soy una voluntaria de la vida, de modo que ¿podría aspirar a algo mejor que a dirigir uno de los museos más prestigiosos de la nación?

A Beth le parecía oír a William decir: «Te estás pasando, suenas desesperada».

—Pero tendría que aceptar, doctora Warwick —intervino el director financiero—, que no podemos igualar la suma que ha estado ganando como marchante.

Era evidente qué miembro de la junta les había suministrado ese dato.

—Quizá eso demuestre hasta qué punto quiero el puesto —respondió Beth mientras miraba a Christina, que estaba en el otro extremo de la mesa con la vista en el suelo.

William también había acertado en esto. ¿Cuándo iba a espabilar?

—¿Hay algo más que desee compartir con nosotros —preguntó el presidente después de que Beth respondiera varias preguntas más, todas ellas previstas por William— antes de que tomemos una decisión?

Miles estaba de pie en el último escalón del Museo Imperial de la Guerra cuando apenas quedaba un minuto para las diez, y no se sorprendió al ver que las puertas se abrían a su hora. Entró con paso decidido, pero no pudo resistirse a hacer una pausa para admirar la artillería de campaña de la Primera Guerra Mundial y un tanque Churchill antes de dirigirse a la cafetería de la planta baja, un lugar que frecuentaba cuando no quería que nadie le reconociera. Tal y como había imaginado, estaba vacía. Ni siquiera se había presentado aún el personal de cocina. Se sentó en una mesa del fondo, desde la que veía claramente el campo de batalla.

No tuvo que esperar mucho para que un soldado perdido apareciera en el horizonte y recorriese con la mirada la sala vacía, revelando así que estaba en terreno desconocido. Miles levantó la mano.

El desconocido se acercó a él pero no se sentó. No podía disimular su nerviosismo; sus ojos se movían rápidamente en todas las direcciones como los de un animal atrapado. Miles no se habría sorprendido si se hubiese batido en retirada sin disparar un solo tiro.

Miles estudió más detenidamente a su presa. Harris no parecía un delincuente avezado. Medía en torno a un metro setenta y cinco centímetros, tenía cincuenta y muchos años y llevaba un traje elegante —aunque muy usado— y una corbata que Miles sospechó que pertenecía a un regimiento militar. Los zapatos de cuero con cordones brillaban como si estuviese desfilando, y, de hecho, lo estaba. Cuando por fin se sentó, Miles rompió el silencio.

—En vista de que sabe tanto sobre mí —fue su salva de apertura—, mientras que yo apenas sé nada de usted, ¿podría empezar por hacerle unas preguntas?

Harris asintió con la cabeza.

—Confieso que me llamó la atención que fuera capaz de hacerse con una hoja de papel de carta del palacio de Buckingham.

—Trabajo en el palacio —dijo Harris—. Llevo allí desde que abandoné el ejército hace poco más de once años.

—¿En calidad de qué?

—Soy el chófer del lord chambelán. Lo he sido con los tres últimos titulares de ese cargo.

—Pero eso no le da derecho a escribir una carta en el papel del palacio de Buckingham, ¿no?

—No, no me lo da —reconoció Harris—. Pero fue muy fácil coger una hoja, un sobre y un sello de la oficina de su secretario y echar la carta al correo nocturno justo antes de que vinieran a recogerlo.

Miles acepto la explicación y pasó al siguiente punto.

—¿Cómo es que sabe tanto sobre mí, cuando estoy casi seguro de que no nos conocemos de nada? No es que frecuentemos precisamente los mismos círculos…

—Tenemos un conocido común —dijo Harris—. El agente Danny Ives.

—¿Sabe que está usted aquí? —Fue la reacción inmediata de Miles. Esta vez le tocó a él mirar a su alrededor.

—Imposible. Si lo supiera, me delataría sin pensárselo dos veces.

—¿No será que son viejos amigos? —insistió Miles.

—Es posible que él lo piense —respondió Harris—, aunque solo nos vemos dos veces al año, cuando nos quedamos esperando a nuestros jefes. Eso sí, me han bastado y me han sobrado para saberlo todo sobre usted, mientras que a cambio lo único que he dejado escapar yo es la marca de té favorita de su majestad y el nombre de su último perro galés.

—¿Por qué he de creerme ni una sola palabra de lo que me está diciendo?

—Porque le bastaría con hacer una llamada al palacio, a mi jefe, y me darían la patada cuando solo faltan unos meses para que me jubile.

—Lo tendré en cuenta —dijo Miles—. Pero me siento obligado a preguntar: ¿qué podría ofrecerme que pueda yo considerar que vale un millón de libras?

—Danny sugirió que haría usted cualquier cosa, salvo asesinar, para derribar al comisario jefe Warwick.

—Suponiendo que fuera verdad —respondió Miles—, un millón es mucho dinero.

—¿Y qué me diría si meto a Ross Hogan en el paquete?

—Se basta él solo para ponerse en peligro. Tarde o temprano él mismo hará algo que vaya en su contra.

—¿Y si metemos también al comandante Hawksby... y hacemos un *full* de póquer?

—Se jubila en poco más de un año, así que ya no podrá seguir causándome problemas.

—Momento en el cual, como sé de buena tinta, Warwick ocupará su lugar... algo que usted podría evitar.

—¿Cómo?

Harris se tomó su tiempo en responder, consciente de que lo que estaba a punto de proponer sería recibido con incredulidad. Tomó un sorbo de agua antes de decir:

—Puedo enseñarle a robar las joyas de la Corona.

Miles soltó una carcajada y se levantó. A punto estaba de marcharse sin decir una palabra más cuando Harris se apresuró a añadir:

—Al menos permítame contarle cómo podríamos conseguirlo si combinásemos mis conocimientos con su respaldo financiero.

Miles se volvió a sentar y escuchó la idea que Harris llevaba pergeñando desde hacía tres años. No tomó apuntes, pero de vez en cuando interrumpía con preguntas para las que Harris siempre tenía respuesta. Cuando por fin terminó de perfilar su atrevida idea, Miles comprendió por qué le había elegido a él para financiarla. No era precisamente un plan que se pudiese intentar vender por ahí con la esperanza de que alguien se animase a respaldarlo. A pesar de que tenía que admitir que era un buen plan y que hasta podría salir bien, ya se había decidido y le dejó bien claro a Harris lo que pensaba.

—La posible ganancia no compensa el riesgo —dijo con ademán desdeñoso—. Sobre todo porque la Casa de las Joyas está más vigilada que Fort Knox.

—Solo trescientos sesenta y cuatro días al año —repitió Harris, sin inmutarse.

—¿Y espera que el día trescientos sesenta y cinco entreguen dócilmente las joyas de la Corona? —preguntó Miles, sin esforzarse por disimular el desprecio que le merecía todo aquel plan.

—Si estoy yo allí, lo harán.

—En fin, señor Harris, sepa que yo no estaré allí, así que va a tener que buscarse a otro para que financie este descabellado proyecto.

—No puedo arriesgarme a contárselo a nadie más —reconoció Harris—. Desde el principio pensé en usted como primera y última opción.

—Entonces, tendrá que aprender a vivir de la pensión de jubilación. Porque se me ocurren mejores maneras de gastar mi dinero.

Miles retiró su silla, y de nuevo se estaba levantando para marcharse cuando Harris dijo:

—Si cambia de idea, señor Faulkner, ya sabe dónde encontrarme.

Cuando Beth salió de la sala al final de la entrevista, el presidente pidió silencio.

—Ahora que hemos visto a los tres candidatos preseleccionados —dijo *sir* Nicholas—, quiero darles a ustedes la oportunidad de expresar sus puntos de vista en una charla informal.

Una hora más tarde, todos los presentes en la sala de juntas habían dado su opinión, algunos más de una vez, aunque enseguida había quedado claro que la mayoría estaba a favor de un candidato en particular. No obstante, entre los miembros de la junta había una voz disonante, una voz de mujer, que se resistía a dar su brazo a torcer.

—¿Estamos todos convencidos de que la doctora Warwick es la persona adecuada para asumir una responsabilidad que exige tanto?

—Parece que el resto de los miembros así lo considera, señora Faulkner —dijo el presidente—. De modo que me veo obligado a preguntarle qué le hace pensar lo contrario.

—Sé que en estos momentos la doctora Warwick está metida en varias transacciones importantes relacionadas con el mundo del arte. Hay mucho dinero en juego, y a una en concreto le está dedicando muchísimo tiempo.

—Cuando le hicimos esta pregunta —dijo el secretario de la junta—, dejó bien clara su posición. Cito de las actas: «No tardaría en resolver los compromisos que tengo pendientes y estaría disponible para asumir el cargo cuando la junta lo estimase conveniente».

—A pesar de que supondría una merma considerable de sus ingresos —añadió el presidente antes de que Christina pudiese reaccionar.

—Pero ¿podemos estar seguros de que cuando represente al museo la doctora Warwick no hará tratos a escondidas?

—Esas palabras no son dignas de usted, señora Faulkner —dijo otro miembro de la junta—, sobre todo teniendo en cuenta que antes ha dicho que eran amigas íntimas.

—A lo mejor es que soy más amiga del museo —respondió Christina, sin echarse atrás—. Y creo que sobra que les recuerde que tenemos otros dos candidatos extraordinarios, que merecen que los tomemos en cuenta: un reciente director del Festival de Edimburgo, que ha ganado infinidad de premios, y el director ejecutivo de la Courtauld Gallery, que también tiene una reputación de primera.

Nadie más expresó su opinión, pero al recorrer la mesa con la mirada Christina se dio cuenta de que la suya era una voz en el desierto.

Varias cabezas asintieron cuando el secretario de la junta dijo que había llegado la hora de votar.

—Los que estén a favor de que la doctora Warwick sea nombrada directora, por favor que levanten la mano. —La de Christina fue la única mano que no se movió. El presidente sonrió—. Me alegra confirmar que la doctora Beth Warwick será invitada a incorporarse al Fitzmolean en calidad de nueva directora.

—Solo espero que no tengan que arrepentirse de su decisión —dijo Christina, jugando su última carta.

—Estoy seguro de que no, señora Faulkner, aunque no sé si puedo decir lo mismo de usted, y me pregunto si, dadas las circunstancias, no debería replantearse su pertenencia a esta junta.

Se oyeron varios «eso, eso» y Christina guardó silencio, dolorosamente consciente de que había quemado las naves tanto con Beth como con la junta. Y para colmo, ya se había gastado el anticipo de cinco mil libras con el que la había sobornado Booth Watson, y tenía que aceptar que de esa fuente de suministro en particular ya no iba a venir nada más. También temía que cuando la nueva directora leyese las actas de la junta descubriría enseguida quién había sido la única persona opuesta a su nombramiento. Ahora no solo iba a tener que renunciar a los ingresos extra que Beth aportaba de manera regular, sino al respeto de su mejor amiga… de su única amiga. Para cuando abandonó la reunión, ya estaba arrepintiéndose de su decisión. Desde luego, no había valido cinco mil libras.

—Enhorabuena —dijo William cuando Beth le dio la noticia.

—Pero todavía no sé si quiero el trabajo…

—¿Cuánto tiempo te han dado para que te decidas?

—Una semana…, diez días como mucho —dijo ella mientras el teléfono del pasillo empezaba a sonar.

A William le molestó la interrupción porque tenía un montón de preguntas que hacerle. Salió corriendo, descolgó y preguntó con impaciencia:

—¿Quién es?

—Buenas tardes —respondió una voz que creyó reconocer—. Soy James Buchanan.

—Qué alegría saber del hombre que hizo posible que metiese de nuevo entre rejas a Miles Faulkner —dijo William con voz más suave—. ¿Acierto si digo que al final entraste en Harvard y ahora eres el director del FBI?

—Aún no, pero fui nombrado director de la *Revista de Leyes* durante mi último año en Harvard y ahora soy un agente de campo júnior en Washington vinculado a la oficina del director.

—No me sorprende nada —dijo William—. Bueno, y ¿en qué puedo ayudarle, agente Buchanan?

—No puedes. Es con tu mujer con la que necesito hablar.

Capítulo 8

Ross llegó al St Luke para recoger a su hija con unos minutos de antelación. Tenía muy claro que con Jojo no podía arriesgarse a llegar tarde; con William, alguna vez; con el Halcón, pocas; pero con su hija, nunca.

Encontró un hueco cerca de la verja del colegio para aparcar su mini. Al dar marcha atrás, vio a la señorita Clarke —la profesora favorita de Jojo, destinataria de recurrentes menciones de elogio por parte de la niña— conversando animadamente con un hombre al que Ross reconoció al instante. Fue el puño cerrado del hombre lo que hizo que Ross se moviera tan deprisa. Apagó el motor, bajó de un salto y cruzó a la carrera, sin hacer caso del chirrido de los frenos y de los bocinazos que hicieron que el hombre se volviera y viese que la última persona a la que habría querido ver iba derecha hacia él.

El hombre abrió el puño y soltó varias pastillitas que cayeron al suelo y desaparecieron en su mayoría por una boca de alcantarilla que había a sus pies. A punto estaba de salir disparado cuando Ross le agarró del hombro y le retorció el brazo por la espalda.

—Está detenido —le dijo antes de leerle sus derechos, aunque sospechaba que el hombre conocía de sobra el protocolo.

Un grupo de madres y padres se quedó mirando con incredulidad mientras la señorita Clarke recogía el resto de pastillas que seguían tiradas en la boca de alcantarilla. Las colocó con cuidado en un pañuelo y se las dio a Ross. Instantes después, Jojo salió corriendo por la verja y vio a su padre llevándose a un hombre al que no conocía.

—¿Adónde va papá con ese hombre? —le preguntó a la señorita Clarke, pero no obtuvo ninguna respuesta satisfactoria mientras su padre se alejaba por el parque.

Ross no soltó el brazo del sospechoso hasta que llegaron a la comisaría más cercana, en la otra punta del parque. Lo llevó directamente a la sala de detención y le dijo al sargento que había pillado a Simpson merodeando por las inmediaciones del patio del colegio St Luke en posesión de una droga de tipo A. El sargento autorizó la detención del prisionero y le leyó sus derechos antes de preparar un informe de detención. Se puso a completar los detalles, empezando por su nombre, Reg Simpson; al menos así se llamaba la última vez que había comparecido ante el juez.

Simpson no contestó a ninguna de las preguntas que le hizo el oficial de custodia, ni siquiera su fecha de nacimiento, su dirección o sus familiares más cercanos. Cuando por fin habló, fue solo para decir:

—Conozco mis derechos y exijo ver a mi abogado.

Una llamada y quince minutos más tarde, apareció un conocido abogado que representaba a la mayoría de los maleantes de la zona. El señor Danvers Meade, un hombre atildado de cuarenta y pocos años, lucía un traje de tres piezas, camisa blanca y corbata a rayas, la viva imagen de la respetabilidad, aunque Ross sabía que cada vez que uno de los clientes más ricos de Meade terminaba en el banquillo de los acusados, el señor Booth Watson, consejero de la reina, se presentaba como abogado de la defensa.

Meade saludó bruscamente a Ross con la cabeza, y después de leer la hoja de cargos no hizo ningún intento por ocultar su personal modalidad de sarcasmo.

—¿Así que llevaba encima tres pastillas de éxtasis y un paquete de regalices variados? Me da la impresión de que, como no encuentren nada mejor, el Ministerio Fiscal no presentará cargos.

—Los regalices no van a conseguir que se vaya de rositas. Todavía tendrá que explicar qué estaba haciendo allí, para empezar.

—Si esto llegase alguna vez a los tribunales, inspector, ya se enterará usted de qué hacía ahí mi cliente.

Ross apretó el puño, pero no respondió, consciente de que lo único que conseguiría un altercado sería favorecer a Simpson cuando solicitase la libertad bajo fianza. Meade conocía todos los resquicios legales y hasta se había inventado algunos.

—Simpson tiene un historial más largo que su brazo —dijo Ross secamente.

—Lo cual, inspector, no necesito recordarle que no se puede revelar en los tribunales, a no ser, claro, que quiera que le rechacen el caso antes de que el juez se encasquete siquiera la peluca.

Los dos hombres siguieron mirándose como gallos de pelea hasta que intervino el árbitro.

—Enciérrelo —dijo el oficial de custodia mirando directamente al abogado—. A su celda de siempre.

Un policía joven y fornido se llevó a Simpson.

—Tengo que dejarle, sargento —dijo Ross una vez que hubo rellenado y entregado el formulario de detención—. Me espera mi hija.

Sin decir una palabra más, Ross salió rápidamente de la comisaría y volvió corriendo al St Luke, donde comprobó con alivio que la señorita Clarke seguía charlando con Jojo. Nada más ver a su padre, la niña sonrió de oreja a oreja, pero acto seguido frunció el ceño. Después, a regañadientes, volvió a esbozar una sonrisa.

—¿Quién era ese hombre?

—Tu padre le ha hecho un gran favor al colegio esta tarde, Jojo —dijo la señorita Clarke antes de que Ross pudiese responder—, y tenemos que estarle todos muy agradecidos.

Ross dio las gracias a la señorita Clarke mientras cogía de la mano a Jojo y cruzaban lentamente la calle. Llevaba tiempo queriendo salir a tomar algo con la maestra, después de haberla conocido en una reunión de padres y profesores en la que enseguida había quedado claro que conocía mejor a Jojo que él. Pero como con toda seguridad iba a ser una testigo clave de la acusación cuando el caso fuese finalmente llevado a los tribunales, comprendió que tendría que esperar hasta que el jurado pronunciase su veredicto. No obstante, eso no fue un obstáculo para que le hiciese a su hija algunas preguntas bastante poco sutiles mientras conducía rumbo a casa. Ross no sabía si la señorita Clarke estaba casada o tenía novio, ni siquiera si tenía hijos. De hecho, no sabía ni su nombre de pila.

—Se llama Alice —dijo Jojo por iniciativa propia—. En este momento no tiene novio, aunque un par de profes lo han intentado, y tiene treinta y dos años.

—¿Y tú cómo diantres sabes todo eso? —exclamó su padre mientras aparcaba enfrente de la casa de William.

—Soy hija de un detective —bromeó Jojo, dándose unos toquecitos en la nariz con el dedo índice como tantas veces había visto hacer a su padre. Hizo una pausa antes de añadir—: Te gusta, ¿a que sí, papá?

Jamás un delincuente había hecho enmudecer de semejante manera a Ross.

Aparcó el mini ante la puerta de la casa y metió una libra en el parquímetro. Aún no habían llegado a la mitad del sendero cuando Artemisia abrió la puerta de la calle. Ross recibió un abrazo de su segunda chica favorita, y otro abrazo, más a regañadientes, de Peter.

—Hoy llegas más tarde de lo normal —dijo William, mirándose el reloj cuando Ross pasó a la sala de estar.

—He pillado a Reg Simpson in fraganti con unas pastillas de éxtasis frente al St Luke. Se había deshecho de la mayoría tirándolas por la alcantarilla antes de que pudiera detenerlo, pero aún tenía suficientes como para acusarle de posesión.

—Si por mí fuera —dijo William—, metería entre rejas a todos los camellos y a sus proveedores y tiraría la llave. La mitad de los delitos menores de nuestro territorio los cometen drogadictos desesperados que necesitan un dinero que termina en el bolsillo de atrás de Reg Simpson.

—Meterlos entre rejas es demasiado amable —dijo Ross—. Yo por mí los castraría —dijo al mismo tiempo que Beth entraba en la habitación—. Estás guapísima —añadió de corrido.

—Gracias, Ross —dijo Beth—. Bueno, ¿y a quién castrarías esta vez?

—A los traficantes de drogas. Esto… ¿qué plan tenéis para esta noche? —preguntó Ross, intentando cambiar de tema.

—Voy a llevar a Beth a Heathrow, pero calculo que volveré dentro de un par de horas. Tres como mucho —añadió William sin dar más explicaciones.

—Por favor, asegúrate de que los niños se acuestan antes de las nueve y de que pasan al menos media hora leyendo algo que merezca la pena —interrumpió Beth—. Y seguro que no hace falta que te recuerde, Ross, que hoy por hoy Harold Robbins todavía no es considerado un clásico literario, aunque puede que solo sea cuestión de tiempo.

—A sus órdenes, señora —dijo Ross, cuadrándose con gesto guasón.

—Ahora entenderás a qué me tengo que enfrentar cada día —le susurró William mientras salían al pasillo y ayudaba a Beth a ponerse el abrigo—. Un comandante en la oficina y otro en casa.

Qué suerte tienes, pensó Ross mientras abría la puerta de la calle y los veía alejarse por el camino y subirse al coche. Seguía preguntándose adónde iba Beth, porque no le habían dado ninguna pista. Cerró la puerta y se fue a la cocina con los niños.

Si alguien le hubiese dicho a Beth veinticuatro horas antes que la tarde siguiente iba a embarcar en un avión con rumbo a Nueva York, no se lo habría creído. Pero en cuanto James la llamó para darle la noticia, comprendió que no le quedaba más remedio que ir si quería tener alguna esperanza de ocupar el puesto de directora del Fitzmolean.

Se sentó en la parte trasera de un abarrotado jumbo y se puso a dar vueltas a las consecuencias de la bomba que le había soltado James Buchanan, pero decidió no sacar conclusiones apresuradas antes de ver el cuadro con sus propios ojos. Ojalá el viaje fuera en vano.

Al principio, no le había contado a William la verdadera razón por la que sus planes se habían trastocado. Se había limitado a insinuar que el viaje la ayudaría a decidir si realmente quería el trabajo o no. William no lo puso en duda y supuso que estaría cerrando algún trato importante. Pero cuando por fin Beth le dijo la verdad, estuvo de acuerdo en que no le habían dejado muchas opciones.

—No le digas nada a Ross —pidió Beth a William cuando la dejó en la puerta de embarque—. Si se enterase de la verdad, probablemente acabaría matando a Faulkner. —Fueron sus palabras de despedida.

William no pudo más que darle la razón a su mujer mientras la veía alejarse por la terminal. Después emprendió el trayecto de vuelta a Fulham, y fue en la autopista donde calculó las consecuencias que tendría para ambos que se confirmasen los mayores temores de Beth. Sabía que Ross tendría sus antenas en marcha, a pesar de que no había hecho ninguna pregunta.

Los lunes por la noche tenían una rutina propia que no siempre se ceñía a las estrictas instrucciones de Beth. La cena, en la cocina: cuatro *pizzas* margarita (tamaño grande) que Peter recogía del restaurante italiano del barrio, y de postre una porción enorme del helado de chocolate que Artemisia sacaba del congelador cinco minutos después de que sus padres salieran por la puerta.

Una vez devorada la cena y recogida la cocina para dejarla igual que se la habían encontrado, sin pistas respecto a lo que habían hecho, se iban al salón, donde Ross y Artemisia jugaban una partida de Scrabble. Daba la impresión de que ella conocía muchísimas más palabras que él, aunque Ross sospechaba que una o dos de ellas todavía no estaban registradas en el diccionario abreviado Oxford. Hacía mucho tiempo que Ross había renunciado a jugar al ajedrez con Peter, a medida que la expresión «jaque mate» se había vuelto cada vez más frecuente en sus encuentros.

Después se turnaban para leer en voz alta los últimos libros que había seleccionado Beth: *Golondrinas y amazonas* e *Historia de dos ciudades…*, ambos por primera vez. En cierta ocasión le había sugerido a Beth que añadiesen a Ian Fleming a la lista de lecturas…, propuesta que fue recibida con un rotundo no expresado con un breve y brusco movimiento de cabeza.

—Con un James Bond en casa basta y sobra —se había limitado a comentar Beth. ¿A cuál de los dos se referiría?, se preguntó Ross.

Después de leer un par de capítulos de *Los 39 escalones,* los gemelos empezaron a discutir una vez más sobre qué tema sería adecuado para el concurso de ensayos. Las drogas, el calentamiento global y el futuro de la familia real fueron los preseleccionados, pero la decisión final quedó pendiente.

Conseguir que los tres se fuesen a la cama era el último reto del día para Ross, y en general no lo lograba hasta unos instantes antes de que Beth y William entrasen por la puerta.

Ross estaba viendo el telediario de las diez, que informaba en ese momento sobre las posibilidades que tenía el Reino Unido de organizar los Juegos Olímpicos de 2004, cuando oyó que se abría la puerta de la calle. Apagó la tele y salió al pasillo. Le aseguró a William, sin darle tiempo a que se lo preguntase él, que los niños se habían acostado hacía más de una hora. William no pareció muy convencido.

—¿Qué tal *Los 39 escalones*? —preguntó.

—Me ha gustado —admitió Ross—. Aunque yo habría detenido a Hannay mucho antes de que se fuese a Escocia.

—Cómo no —dijo William, conteniendo la risa—. Pero te sugiero que leas unos cuantos capítulos más, porque lo mismo habrías detenido a quien no debías. En fin, volvamos al mundo real. Voy a subir a asegurarme de que los niños están durmiendo.

Ross no tenía ninguna duda de que, aunque los monstruitos estuviesen despiertos, fingirían que se encontraban en el quinto sueño para no meterle en líos.

—Hora de irme —dijo Ross mientras William salía de la habitación—. Mañana me toca el primer turno.

—Gracias por no hacerme preguntas —comentó William mientras Ross abría la puerta de la calle.

Sus palabras no hicieron sino aumentar su curiosidad por saber adónde habría ido Beth a esas horas.

Durante el trayecto de vuelta, Ross volvió a pensar en lo afortunada que era Jojo por ser un miembro más de la familia Warwick, con Peter y Artemisia de hermanos mayores. Artemisia consideraba ni más ni menos que era su deber explicarle a su hermana pequeña las realidades de la vida, mientras que Peter fingía indiferencia, pero siempre era el primero en salir en defensa de Jojo cuando se metía en algún lío…, como le sucedía con frecuencia.

Hacía mucho tiempo que Ross había aceptado que su vida de padre soltero no era compatible con educar a una jovencita. Tenía que reconocer, al menos para sus adentros, que sentía envidia de Beth y William…, aunque no celos.

Al llegar a casa, se fue derecho a la cama. Pero se quedó despierto pensando en la única mujer a la que verdaderamente había amado y preguntándose si tendría la suerte de volver a experimentar una felicidad como aquella.

¿Quién iba a querer estar con un poli de mediana edad, acostumbrado a hacer las cosas a su manera, cuyo máximo goce era enchironar a delincuentes reincidentes y cuya única experiencia reciente del amor habían sido rollos de una noche con mujeres con las que no quería despertarse al día siguiente? Se puso a pensar en Alice Clarke y se preguntó si sería posible que…

Capítulo 9

Después de aterrizar en el aeropuerto JFK, Beth pasó lentamente por el control de pasaportes, pero como solo llevaba equipaje de mano fue de los primeros en salir por la puerta de llegadas.

James, tan amable y servicial como siempre, la estaba esperando. Había conservado su guapura juvenil, con aquellos penetrantes ojos azules y el cabello rubio y despeinado, pero había crecido un par de centímetros y saltaba a la vista que ya no era un chiquillo. De hecho, entre el traje azul oscuro, la camisa blanca y lo que supuso debía de ser una corbata de Harvard, era la viva imagen de un agente del FBI.

Después de darle a Beth un efusivo abrazo al estilo estadounidense, cogió su equipaje y la llevó hasta un aparcamiento cercano. Por el camino charlaron de William y los niños, sin mencionar la razón por la que Beth había cogido un vuelo a Nueva York nada más recibir su llamada. Finalmente, una vez metidos en el atasco que habría de acompañarlos hasta la ciudad, Beth hizo la acuciante pregunta.

James respondió:

—Nunca lo habría descubierto si no hubiese ido a la revisión anual del dentista. Me encontré el anuncio mientras hojeaba un viejo ejemplar del *New York Times*.

—¿No les sorprendió que un agente del FBI pidiera ver un apartamento tan exclusivo?

—¿Por qué no iba James Buchanan, vástago de la naviera Buchanan, a buscar un apartamento de lujo en la calle 61 Este, con vistas a Central Park? A fin de cuentas, seguro que siete millones están al alcance de su presupuesto...

—Pero no al alcance del sueldo de un agente del FBI —bromeó Beth—. Y lo más importante, ¿por qué te molestaste en investigarlo?

—No lo habría hecho si no me hubiese parecido que ya había visto ese cuadro alguna vez, y después me acordé de lo mucho que me había gustado el original cuando lo vi en el Fitzmolean durante la visita que os hice hace un par de años.

—Teniendo en cuenta que está implicado Miles Faulkner —dijo Beth, acalorándose—, ya no puedo estar segura de que sea el original.

—¿Qué te convencería de lo contrario?

—Si consigo quitar un cachito de pintura del cuadro de Faulkner, lo mandaré a analizar a un laboratorio, que podrá confirmar cuándo se pintó de manera bastante precisa, con un margen de apenas diez o veinte años. —Beth abrió su bolso y sacó algo que parecía una pequeña polvera—. Todo lo que necesito está aquí, pero me vas a tener que dar unos minutos a solas para coger la muestra.

—Ya le he dicho a la agente inmobiliaria que mañana por la mañana iré acompañado de mi diseñadora de interiores, así que bastará con que me entretenga un poco más inspeccionando el dormitorio principal —dijo James.

A la mañana siguiente, James aparcó en la puerta del bloque de apartamentos, le dio al portero la llave del coche y un billete de cinco dólares y le dijo que no iban a tardar más de una hora.

Al entrar en el edificio le dio su nombre al conserje, y este le informó de que la mujer de la inmobiliaria ya había llegado y los estaba esperando en el noveno piso. En efecto, nada más abrirse las puertas del ascensor, allí estaba ella para recibirlos.

—Buenos días, señor Buchanan —dijo con una agradable sonrisa.

—Buenos días —respondió James, estrechándole calurosamente la mano—. Le presento a mi diseñadora de interiores. —No dijo ningún nombre—. Así que espero que la disculpe si curiosea mientras usted y yo hablamos de las condiciones del contrato.

La palabra «condiciones» hizo asomar otra sonrisa a la cara de la agente inmobiliaria. Abrió la puerta del apartamento y les hizo pasar para empezar la visita guiada. Beth no tardó en darse cuenta de que su especialidad eran los adjetivos.

—Este es el vestíbulo, que, como ven, es muy espacioso…

Pero Beth tuvo que esperar a llegar al «magnífico», «grandioso» y «espléndido» salón que daba al parque para ver el cuadro.

Estaba colgado encima de una chimenea de estilo Adam y presidía la estancia entera. James ignoró el cuadro y salió a una balconada que daba a Central Park y que era, en efecto, magnífica, grandiosa y espléndida.

—Ahora voy —dijo Beth, sin apartar la vista del *Descendimiento de Cristo*. Al instante comprendió por qué había dicho James que merecía la pena cruzar un océano para verlo con sus propios ojos.

James, siempre de espaldas a Beth, se tomó su tiempo admirando las vistas y señalándole lugares de interés y monumentos a la agente.

La pintura, ciertamente, era idéntica a la que estaba expuesta en el Fitzmolean, que había sido donada al museo ni más ni menos que por Miles Faulkner. William había insinuado durante el juicio de Faulkner que semejante acto de desinteresada generosidad quizá había llevado al juez a dictar una sentencia más suave porque era una clara muestra de arrepentimiento. Pero la obra mostraba tal calidad que Beth no tenía modo de saber cuál era la obra maestra y cuál una copia convincente. Las dos llevaban el nombre «Peter Paul Rubens» pintado con enérgicas letras negras en la parte inferior del marco.

Beth todavía quería creer que el original estaba colgado en Londres y que este no era más que una espléndida copia, pero su experiencia con Miles Faulkner a lo largo de los años no ayudaba a inspirar confianza. Miró a su alrededor para asegurarse de que no estaba la agente de la inmobiliaria, abrió el bolso y sacó la polvera. Cogió un escalpelo más o menos del tamaño de una lima y con infinita delicadeza extrajo un diminuto cachito de pintura de una oscura esquina del lienzo, y lo depositó cuidadosamente en la caja antes de volver a meterlo en el bolso. Sintió que estaba sudando mientras cambiaba la polvera por una cámara de bolsillo y sacaba varias fotos del cuadro. Era evidente que el recargado marco dorado no era el original, pero en cuanto al lienzo no estaba segura.

Midió el marco y después el lienzo antes de volver con James. En el dormitorio principal, fingió interesarse por la combinación de colores en tonos pastel. Mientras pasaban de una habitación a otra, se iba deteniendo para elogiar las muchas y magníficas obras —sin exagerar— que adornaban prácticamente todas las paredes. La agente no mencionó ni una sola, pero claro, no formaban parte del mobiliario ni de los accesorios. Beth tenía que reconocerle una cosa a Faulkner: puede que fuera un delincuente, pero era un delincuente con buen gusto.

No parecía que James tuviese ninguna prisa mientras pasaban a la cocina «bien equipada», seguida del «bien amueblado» estudio, y volvían por último al «espacioso» vestíbulo.

—Esta tarde he quedado con mi bróker de bolsa —le dijo a la agente antes de volver a estrecharle la mano. Otras palabras que siempre sacaban una sonrisa en los labios de un agente inmobiliario: «bróker de bolsa».

—Ya ha habido muchas personas que se han interesado por el apartamento —comentó ella mientras los acompañaba al ascensor.

—No lo dudo —respondió James.

—Espero tener noticias suyas, señor Buchanan —dijo la agente. James se metió en el ascensor preguntándose si aquella sonrisa estaría indeleblemente grabada en su rostro—. Y no tiene más que llamarme si usted o su diseñadora quieren volver a verlo —añadió con entusiasmo mientras las puertas del ascensor se cerraban.

Beth se moría de impaciencia por contarle sus noticias a James, pero se lo impidió una anciana que le estaba hablando a su chihuahua de una inversión que acababa de hacer en una empresa llamada Enron, así que guardó silencio hasta que se abrieron las puertas del ascensor en la planta baja. James la llevó a una cafetería cercana que estaba al borde del parque antes de preguntar:

—¿Un viaje inútil?

—Todavía no estoy segura —admitió Beth—, y no voy a estarlo hasta que analicen la muestra para determinar la textura y la fecha. Pero en nombre del museo, James, gracias por esta labor detectivesca tan impresionante, tan fantástica, tan espléndida.

James soltó una carcajada antes de preguntar:

—¿Qué te dice tu instinto?

—En vista de que Miles Faulkner está implicado, he de admitir que no soy optimista.

—¿Qué haría falta para convencerte de que el Fitzmolean está en posesión del original y que este no es más que una impresionante copia? —preguntó después de pedir dos cafés.

—El catálogo razonado de Rubens seguro que no miente. El tamaño exacto del lienzo será la primera pista, y si está en su marco original podría inclinar la balanza.

—Pero Faulkner es perfectamente capaz de quedarse con la obra maestra y dejarte a ti el marco original —señaló James.

—Y por eso el informe del laboratorio será el árbitro definitivo —dijo Beth, dando unos toquecitos a su bolso—. Aun así, para estar segura de quién posee el original también tengo que coger una muestra de nuestro cuadro de Londres y llevarla a analizar.

—Si me dedicase a las apuestas…

—De manera, James, que espero que me perdones si cojo el próximo vuelo a Londres para averiguar la verdad lo antes posible.

—Vamos, te llevo al aeropuerto —dijo James, sacando el monedero y dejando un par de dólares sobre la mesa.

—Por cierto —dijo Beth, subiéndose de nuevo al coche—, ¿tienes idea de por qué quiere vender Faulkner su apartamento?

—Desde luego. El dúplex del último piso se ha quedado libre, y Faulkner está ascendiendo en la vida.

—Está claro que el muy canalla prospera.

—Eso parece —dijo James—. Esperemos que no sea a tu costa.

Capítulo 10

A William le sorprendió encontrarse al gobernador residente esperándolos junto a la entrada del público de la Torre de Londres. Afortunadamente, llegaron con unos minutos de antelación y, a pesar de algunas protestas por parte de los niños, los tres iban elegantemente vestidos con el uniforme del colegio.

—Me alegro de volver a verle, comisario —dijo el gobernador—. ¿Nos va a acompañar también su esposa?

—No, me temo que no —contestó William, echando un vistazo a su reloj—. A estas horas estará volviendo de Nueva York, espero.·

Después de estrechar la mano de William, el gobernador se inclinó para dar la bienvenida a sus invitados especiales, Artemisia, Peter y Jojo, que entraron en el recinto del castillo detrás de su distinguido guía.

—No quiero que lo que os voy a contar suene como una clase de historia —empezó a decir el gobernador—, pero lo cierto es que la Torre de Londres representa, a su manera, la historia de Inglaterra en su totalidad, desde la ocupación romana hasta nuestros días. De modo que empecemos por Guillermo el Conquistador, quien, después de ganar la batalla de Hastings en el año… ¿en qué año? —preguntó, mirando a los niños.

—1066 —respondieron Peter y Artemisia al unísono mientras Jojo asentía con la cabeza.

—… empezó a construir la Torre. En aquellos tiempos, Londinium, como la llamaban los romanos, era una pequeña ciudad situada en la orilla del Támesis con una población de poco más de diez mil personas. Nada que ver con los siete millones que viven ahora en la capital. Si miráis a vuestra derecha —continuó el gobernador—, veréis el enorme muro de piedra que rodea la Torre. Tiene seis metros de altura y más de tres kilómetros de largo, y se construyó para proteger al rey Guillermo de sus enemigos.

—¿Quiénes eran los enemigos del rey? —preguntó Peter.

—Prácticamente todos —contestó el gobernador—, incluidos los alemanes, los franceses, los italianos y, por supuesto, los españoles, por no hablar de unos cuantos concejales que vivían no muy lejos, en la City de Londres, y que siempre estaban causando problemas.

—¿Qué es un concejal? —preguntó Artemisia.

—Un miembro del Consejo Común de la ciudad, alguien que espera convertirse algún día en el alcalde mayor —explicó el gobernador, haciendo un alto junto a un inmenso edificio de piedra—. Esta es la Gran Torre, que estamos prácticamente seguros de que se construyó hace más de novecientos años, entre 1075 y 1080. Más adelante acabaría siendo conocida como la Torre Blanca. Por desgracia, el rey Guillermo no vivió lo suficiente para ver completado su gran proyecto, ya que murió en…

El gobernador hizo una pausa, pero los cuatro invitados se quedaron en blanco.

—En 1087. Es curioso que todo el mundo recuerde la fecha de la batalla de Hastings, pero no cuándo murió Guillermo el Conquistador.

—¿Lo sabías, papá? —preguntó Peter.

—No —reconoció William, que estaba aprendiendo casi tanto como los niños.

—Otra cosa que puede que no sepáis —continuó el gobernador— es que durante bastante tiempo la Torre fue un zoo. —Se volvió y vio que los tres niños estaban pendientes de cada palabra—. En 1235, el emperador del Sacro Imperio Romano Germánico le regaló a Enrique III tres leopardos que, según dicen ahora los historiadores, seguramente eran leones. El rey se entusiasmó con su colección de fieras y, durante su reinado, añadió un elefante y un oso polar, convirtiendo la Torre en la primera atracción turística de Londres. De hecho, todavía en 1597 un visitante checo escribió en su diario que había visto un puercoespín en la Torre y que tal vez fuera el «airado puercoespín» que mencionaba Shakespeare en *Hamlet*. A comienzos del siglo XVII, la colección de fieras se había ampliado e incluía tres elefantes más, dos osos más, un tigre y un chacal.

—¿Dónde están ahora? —preguntó Jojo, dando una vuelta completa sobre sí misma con la esperanza de ver alguno.

—Ya no están con nosotros —tuvo que reconocer el gobernador—, porque uno de mis antecesores, el duque de Wellington, se empeñó en devolverle al castillo su inicial función de fortaleza, y dio orden de que los ciento cincuenta animales fueran trasladados a los jardines zoológicos de Regent's Park, lo que hoy conocemos como el Zoo de Londres.

—Mi padre me llevó allí una vez —contó Jojo—. Hasta vi serpientes y buitres.

—Aquí no tenemos serpientes ni buitres —dijo el gobernador—. Pero estad atentos a unas aves de una especie que lleva en las instalaciones desde 1624; cuando veáis una, os contaré por qué no puedo permitir que abandonen el castillo, so pena de que me corten la cabeza. —Peter parecía interesado—. Han conservado incluso el hacha y el tajo a modo de sutil recordatorio.

Artemisia quería preguntar dónde estaban, pero el gobernador continuó hablando:

—¿Y qué función pensáis que cumplía antiguamente este edificio en particular? —siguió diciendo el gobernador al tiempo que se detenía junto al muro exterior de la Torre.

—¿Cámaras de tortura? —dijo Peter, esperanzado.

El gobernador se rio.

—No exactamente. En 1279, esto se conocía como calle de la Casa de la Moneda, e incluso albergó la Real Casa de la Moneda, ya que el rey Eduardo I, como tantos otros monarcas, quería controlar las finanzas de la ciudad.

—¿Eso no es cosa del ministro de Economía? —preguntó Artemisia.

—Ahora sí, pero no en el siglo XIII. De hecho, todavía en 1696 *sir* Isaac Newton, el famoso matemático de Cambridge, fue nombrado alcaide de la Casa de la Moneda después de que consiguiera demostrarle al rey que la cantidad de plata por moneda había ido disminuyendo con los años, de modo que los banqueros de la ciudad habían perdido la confianza en su propia moneda. El primer caso de devaluación del que se tiene constancia.

Peter salió disparado al ver unos escalones de piedra que bajaban a una sala oscura, fría, amenazante, apenas iluminada por una tenue luz que se filtraba entre los barrotes de un único ventanuco. Se estremeció y empezó a sentirse nervioso, así que echó a correr escaleras arriba para reunirse con la familia.

—No bajes ahí, Jojo —dijo—. No es muy agradable.

—De eso se trata —explicó el gobernador—. No olvidéis que en todos estos años la Torre también ha sido una prisión en la que han estado encarcelados tanto héroes como villanos, según el punto de vista de cada uno. ¿Podríais decirme alguno?

—Guy Fawkes —dijo Artemisia con voz segura.

—¿Y qué delito cometió?

—La conspiración de la pólvora. Él y cuatro de sus cómplices intentaron hacer saltar por los aires la Cámara de los Lores…

—… durante la ceremonia de apertura del Parlamento de 1605 —dijo Peter, completando la frase de su hermana.

—¿Y conocéis algún héroe? —preguntó el gobernador.

—*Sir* Thomas More —dijo Artemisia—. El canciller de Enrique VIII, que se negó a consentir el matrimonio del rey con Ana Bolena y que después fue decapitado por sus ideas.

—Ana Bolena también acabó en la Torre —continuó el gobernador—. Estuvo allí varios meses antes de que la ejecutasen también a ella, al contrario que *sir* Walter Raleigh, quien, además de disfrutar de su propio conjunto de habitaciones, tenía permiso para recibir visitas, hasta que finalmente lo soltaron en 1616. Pero claro, había sido uno de los favoritos de la reina Isabel I —añadió mientras se sumaban a una larga cola de visitantes que, vigilados de cerca por varios guardianes de la Torre, los conocidos *beefeaters,* esperaban para entrar en un edificio.

Uno de los guardianes dio un paso al frente nada más ver a *sir* David y desenganchó una cuerda roja para que el grupito pudiese entrar en la Casa de las Joyas. El gobernador los acompañó a una habitación oscura, tan solo iluminada por unos diminutos focos que alumbraban unas vitrinas de cristal. Embelesados, los niños admiraron en silencio la fila de coronas adornadas con piedras preciosas que estaban expuestas ante sus ojos.

—En 1660 —dijo el gobernador, rompiendo el silencio—, el rey Carlos II ordenó a los joyeros de la Corona que le hicieran un nuevo juego de insignias para sustituir las viejas joyas que Oliver Cromwell, nada partidario del boato, había mandado fundir. Pero si os fijáis en la corona que hay en el centro, veréis la mayor atracción de la Torre: la Corona imperial del Estado que llevó la reina Isabel II en su coronación. Única e insustituible, aunque Garrard, los joyeros reales, la hicieron en la tardía fecha de 1937 para la coronación de su padre, el rey…

Se veía que los niños no estaban seguros.

—El rey Jorge VI —les recordó el gobernador.

—¿Usted había nacido? —preguntó Jojo.

—Casi, pero no —dijo el gobernador, conteniendo la risa—. Aunque sí que vi la coronación de la reina por la tele cuando tenía más o menos tu edad.

—¿Cuánto vale la corona? —preguntó Peter. William le miró con el ceño fruncido.

—Es la pregunta que más me hacen —dijo el gobernador—, y siempre respondo que no tiene precio.

William no admitió que también él estaba viendo la Corona imperial del Estado por primera vez. Quería hacer una pregunta sobre los dos estuches negros, que no se veían por ningún sitio, pero permaneció callado.

—¿Más preguntas? —dijo el gobernador.

—Sí, señor —contestó Peter—. ¿Alguna vez ha intentado alguien robar las joyas de la Corona?

—Sí, en 1671 lo intentó un granuja muy audaz, el coronel Blood, pero afortunadamente no lo consiguió y desde entonces no ha habido más intentos.

—¿Lo decapitaron? —preguntó Peter.

—No. El rey lo perdonó y le dejó salir de la Torre al cabo de un mes solamente, para desconcierto de todos los historiadores.

Artemisia intercambió una mirada con su hermano, que asintió con la cabeza.

—Naturalmente —prosiguió el gobernador, sin reparar en el cruce de miradas—, la Casa de las Joyas contiene varios tesoros más, incluidos el orbe y el cetro, una pila bautismal de oro macizo y vajillas de oro más que suficientes para celebrar un banquete real. Aunque solo se sacan para ceremonias formales, el público siempre puede verlos, y por eso la Torre se mantiene como una de las atracciones turísticas más populares de la nación.

—¿Me puedo comer un helado, por favor? —preguntó Jojo.

—Por supuestísimo que sí —respondió el gobernador antes de que William pudiese decir nada—. Porque ahora la Torre tiene su propia heladería, ¡aunque Guillermo el Conquistador no habría sabido lo que era un helado!

Sin más preámbulo, salieron de la Casa de las Joyas y llevó a sus invitados a una tiendecita discretamente escondida detrás de la Gran Torre, donde Peter se interesó por un par de pájaros negros y grandes que estaban apostados en un alféizar.

—Los cuervos —dijo Peter con aire triunfal— que usted tiene que impedir que escapen porque si no le decapitarían.

—A pesar de las órdenes del duque de Wellington —añadió Artemisia.

—Los dos tenéis razón —dijo el gobernador—. Me olvidé de

hablaros de los cuervos que llevan aquí desde el siglo XVII, y que por tanto juegan un papel singular en la historia de la Torre.

Los dos cuervos miraron atentamente a su gobernador, casi como si supieran que estaba hablando de ellos.

—¿Quién los cuida? —preguntó Jojo.

—Un maestro de cuervos —dijo el gobernador—. Un cargo que se remonta a Carlos II, que pensaba que, si no había al menos seis cuervos en la Torre en todo momento, su reino sería derrocado.

—¿Cuántos hay ahora? —preguntó Artemisia.

—Ocho —respondió inmediatamente el gobernador—. Mejor que sobren a que falten. No tengo el más mínimo deseo de que me decapiten.

—¿Por qué no se van volando? —preguntó Jojo.

—Tengo que admitir —respondió el gobernador— que se les recortan las plumas de vuelo, y que el maestro de cuervos les da de comer las sobras más selectas del mercado de Smithfield. ¡Aunque eso no impidió que el año pasado uno de ellos se marchase volando y terminase en la puerta de un famoso *pub* de por aquí! Pero como no tenían sobras selectas en el menú, a la mañana siguiente volvió a la Torre —explicó cuando llegaron a la entrada del público.

—Gracias, señor —dijo Peter a su anfitrión, inclinando levemente la cabeza mientras Artemisia aplaudía y Jojo seguía comiéndose el helado.

—Ha sido usted muy generoso con su tiempo, general —agradeció William—. Y ya ve cuánto han disfrutado los niños de la experiencia.

—Yo he disfrutado tanto como ellos —confesó el gobernador, dándole a Artemisia una breve historia de la Torre—. Toma, por si acaso hay algo que se me haya olvidado contaros. —Y a continuación añadió—: Voy a echar de menos este sitio cuando me jubile a finales de año. Pero ojalá volvamos a vernos.

—¿Qué le parece si le enseño el Museo Negro —sugirió William— y le cuento la historia de algunos de nuestros criminales más recientes? La mayoría debería haber acabado en la Torre…

—Suena bien —dijo el gobernador, guiñando un ojo a los niños antes de estrechar de nuevo la mano de William.

De camino a la estación de metro de Tower Hill, William preguntó qué era lo que más iban a recordar de la visita.

—Los cuervos —dijo Jojo—. Y voy a dejarme algo en el plato todas las noches por si acaso alguno viene volando a Fulham.

—¿Y tú, Artemisia?

—La Corona imperial del Estado de 1937. El gobernador nos ha dicho que es única e insustituible.

—¿Por qué? —preguntó Jojo.

—Porque solo hay una en todo el mundo —respondió Artemisia.

—¿Y tú qué dices, Peter? —preguntó su padre mientras bajaban corriendo las escaleras del metro—. ¿Qué has aprendido?

—Que ya hemos encontrado un tema para el concurso de ensayos —contestó Peter con aire triunfal.

—¿Puedo saber cuál es? —dijo William.

—El coronel Blood —respondió Artemisia—. ¿Héroe o villano?

Capítulo 11

Museo Fitzmolean
Kensington Gardens
Londres W8

Estimada señora Faulkner:

Como sabe, la junta directiva ha nombrado a la doctora Elizabeth Warwick nueva directora del museo Fitzmolean, y esta misma semana emitirá un comunicado de prensa a tal efecto.

En vista de que usted fue la única persona que se opuso al nombramiento de la doctora Warwick, entendería que se viera incapaz de continuar en la junta directiva.

En cuanto le venga bien, le agradecería, si es tan amable, que me comunicara su decisión.

Atentamente,

Nicholas Fenwick
Sir *Nicholas Fenwick, presidente*
cc. Dra. Elizabeth Warwick, PhD MA

Christina no abrió la carta hasta el domingo después de comer. Al fin y al cabo, la noche había sido larga, y no había vuelto a casa hasta bien pasada la medianoche.

Se puso todavía más nerviosa después de leer la carta por segunda vez. Christina era consciente de que no gustaba al presidente, pero no tenía ni la más mínima intención de dimitir. Estaba segura de que, gracias a su donación anual, no intentaría echarla. Pero todavía tenía que ver a Beth antes de que leyese la carta, para poder contarle su versión. El tiempo no corría a su favor.

Lo primero que hizo Beth como futura directora del Fitzmolean fue raspar un cachito minúsculo del *Descendimiento de Cristo de la Cruz* del museo. Después, envió las dos muestras al instituto Hamilton Kerr, de Whittlesford, para que las analizasen.

Una semana después, llegó una carta con las palabras «privado y confidencial» en el sobre. Confirmaba que una de las obras contenía un pigmento que no se inventó hasta 1916, mientras que la otra había sido pintada sin lugar a duda a comienzos del siglo XVII.

Beth se quedó mirando aquel cuadro que durante varios años había engañado al mundo del arte y tuvo que reconocer que parte del genio de Miles Faulkner, como bien había apuntado James, radicaba en que, aunque el museo era dueño del marco original, Miles todavía era dueño de la obra maestra.

Beth se reprochó no haber comprobado con más cuidado la procedencia, pero en su momento no le había mirado el diente al caballo regalado. La generosidad del donante los había abrumado tanto a todos que nadie se lo había pensado dos veces. Como conservadora de pintura, ella debería habérselo pensado una tercera vez. Si el museo hubiese comprado la obra a un marchante oficial, el cuadro habría tenido que pasar por una serie de comprobaciones rigurosas antes de dar un céntimo. Pero no había habido que dar dinero, lo cual formaba parte del plan de Faulkner para asegurarse de que acababan quedándose con el cuadro falso. William le había dicho en cierta ocasión que es muy fácil que te estafen si quieres creer al estafador.

Beth dio un paso atrás, admiró la copia y se dijo que quizá lo mejor que podía hacer era no decir nada. Pero mucho se temía que solo era cuestión de tiempo que la verdad saliese a la luz y Christina le recordase a la junta que en aquella época la conservadora de pintura era ella, Beth.

Llamó a James, que estaba en Washington, para darle la noticia. Se mostró comprensivo con ella pero no parecía sorprendido. En cambio, Beth se quedó boquiabierta al oírle decir:

—Sé exactamente lo que haría yo en estas circunstancias.

—Hay una cosa que no te he contado —dijo William después de que Beth le revelase los resultados del análisis de la pintura.

—No me irás a decir que sabías desde el principio que no estábamos en posesión del Rubens auténtico, ¿no?

—Tenía mis sospechas —reconoció él.

—Entonces, ¿por qué no me lo dijiste? —preguntó Beth, exasperada.

—Aparte de que estaba implicado Miles Faulkner, no tenía más pruebas.

—Pero tuvo que haber algo más que te provocase las dudas.

—Sí, en efecto —confesó William—. La tarde en que la princesa Ana hizo la presentación formal del cuadro, Faulkner se me acercó sigilosamente por detrás y me dijo: «Si algún día va a Nueva York, le ruego que se pase por mi apartamento y así podrá ver el original».

—¡Y no me lo contaste! —dijo Beth, escupiendo las palabras.

—Di por sentado que era un farol.

—Bueno, pues ahora sabemos que no lo era, y ya es demasiado tarde para   remediarlo.

—¿Lo es? —dijo tranquilamente William.

—¿A qué te refieres?

—Estoy de acuerdo con James. Tú eres ahora la única persona que puede remediarlo, y, desde luego, si no lo haces no puedes considerar siquiera la posibilidad de asumir el cargo de directora.

—Pero me estás hablando de cometer un delito, ¿no?

—¿Yo? El Fitzmolean está en posesión de un documento legal firmado por Miles Faulkner y testificado por Booth Watson, en el que confirma que donó el Rubens original al museo. Así que el que ha violado la ley es Faulkner.

—Sería un riesgo de mil demonios…

—James parece dispuesto a correrlo, y me apuesto lo que quieras a que Ross también se apuntaría tan a gusto, así que quizá yo…

—Pero va en contra de los principios que llevas defendiendo toda tu vida —le recordó Beth.

—Ya, y al mismo tiempo he dejado que Faulkner se salga con la suya una y otra vez. —Hizo una pausa antes de añadir—: De modo que solo por esta vez, quizá debería…

Pero la puerta se abrió de golpe y Artemisia entró atropelladamente con Peter pisándole los talones.

—¡No os vais a creer lo que hemos descubierto sobre el coronel Blood! —anunció.

—Mira qué oportunos… —dijo Beth.

James Buchanan aterrizó en el aeropuerto de Heathrow la tarde del viernes y una hora después estaba en casa de William. Tres hombres y una mujer se sentaron a cenar en la cocina poco después de que los niños se hubieran acostado. Aunque no era una reunión oficial, no había ninguna duda de quién estaba al frente.

En el centro de la mesa había una tabla con un surtido de quesos, galletitas saladas y pepinillos, además de una botella de Fleurie y media docena de latas de cerveza rubia, bien frías. Saltaba a la vista que iba a ser una cena de trabajo.

Beth abrió la reunión agradeciendo su presencia a los tres. Parecía haber olvidado que uno de ellos era su marido y vivía allí.

—Y le agradezco especialmente a James que haya venido desde Washington, teniendo en cuenta que le avisé con tan poco tiempo.

—Simplemente te he devuelto el favor —dijo James—. Además, en Washington D. C. es imposible encontrar un queso chédar como Dios manda.

Las risas ayudaron a relajar la tensión que flotaba en el ambiente.

—No deja de ser una ironía —comentó Beth— que mi primera reunión como directora del Fitzmolean se celebre sin el conocimiento ni el visto bueno de la junta.

—Pero es lo mejor para el museo, no lo dudes —dijo William.

—Sin embargo —continuó Beth—, si tomo la decisión equivocada lo mismo tengo que dimitir antes de que se abran las puertas el martes que viene, y habría sido la directora que ha ocupado el cargo durante menos tiempo en la historia del museo.

—¿Y si tomas la decisión correcta? —preguntó Ross.

—Hay que impedir que la junta descubra lo que hicimos en su nombre. Venga, comencemos por lo que sabemos —dijo Beth mientras William le servía una copa de vino—. Primero, admitamos que durante los diez últimos años hemos creído que nuestro *Descendimiento* fue pintado por el maestro, cuando en realidad es una copia ejecutada por un falsificador extremadamente dotado que nos ha tenido engañados a todos, incluidos los críticos de arte más importantes.

No hubo objeciones, de manera que Beth continuó.

—También sabemos, gracias a la iniciativa de James, que el original de esa obra está colgado en estos momentos en un apartamento de la calle 61 Este que, mira tú por dónde, es propiedad de Miles Faulkner.

—En estos momentos —repitió Ross, plantando el puño sobre la mesa y haciendo que varias galletas tuviesen vida propia.

—A pesar de que tenemos un indiscutible derecho legal al original —continuó Beth—, no podemos olvidar que en términos legales la posesión cuenta nueve décimas partes, por utilizar una de las expresiones favoritas de Ross, que en este caso no podía ser más cierta. Así que aceptemos que nuestras probabilidades de éxito son más o menos de un diez por ciento.

—He apostado por caballos con muchísimas menos —dijo Ross— y he ganado.

—Y ha habido muchísimos más que han perdido —le recordó William.

—El museo siempre podría emprender una batalla legal —sugirió James, intentando reconducir la cuestión— argumentando que el Fitz es el dueño legítimo del cuadro y que tiene todos los papeles que lo acreditan, incluido un acuerdo redactado por el señor Booth Watson, consejero de la reina, firmado por Miles Faulkner y testificado por Christina Faulkner, su exmujer, que casualmente es miembro de la junta directiva del museo.

—No por mucho más tiempo —dijo Beth sin dar explicaciones.

—Si el litigio llegase a los tribunales —continuó William—, podría tardar años en resolverse, y si Faulkner pensara que iba a perder el caso, le daría tiempo de sobra para sustituir el original por otra copia excelente y decir que a él también le habían timado.

—Y para entonces —interrumpió Beth—, los gastos judiciales bastarían por sí solos para llevar a la quiebra al museo. Y no hace falta que os recuerde que en estos momentos tenemos un presupuesto muy ajustado y que la junta no querrá entregar a los abogados ninguna de esas donaciones que tanto esfuerzo nos han costado.

—En cambio, para la fortuna de Faulkner no supondrían más que un mordisquito.

—Pero tenemos otra opción —dijo Ross, mirando a Beth a los ojos—. Podrías recuperar lo que es incuestionablemente tuyo.

—Del dicho al hecho hay mucho trecho —dijo Beth—, y no creo que sea necesario que te recuerde, Ross, que eres un agente de policía en activo y estarías violando la ley.

—No sería la primera vez… —murmuró William.

—Yo no estaría tan seguro —dijo Ross, ignorando la pulla—. ¿Recuperar algo que ya es tuyo es, en sentido estricto, un delito? Y si lo es, ¿cuál sería la acusación?

—Eres licenciado en Derecho por la Universidad de Harvard, James —dijo Beth—; así que ¿cuál es la definición de robo en tu país? Recordemos que es ahí donde tendría lugar el intercambio.

—El hurto se define como la apropiación de la propiedad personal de otra persona con intención de privarla de su uso.

—Faulkner siempre podría pasarse por el Fitzmolean a ver el Rubens en el horario de apertura del museo —sugirió Ross—. Y entonces no le habríamos privado del cuadro.

—¿Y la definición inglesa de hurto? —preguntó Beth, volviéndose a William.

—No es muy distinta de la estadounidense, aunque sospecho que si nos pillasen ganaríamos en el tribunal de la opinión pública, pero perderíamos en un tribunal de justicia.

—Una sutileza —dijo Beth— que, de nuevo, podría ser objeto de debate entre los abogados durante meses y meses. Entonces —continuó—, lo que tenemos que decidir es si merece la pena que arriesguemos nuestras trayectorias profesionales para rescatar a un difunto caballero flamenco del apartamento neoyorquino de Faulkner y traerlo de vuelta para colgarlo de una pared en Londres.

—A la vez que derrotamos a Miles Faulkner —apuntó Ross—. Cosa que no muchas personas han conseguido hasta ahora, y que para mí sería lo que inclinaría la balanza.

—Antes de hacer nada de lo que podamos arrepentirnos más adelante —dijo Beth, volviendo al mundo real—, centrémonos en los hechos y en si es siquiera posible recuperar el cuadro. —El resto del equipo guardó silencio mientras ella echaba un vistazo a sus notas—. El Fitz estará cerrado entre las cinco de la tarde del domingo y las diez de la mañana del martes. Puede que cuarenta y una horas parezcan muchas, pero si decidimos seguir adelante con nuestro plan, vamos a necesitar hasta el último segundo.

—Por mucho que el museo esté cerrado todo ese tiempo —interrumpió William—, habrá guardas de seguridad que verán todo lo que hagamos.

—Cierto —dijo Beth—. Sin embargo, el museo solo se puede permitir un par de vigilantes los fines de semana, y el dúo padre-hijo que cubre este turno concreto está entre las primeras personas de las que pienso prescindir en un futuro cercano. El padre tiene un problema con el alcohol, y en cuanto al hijo, no estoy del todo segura de que sepa lo que es un reloj. De modo que si conseguimos sacar el cuadro mientras están ellos dos de guardia, lo más probable es que ni se den cuenta de lo que estamos haciendo.

»Eso sí, tendré que enseñaros a ti y a William a embalar y desembalar un óleo de gran tamaño en el menor tiempo posible para que podáis dar rápidamente el cambiazo en el apartamento de Faulkner.

—Calculo que habría que hacerlo en menos de treinta minutos —comentó James—, mientras yo me encargo de entretener a la agente inmobiliaria.

—Los manipuladores de obras de arte profesionales tardan más de una hora en embalar un cuadro de esa envergadura —dijo Beth—, pero intentaré enseñaros cómo se puede acelerar todo el proceso. La buena noticia es que, como casi todos los museos, nunca tiramos nada a la basura, de manera que el enorme cajón de embalaje en el que vino el cuadro sigue ahí, en nuestro almacén de Wroughton, y puedo recuperarlo en cualquier momento.

—Y además solo vas a disponer de ese momento —dijo William.

—Otra buena noticia —continuó Beth, de nuevo mirando sus notas— es que la empresa Art Logistics ha confirmado que puede transportar el cuadro a Nueva York incluyéndolo en su lista de embarque habitual de los domingos por la noche, y llegaría al aeropuerto de Newark en la madrugada siguiente. También han garantizado que el cajón se entregará en la calle 61 Este a las once de la mañana como muy tarde. Pero no sale barato.

—¿Y qué hay de la aduana? —dijo William—. A veces provoca retrasos eternos.

—Me han asegurado que no habrá ningún problema porque la obra está valorada en menos de diez mil dólares.

—¿Cuándo tendría que estar el cuadro de vuelta en Newark si queremos evitar que se nos desbarate un programa tan ajustado? —preguntó James.

—El último vuelo que sale de Newark los lunes por la tarde es el de las 19:50 —dijo Beth, mirando el horario—, y aterriza en Heathrow a las seis de la mañana siguiente. Lo cual significa que Art Logistics tendría que recoger el cuadro en la calle 61 Este antes de las

101

cuatro de la mañana, como muy tarde, si queremos que el Rubens vuelva a estar colgado en el museo antes de que abra al público a las diez de la mañana del martes.

—Y no os olvidéis de la aduana —recordó William a sus cómplices—. Porque a la vuelta pasarán con una obra maestra valorada en varios millones.

—Irónicamente —dijo Beth—, como va a volver en el mismo cajón de embalaje y con el mismo papeleo, el cuadro seguirá registrado con un valor inferior a diez mil libras. Y mientras no abran el cajón de embalaje, no tienen por qué darse cuenta.

—Nosotros hemos estado diez años sin darnos cuenta —les recordó William—. Así que, francamente, nuestro mayor problema va a ser sincronizar la parte del plan que tiene lugar en Nueva York.

—De eso me encargo yo —dijo James, y acto seguido apuró la copa, pero no se sirvió más vino—. Ya he concertado una cita para ver otra vez el apartamento de Faulkner el lunes a las once de la mañana; a esa hora el cuadro tiene que haber llegado ya. He avisado a la mujer de la inmobiliaria de que iré acompañado de mi abogado y de un asesor hipotecario para que me ayuden a decidirme del todo. Así, William y Ross tendrán tiempo de sobra para cambiar los cuadros mientras yo repaso con mil ojos cada cláusula del contrato.

—En el peor de los casos —dijo Ross—, no conseguimos recuperar el cuadro y James termina siendo el dueño de un apartamento de lujo en Manhattan.

De nuevo, la risa les ayudó a calmarse.

—Tengo la esperanza de que saldrá bien —dijo James—. Sin embargo, aunque sea capaz de distraer a la agente mientras cambiáis los cuadros, todavía tendremos que bajar el cajón de embalaje por las escaleras y sacarlo del edificio. —Bebió un sorbo de agua antes de añadir—: Y no me imagino a un conserje atento abriendo sin más la puerta de la calle y diciendo: «Su carruaje les espera, señores».

Se hizo otro largo silencio hasta que Beth lo rompió:

—Ha llegado el momento de tomar una decisión.

Capítulo 12

Christina pensó meticulosamente en lo que iba a ponerse para el encuentro: un vestido sencillo, calzado cómodo y nada de joyas. Por una vez, tenía que vestirse como para ir a misa, no a un club nocturno. Se miró en el espejo del pasillo antes de salir del piso. El *look* perfecto para la tarea que la esperaba.

Cogió las llaves del coche, se metió en el ascensor y bajó al sótano, pero se quedó un rato en el coche repasando unas frases que llevaba bien preparadas antes de partir rumbo a Fulham.

> *Cuando llegó el momento de votar, me abstuve para que nadie pudiera insinuar que estaba apoyando a una buena amiga.*
>
> *Convencí a un par de miembros de la junta que estaban dudosos para que te apoyasen justo antes del voto final.*
>
> *Me enteré de una cosa relacionada con tus rivales que no les habría gustado que trascendiera. Pero ya me encargué yo de que se enterase la junta directiva antes de que el presidente diese paso a la votación. Por cierto, el presidente no estaba de tu parte.*

Si pillaba a la nueva directora en casa, puede que aún pudiese convencerla de que lo había hecho todo por su bien. Cruzó los dedos para que el presidente hubiese mandado la copia de la carta condenatoria al museo y no a su casa y que Beth no hubiese leído aún las actas.

Christina aparcó en línea amarilla doble justo enfrente de la casa, dando por hecho que las restricciones de aparcamiento no tenían validez los domingos por la tarde. Tampoco es que le importase, porque si algo no la preocupaba en esos momentos era una multa. Se bajó del coche, ensayó nerviosamente la frase inicial mientras subía despacio por el sendero y al llegar a la puerta vaciló unos instantes antes de llamar. Temía que pudiese abrir William, que automáticamente supondría lo peor.

Por fin, después de unos instantes que se le antojaron una eternidad, fue recibida con una cálida sonrisa.

—Hola, señora Faulkner —dijo Artemisia—. Si esperaba pillar a mamá, no está en casa.

—¿No sabrás dónde está, por casualidad? —preguntó Christina, devolviéndole la sonrisa.

—Se han ido todos al museo justo después de comer.

—¿Todos? —repitió Christina como si tal cosa.

—Mamá, papá, Ross y un agente del FBI de Washington que se está alojando en casa. Es un tipo guay —dijo Artemisia, poniendo acento estadounidense.

Christina se dio media vuelta y se marchó sin decir una palabra más. No es que se olvidase de dar las gracias a Artemisia, simplemente ni se le había pasado por la cabeza; total, a los niños no se les da las gracias. Volvió a subirse al coche y se dirigió lentamente hacia el museo, temiendo que Beth hubiese leído la carta a esas alturas y que, por tanto, cualquier posible esperanza de reconciliación se hubiese ido al traste. Abandonó el guion que llevaba ensayado y trató de preparar uno nuevo.

Se puso a dar vueltas a por qué William, Ross y un agente del FBI procedente de Washington habrían acompañado a Beth al museo un domingo por la tarde. Pero para cuando entró en Kensington Gardens, seguía sin respuesta, y en cuanto al guion, aún había que perfeccionarlo mucho.

Encontró un hueco para aparcar a cien metros del Fitzmolean, y a punto estaba de bajarse del coche cuando la puerta del museo se abrió de par en par. Sin moverse, observó cómo salían tres hombres vestidos con monos marrones. Dos llevaban un gran cajón de embalaje mientras el tercero se adelantaba a abrir la puerta trasera de una furgoneta de Art Logistics, se subía de un salto y ayudaba a sus colegas a meter el cajón, que a continuación amarró firmemente con correas. Después de comprobar que estaba bien sujeto, se bajó, cerró la puerta con llave y volvió a sentarse al volante. Christina vio cómo la furgoneta se alejaba lentamente.

No se preguntó qué hacía el museo sacando un enorme cajón un domingo por la tarde, ya que no formaba parte de su guion. Por fin, salió y subió poco a poco las escaleras que llevaban a la entrada principal, sin saber si Beth accedería siquiera a recibirla. Lo primero que vio fue la palabra «cerrado», así que llamó al timbre. Pasó un rato antes de que la puerta se abriese de repente y apareciese en el umbral un guarda de seguridad de aspecto desaliñado al que parecía haber interrumpido en algo.

—Buenas tardes, señora Faulkner —dijo, tocándose la frente con un dedo—. ¿En qué puedo ayudarla?

—Quería ver a la señora Warwick, si es posible.

—Cómo no, pase y le diré a la directora que está usted aquí.

En circunstancias normales, Christina se habría ido derecha al despacho de Beth sin dar aviso, pero esta vez titubeó, temiendo que a esas alturas ya habría leído la carta y, peor todavía, que William, que sospechaba que estaría con ella, también la habría leído.

Empezó a pasearse por el pasillo mientras esperaba a que volviera el guarda. No se fijó en el gran marco vacío que estaba apoyado contra la pared la primera vez que pasó por delante, ni siquiera la segunda, pero en el tercer paseo se detuvo a mirarlo más de cerca. El nombre Peter Paul Rubens adornaba la parte inferior de un marco vacío que habitualmente estaba ocupado por el cuadro del *Descendimiento*. Entonces le vino a la cabeza la furgoneta de Art Logistics alejándose con un enorme cajón a bordo. ¿Blanco y en botella?…

A medida que pasaban los minutos y el guarda no volvía, Christina siguió pensando en el marco vacío e incluso empezó a preguntarse si… Desde luego, eso explicaría que Miles hubiese estado dispuesto a desprenderse de cincuenta mil libras para impedir que Beth fuese la directora.

—Lo siento, señora —dijo una voz mientras seguía mirando el marco vacío—, pero la señora Warwick se ha marchado hace más o menos media hora.

Seguro que había leído la carta, fue lo primero que pensó Christina, y no quería verla.

—Haga el favor de decirle a la directora que me pasaré otra vez el martes por la mañana.

—Ahora se lo digo —dijo el guarda, delatando que Beth continuaba allí. Después, se acercó a la puerta arrastrando los pies, abrió y la despidió haciendo el saludo militar de broma.

Christina bajó lentamente las escaleras y volvió a su coche, sumida en sus pensamientos. ¿Podría ser? Sentada al volante, se quedó un rato pensando en las posibles consecuencias y en qué le convenía hacer a continuación. Ya había tomado una decisión cuando la puerta de la calle se abrió de nuevo y aparecieron cuatro personas. A tres las reconoció inmediatamente. La cuarta debía de ser el «tipo guay» de los Estados Unidos que se había alojado en casa de los Warwick.

Christina los vio subir al Audi de William y desaparecer por la misma dirección por la que había venido ella.

Casi había llegado a casa cuando por fin consiguió entender cuál era el hilo común que unía a los cuatro. Uno de ellos debía de haber descubierto que el Rubens del museo era una copia y que el original estaba en el apartamento de su exmarido en Manhattan. Sospechaba que tenía que haber sido el americano, porque si no, ¿qué estaba haciendo en Londres? Hasta ahora, solamente tres personas sabían la verdad sobre el paradero del original, y ella había firmado un documento de confidencialidad en el que se comprometía a no insinuar siquiera que la obra del Fitzmolean era una falsificación… En caso de no cumplirlo, Booth Watson había amenazado con dejarla en la miseria… o algo peor.

Inmediatamente tomó una decisión, se metió por la siguiente rotonda y salió en dirección a Knightsbridge. Ahora tenía información que su ex querría saber lo antes posible, y lo mismo hasta conseguía echarle el guante al resto de las cincuenta mil libras.

Para cuando hubo aparcado el coche por tercera vez aquel día, ya tenía un plan.

Collins abrió la puerta del piso de Miles, y el mayordomo, por lo general un hombre taciturno, no intentó disimular su sorpresa.

—Tengo que hablar urgentemente con Miles —anunció Christina, colándose antes de que pudiera cerrar la puerta.

—Voy a ver si está disponible —respondió Collins, con un tono que no daba muchas esperanzas.

—Mencione simplemente la palabra «Rubens» —le dijo mientras le veía alejarse, consciente de que ahora tenía algo con lo que podía comerciar.

Esta vez apenas tuvo que esperar, porque Collins apareció de nuevo a los pocos instantes y la hizo pasar al estudio del jefe. Miles no se levantó de detrás del escritorio cuando su exmujer entró en la habitación.

—Más te vale que sean buenas noticias —masculló mientras Christina tomaba asiento al otro lado sin esperar a que se lo ofreciera.

—Creo que son malas —respondió Christina, pasando a detallarle todo lo que había presenciado en el Fitzmolean esa tarde.

Miles reaccionó como cabía esperar de él.

—¿Seguro que no fuiste tú quien le dijo a Beth que tengo el original? ¿Seguro que no está al tanto de que has venido?

—Piénsalo, Miles. Yo no ganaría nada con eso.

—No me sorprendería que estuvieses jugando a dos bandas —contestó inmediatamente Miles—. Pero primero deja que me asegure de que no se me escapa ningún detalle.

Christina se recostó y por primera vez sintió que se relajaba.

—Dices que viste a tres hombres vestidos con mono saliendo del Fitzmolean con un cajón enorme que metieron en la parte de atrás de una furgoneta de Art Logistics, ¿no?

—Eso es.

—Y que mientras estabas en la sala principal, te fijaste en un marco de Rubens vacío que estaba apoyado contra la pared.

—Sí.

—Y que cuando pediste ver a la señora Warwick, el guarda de seguridad te dijo que no estaba cuando era evidente que sí estaba.

Christina asintió con la cabeza y dijo:

—Veo que me has prestado atención.

—Cómo no, con treinta millones de libras en juego…

Christina olió el dinero.

—Describe al americano —dijo Miles.

—Veintitantos, uno ochenta y rubio; en otras circunstancias, te diría que está buenísimo. Y yo creo que debe de ser un agente del FBI —le contó Christina, jugando su mejor carta.

—Creo que sé quién puede ser. Bastará con una llamada para confirmar mis sospechas. Pero lo que no sé es cómo se enteró de que yo tengo el… —Miles encontró la respuesta a su propia pregunta antes de terminar la frase—. ¿Estás segura de que era Art Logistics?

—Completamente.

Acercó el Rolodex que tenía sobre el escritorio, encontró el número de teléfono móvil que estaba buscando y lo marcó. La llamada fue respondida casi inmediatamente.

—Buenas tardes, señor Faulkner, le habla Ken Forbes —contestó una voz, absteniéndose de decirle a uno de sus clientes más apreciados que era domingo por la tarde y estaba viendo una película con su hijo. Sin apartar la vista de la pantalla, se limitó a decir—: ¿En qué puedo ayudarle, señor?

—Llamaba para saber si está a punto de enviar un paquete de gran tamaño a una de mis casas.

—Déjeme comprobarlo —dijo el hombre a la vez que apagaba la televisión.

Miles oyó una breve conversación al fondo, seguida de varios improperios.

—A su nombre no hay nada, señor. No obstante, uno de nuestros clientes habituales acaba de enviar un paquete para que lo entreguen en su piso de Manhattan. La hora estimada de llegada es entre las diez y las once de mañana por la mañana.

—¿Valor?

—Han asegurado el paquete por diez mil dólares.

Eso lo han hecho bien, pensó Miles, pero solo dijo:

—Justo lo que me imaginaba. Por favor, olvide que he llamado; no quisiera avergonzarlos.

—Cuente usted con mi más absoluta discreción, señor. ¿Me permite simplemente que confirme que va dirigido a la dirección correcta? ¿Al número 3 de la calle 61 Este de Nueva York?

—Correcto. En cuanto lo entreguen, avíseme.

—Cuente con ello, señor —dijo Forbes.

Miles colgó y Forbes rápidamente volvió a poner la televisión. Christina vio cómo su ex se apresuraba a coger de nuevo el auricular. No era necesario que preguntase quién iba a ser el próximo interlocutor porque estaba a punto de averiguarlo.

—Buenas tardes, Tom, soy Miles Faulkner. Llamaba para saber si alguien ha concertado una cita para ver mi apartamento el lunes que viene.

—Un momento, señor, voy a mirar la agenda. —Instantes después se oyó de nuevo la voz del conserje—. Sí, señor, un tal señor Buchanan se pasará por su apartamento por tercera vez a las once de la mañana del lunes.

—Sobre esa hora está previsto que llegue un cajón de embalaje muy grande, Tom. Asegúrese de que va derecho a mi piso.

—Descuide, señor.

—Y que no se entere nadie de que he llamado.

—Entendido,.señor.

Christina esperó a que colgase antes de decir:

—Si el cuadro sigue en Inglaterra, ¿por qué no enviarlo directamente de vuelta al museo para que la nueva directora pase vergüenza?

—Porque entonces la señora Warwick sabría que yo sé que ella sabe que es una copia, y no puedo permitirme correr ese riesgo. No, vamos a tener que seguirles el juego, y tú, Christina, harás de intermediaria.

—¿Las intermediarias están bien pagadas?

—Eres de ideas fijas, Christina. Pero en esta ocasión, la respuesta es sí. No obstante, la cantidad dependerá, como siempre, de los resultados. Cincuenta mil si el Rubens sigue colgado en la pared de mi apartamento cuando se marchen el lunes por la tarde, y otros cincuenta mil cuando su copia sea devuelta al Fitzmolean.

—Pero si el cuadro ya va de camino a tu apartamento de Nueva York, sospecho que no muy lejos habrá tres ángeles vengadores.

—Por eso vas a subirte a un Concorde esta tarde. Así aterrizarás en Nueva York mucho antes que ellos y podrás preparar el terreno para su llegada.

Christina escuchó atentamente lo que Miles esperaba que hiciera a cambio de cien mil libras y no pudo menos que admirar la sencillez del plan, que no solo aseguraría que él se quedaba con la obra maestra sino también que serían ellos quienes correrían con los gastos de devolución de la copia a Londres.

Miles abrió el cajón del escritorio, sacó diez mil libras en efectivo y se las dio a Christina.

—Tus gastos —explicó—. Cuando te pases por el mostrador del Concorde de Heathrow, habrá para ti un billete de vuelta a tu nombre. En el JFK te recogerá un coche y te llevará al Waldorf, que, si no recuerdo mal, es tu hotel favorito.

—¿Y los primeros cincuenta mil? —insistió Christina.

—Se ingresarán en tu cuenta cuando abra el banco el lunes por la mañana.

—¿Y la otra mitad?

—Cuando la copia del Rubens haya sido devuelta al Fitzmolean, y si la señora Warwick considera que debe dimitir, añadiré otros veinte mil.

Christina se alegró de que Beth no hubiese podido verla.

Capítulo 13

El tiempo no corría a favor de Christina, así que nada más salir del piso de Miles de Cadogan Place se fue derecha a casa, metió a todo correr en una maleta lo justo para una noche y se acordó por los pelos de coger el pasaporte. Media hora más tarde estaba otra vez en la calle, parando un taxi.

—¿Adónde vamos, señorita?

—A Heathrow.

—¿A qué terminal?

—A la del Concorde —dijo Christina, provocando en el taxista una sonrisa de oreja a oreja ya que casi siempre significaba una propina mayor.

Durante el trayecto, Christina repasó para sus adentros lo que Miles esperaba a cambio de sus cien mil libras, convencida de que había cerrado un buen trato. Intentó no pensar en cómo iba a reaccionar Beth cuando descubriese que había enviado a los Estados Unidos la copia que tenía el museo del *Descendimiento* de Rubens solo para que fuera devuelta cuarenta y una horas más tarde al Fitzmolean a costa del propio museo.

Ya se encargaría ella de que un miembro de la junta le preguntase a Beth por qué había autorizado un gasto tan innecesario. Beth no podía permitirse decirles la verdad, porque entonces no tendría más remedio que dimitir. A Christina incluso se le pasó por la cabeza convertirse en presidenta de la junta… Al fin y al cabo, ella había sido la única que no había votado a Beth.

Cuando el taxi se detuvo en la entrada de la terminal 3, Christina le dio al taxista uno de los billetes de cincuenta libras de Miles y vio cómo volvía a asomarle la sonrisa al rostro. Entró en la terminal y se dirigió rápidamente al mostrador de venta de billetes del Concorde.

—Su pasaporte, por favor, señora —dijo una empleada elegantemente vestida que llevaba unas C plateadas bordadas en las solapas de la chaqueta azul marino. Echó un vistazo a la pantalla—. Ah, sí, señora Faulkner, ha llamado su marido y le ha hecho una reserva provisional para el vuelo. Le voy a imprimir el billete. ¿Lleva equipaje?

—Solo equipaje de mano —dijo Christina, que ya había decidido que se iba a comprar un modelito en Nueva York. Y gracias a Miles, tenía suficiente dinero para pasarse por varias tiendas de la Quinta Avenida antes de coger el vuelo de vuelta a Londres.

—Son cuatro mil seiscientas libras, señora.

—Pero si…

—Su marido dijo que pagaría usted.

—No es mi…

No se molestó en terminar la frase. Sacó del bolso uno de los paquetes envueltos en celofán y le dio un fajo de billetes a la dependienta, que a su vez le entregó la tarjeta de embarque. Pero no podía quejarse, porque a la vuelta iba a tener cien mil libras más en su cuenta corriente. No estaba mal, para un par de días de trabajo.

—Pasajeros del vuelo 001 con destino al aeropuerto JFK de Nueva York, por favor diríjanse a la puerta diez. Su avión está listo para el embarque.

William, James y Ross llegaron a Heathrow con un par de horas de antelación.

No era un vuelo al que pudieran permitirse llegar tarde. William no les informó de que el precio de un billete de ida y vuelta y el servicio de DHL habían bastado para dejar a cero su cuenta corriente. Pero si regresaba acompañado del *Descendimiento,* habría valido la pena hasta el último penique.

Los tres se sentaron en un rincón de la sala de embarque y trataron de sacarle defectos al plan maestro, cosa que no fue demasiado difícil ya que se les ocurrió todo lo que podía salir mal incluso antes de llegar al apartamento de Faulkner. Y si conseguían llegar, ¿serían capaces de cambiar un cuadro por otro, sacar el cajón de embalaje del piso y —más difícil todavía— del edificio para enviarlo de vuelta a Londres y que acabase colgado en la pared del Fitzmolean antes de que sus puertas abriesen al público a las diez de la mañana del martes?

William trató de no pensar en las consecuencias del fracaso, tanto para él como, sobre todo, para Beth. El peor desenlace posible sería tener que regresar a Londres con la copia, en cuyo caso comprendía que Beth no tendría más remedio que dimitir.

—Pasajeros del vuelo 7626 de United Airlines con destino a Nueva York, por favor diríjanse a la puerta 23. Su avión está listo para embarcar.

Se pusieron a la cabeza de la cola.

A Christina le sorprendió lo estrecho que era el Concorde en comparación con un avión normal. Parecía más un cigarrillo que un puro.

Le gustaba la idea de romper la barrera del sonido y llegar a Nueva York en menos de tres horas y media; así podría pasar la noche en el Waldorf, y no enlatada como una sardina en la cola de un jumbo con un tipo roncando a un lado y otro leyendo con la lucecita al otro.

Se despertaría por la mañana fresca y lista para un largo día de trabajo mientras sus tres rivales se revolvían en sus asientos a diez kilómetros de altura, esforzándose por dar alguna cabezadita. Y seguro que no sería solo la incomodidad lo que les quitaría el sueño.

A punto estaba de sentarse cuando se fijó en un atractivo joven que había un par de filas más atrás, solo. Christina le dedicó una cálida sonrisa, pero él no se la devolvió.

—Les habla su capitán. Estamos a punto de despegar, por favor, abróchense los cinturones. Si es la primera vez que viaja en el Concorde…

Ken Forbes llamó a DHL justo antes de irse a la cama para asegurarse de que el paquete dirigido al señor Faulkner había llegado sin ningún percance al avión. El gerente nocturno confirmó que, aunque el avión llevaba un retraso de cuarenta minutos, esperaban que recuperase el tiempo perdido mientras sobrevolaba el Atlántico. Dijo que llamaría a primera hora de la mañana y le pondría al tanto de las novedades.

Miles cumplió lo prometido.

En la sala de llegadas había un chófer esperando a Christina, que le dijo que jamás había tenido una experiencia parecida.

—A los pasajeros del Concorde se les trata como si fueran miembros de la realeza —dijo, entusiasmada—. Tienen su propio control de pasaportes y también una cinta de equipajes separada del resto. Ha sido como bajarse tranquilamente de un tren.

Era asombroso que algo así como un 0,001 de la población viviese de esta manera. Aún le parecía increíble que tan solo unas horas antes hubiese estado en Londres preguntándose qué iba a hacer.

William, Ross y James tomaron asiento al fondo de un avión abarrotado que no prometía una noche tranquila. Algunos pasajeros abrían diminutas botellitas de licor, mientras algunas miniaturas lloraban en brazos de su madre.

Por fin, después de un largo retraso, el 747 despegó. Habían tenido que esperar, en vano, a un pasajero, y tuvieron que sacar su equipaje de la bodega.

—No pasa nada —repetía una y otra vez William—. Tendremos

tiempo de sobra en cuanto aterricemos. A la vuelta es cuando deberemos cruzar los dedos para que no haya retrasos.

—Puaj. —Fue la única opinión expresada por Ross cuando vio lo que United llamaba «cena». Reclinó el asiento y cerró los ojos, pero no se durmió.

Christina se registró en su suite del Waldorf cincuenta minutos más tarde. Disfrutó de un *jacuzzi* caliente y burbujeante antes de meterse en la cama y poner la cabeza sobre una suave almohada de plumas. En pocos minutos se quedó dormida.

El avión de United Airlines sobrevoló varias veces el aeropuerto JFK antes de que le asignasen una pista de aterrizaje.

Debido a la larga cola del control de inmigración, James tuvo que quedarse esperando más de una hora a los ingleses en la aduana. Una vez que consiguieron escapar, se incorporaron todos a la cola del taxi, tan larga como la anterior, y de ahí a un embotellamiento acompañado de un estruendo de cláxones mientras cruzaban el puente de Queensboro para entrar en Manhattan. Para cuando aparcaron en la puerta de The Pierre, estaban exhaustos, pero no podían permitirse descansar mucho.

El aerotransporte de DHL tomó tierra en Newark unos minutos más tarde. Gracias a la etiqueta de prioridad roja que llevaba pegada el cajón de Art Logistics, el cuadro fue de los primeros paquetes en llegar a la sala de aduanas.

Beth tenía razón. Como el contenido estaba valorado en menos de diez mil libras, el cajón pasó por aduanas en un par de horas y fue llevado a la calle 61 Este en el primer camión disponible. Beth no podía saber que era Miles Faulkner el que estaba engrasando la maquinaria.

* * *

James había reservado una habitación en la segunda planta de The Pierre, con vistas a la calle 61 Este. Aunque había llamado en el último momento, había sido fácil de conseguir; después de todo, la mayoría de los huéspedes del hotel preferían una *suite* en las plantas más altas con vistas a Central Park. James, además, dijo que como muy tarde se marcharían a mediodía. El huésped ideal.

Después de registrarse y de echarse una cabezadita, se turnaron para bajar a desayunar, ducharse y vigilar quién entraba y quién salía del bloque de apartamentos de la acera de enfrente.

James cruzó los dedos para que el cajón llegase mucho antes de las once, cuando había quedado con la agente inmobiliaria; si no, iban a tener que pasar la noche en el hotel. Y eso no formaba parte del plan. Cuando le tocó a William apostarse junto a la ventana, James se duchó y no tardó en descubrir que no había suficientes toallas para tres hombres.

Christina bajó a las tiendas del hotel, que estaban en la planta baja; en los Estados Unidos, los hoteles no tenían sótano. Se tomó su tiempo para elegir un nuevo y elegante modelito con accesorios a juego. ¿Qué otra cosa podía hacer una chica antes de ir a trabajar? Añadió un bolsito Le Blanc al que fue sencillamente incapaz de resistirse.

—Cárguelo a la cuenta de mi habitación —le dijo a la dependienta.

De vuelta en la *suite,* pidió el desayuno y estuvo hojeando durante un rato la sección de ocio del *New York Times.* Vio varios espectáculos a los que le habría gustado ir, pero iba a tener que dejarlo para otra ocasión. Después se puso el conjunto nuevo, y le bastó echar un vistazo al largo espejo del pasillo para convencerse de que estaba más que preparada para el reto que tenía por delante.

Llegó el desayuno, que le sirvió un atractivo joven con acento italiano. Christina se dijo que ojalá dispusiera de más tiempo.

Estaba disfrutando de unos huevos benedictinos cuando Miles

llamó para comprobar cómo iban las cosas. ¿Aquel hombre no desconectaba nunca?

Le informó de que el cajón de embalaje había llegado a Newark puntualmente, iba ya de camino a la calle 61 Este y sería entregado, calculaba, a eso de las diez. James Buchanan tenía cita para ver el apartamento a las once, así que Christina dispondría al menos de una hora para dar el cambiazo. Dos expertos instaladores de la galería Schwartz estarían allí para ayudarla, pero tenía que salir del apartamento antes de las once. Así, los tres mosqueteros tendrían tiempo de sobra para cambiar el cuadro, y la copia del Rubens volvería a Londres mientras que el original se quedaba en su apartamento, que era donde tenía que estar.

Christina sintió un ligero remordimiento al pensar en Beth. Estaría en Londres, en su despacho, esperando en vano que se llevase a cabo el cambio sin contratiempos. Pero Miles le dijo que ya le había transferido las primeras cincuenta mil libras a su cuenta, y que habría cincuenta mil más en cuanto la copia del cuadro volviese a colgar en la pared del Fitzmolean. Esto ayudó a disipar cualquier duda persistente.

Una vez que otro joven igual de atractivo —esta vez, irlandés— le hubo retirado el desayuno, Christina volvió a mirarse al espejo y se reafirmó en que estaba lista para perpetrar el engaño: salió de la habitación y bajó lentamente las escaleras, fingiendo no darse cuenta de las miradas de admiración que le lanzaban varias mujeres al ver su modelito. Se acercó al mostrador y entregó la llave de la habitación; a punto estaba de marcharse cuando la recepcionista le preguntó:

—¿Cómo desea pagar la cuenta, señora?

—Pero si pensaba que… —empezó a decir, antes de recordar, una vez más, que las diez mil libras eran para cubrir gastos necesarios que claramente no incluían accesorios innecesarios.

Christina miró la factura y se arrepintió de haber comprado el bolso. Cuando le cambiaron las libras por dólares, fue dolorosamente consciente de que el hotel funcionaba con su propio tipo de cambio.

Salió del Waldorf con el primer paquete de billetes de cincuenta vacío, y no quiso comprobar cuánto quedaba en el segundo. El portero paró a un taxi, pero no recibió ninguna propina a cambio.

—Voy al número 3 de la calle 61 Este —dijo antes de subirse.

Le tocaba a William leer el *New York Times* mientras Ross se terminaba los restos del desayuno y James mantenía los ojos clavados en las idas y venidas de la acera de enfrente.

Dos hombres vestidos con monos marrones y sendas escaleritas de mano fueron las dos únicas personas mínimamente interesantes que entraron por la puerta principal durante el turno de James, pero como el edificio tenía más de cien apartamentos, no le dio importancia. Instantes después, un taxi se detuvo delante del inmueble y bajó una mujer elegantemente vestida. Entró en el edificio como si no fuera la primera vez. James, que estaba llegando al final de su turno, hizo una descripción detallada, a pesar de que solo pudo verle la espalda. Pero como el portero la saludó, supuso que tenía que ser una residente. William tomó el relevo unos minutos más tarde.

Antes de que Christina llegase al mostrador de recepción, quedó claro que la estaban esperando. El conserje se levantó de un salto para saludarla como si todavía fuese la esposa de Miles Faulkner. Para el caso, como si lo fuera.

—El señor Faulkner ha llamado —dijo el hombre— y me ha dado orden de acompañarla directamente a su apartamento del noveno piso. Han llegado ya dos caballeros de la galería Schwartz y la están esperando.

Sin decir una palabra más, salió de detrás del mostrador y acompañó a Christina al ascensor. Al llegar al noveno, abrió la puerta del apartamento con su llave maestra por segunda vez aquella mañana.

Lo primero en lo que se fijó Christina al pasar al salón fue en que el Rubens ya no estaba en la pared sino boca arriba en el suelo, esperando a ser metido en el cajón.

El conserje los dejó y volvió a bajar en el ascensor. De nuevo llamó al señor Faulkner, que estaba en Londres leyendo el *Evening News* mientras tomaba el té, y le puso al día de todas las novedades.

—Acaba de llegar una furgoneta de Art Logistics —dijo Ross, conteniendo el entusiasmo a duras penas.

William y James se levantaron de un salto y se abalanzaron hacia la ventana. Los tres vieron cómo un hombre abría la puerta trasera del vehículo y, junto con dos colegas, sacaba un cajón de gran tamaño y lo depositaba cuidadosamente en la acera antes de colocarlo sobre una plataforma móvil. Abrieron las dos puertas delanteras del edificio, y hubo seis ojos que no se apartaron ni un instante del cajón mientras entraba lentamente en el edificio y desaparecía de su vista a continuación.

James echó un vistazo a su reloj de pulsera.

—Dentro de poco seremos nosotros los que pasemos por esas puertas. Para entonces el cajón ya habrá llegado al noveno piso. Me voy a quedar yo de guardia porque soy el único que puede reconocer a la mujer de la inmobiliaria, que se supone que llegará —volvió a mirar el reloj—… en unos veinte minutos. Estad preparados para moveros en cualquier momento.

Cuando el cajón fue entregado en el noveno piso, el instalador jefe asintió con la cabeza y dijo:

—Venga, manos a la obra.

Christina observó con admiración cómo desempeñaban su trabajo los dos profesionales. Primero quitaron los veintiocho tornillos que sujetaban firmemente la tapa, y luego sacaron el falso *Cristo* y lo apoyaron contra la pared. A continuación, después de envolver la obra maestra auténtica con un papel libre de ácido y una capa de polietileno, la bajaron poco a poco a la caja acolchada. Encajaba perfectamente. Volvieron a poner la tapa y repitieron el proceso en orden inverso, enroscando lentamente cada tornillo en su lugar correspondiente. Fue un proceso largo, y una vez terminada la tarea hicieron un descanso para fumarse un cigarrillo.

¿No os dais cuenta de que vamos muy justos de tiempo?, quería decirles Christina, pero se limitó a mirar su reloj con cara impaciente. Por fin, el jefe apagó el cigarrillo y reanudaron el trabajo.

Primero, levantaron del suelo el Rubens falso del museo y se subieron a las escaleritas, deteniéndose en cada peldaño antes de subir a la vez al siguiente. Su coordinación habría impresionado a un gimnasta olímpico. Cuando llegaron al último peldaño, encajaron con sumo cuidado la falsificación del Fitzmolean en los ganchos de los que hacía unos minutos había colgado la obra maestra. Retrocedieron un momento para admirar su trabajo. El proceso entero no había durado más de cuarenta minutos.

Christina prorrumpió en aplausos espontáneos mientras el instalador jefe miraba la copia de la pared y comentaba:

—No sabría decir en qué se diferencian.

—De eso se trata —dijo Christina, sin añadir que había una diferencia de treinta millones de libras entre ambos cuadros.

—Hora de irse —dijo él, mirando el reloj—. Tenemos instrucciones estrictas de salir de aquí antes de las once.

Christina le dio un billete de cien dólares al jefe y se arrepintió incluso antes de que se lo metiese en el bolsillo.

En cuanto se fueron, llamó al móvil de Miles.

—Siguiendo las instrucciones, el original ya está en el cajón y la copia se encuentra colgada en la pared, de modo que he cumplido con mi parte.

—Bien sincronizado —dijo Miles—, porque de un momento a otro aparecerán nuestros tres superpolicías y volverán a cambiar los cuadros, convencidos de que tienen mi obra original. Sin embargo, si se topasen contigo, nuestra tapadera saltaría por los aires, de modo que solo dispones de unos minutos para salir de ahí.

La línea se cortó.

Christina había llegado al ascensor y estaba a punto de pulsar el botón de descenso cuando se le ocurrió comprobar una cosa por si acaso. Marcó un número en su móvil y esperó.

En respuesta a su pregunta, el señor Stewart dijo:

—No hay ningún ingreso nuevo en su cuenta, señora Faulkner, y como en Londres son casi las cinco, hoy ya no se harán más transacciones.

—La agente inmobiliaria acaba de entrar en el edificio —anunció James—, así que más vale que nos pongamos en marcha.

—Ha llegado pronto —dijo Ross mientras salían los tres a la carrera y bajaban por la amplia escalera al vestíbulo del hotel.

—Gracias —gritó James, dándole la llave a la recepcionista sin detenerse.

No pararon de correr hasta que salieron a la acera.

A pesar de que había un tráfico denso, cruzaron la calle colándose entre los vehículos y perseguidos por chirridos y por una cacofonía de bocinazos e improperios, expresados sobre todo por los taxistas desde sus coches amarillos. Los neoyorquinos continuaban andando con paso resuelto por la acera, ajenos a una escena que en cualquier otra ciudad habría llamado la atención.

James fue el primero en cruzar la puerta y se fue derecho al mostrador de recepción. Estrechó la mano de la agente inmobiliaria antes de presentar a un abogado y un corredor hipotecario jadeantes, que también le dieron la mano…, aunque sin abrir la boca, para evitar que sus acentos los delatasen.

—Ahora que ya estamos todos —dijo la agente—, ¿subimos al apartamento?

—Ya hay alguien arriba —informó el conserje—, así que tendrán que esperar unos minutos.

—Ya le dije, señor Buchanan, que no es usted la única persona interesada por el piso.

Mientras se quedaban en el vestíbulo esperando impacientes a ponerse manos a la obra, el conserje les dio la espalda, descolgó el teléfono que había sobre el escritorio y marcó un número interno.

Christina había vuelto al apartamento y se había dejado caer en una silla. No se le había pasado por la cabeza que, una vez más, Miles pudiese darle una puñalada trapera, a pesar de que tenía un largo historial al respecto. Estaba mirando la copia del Rubens de la pared cuando empezó a sonar el teléfono que tenía al lado. Lo cogió, sin darse cuenta del tiempo transcurrido.

—La llamo solo para que sepa, señora Faulkner —susurró el conserje—, que ha llegado una agente inmobiliaria con un tal señor Buchanan. ¿Puedo decirles que suban?

—¿Son tres personas?

—Sí —respondió el conserje, sorprendido.

—Entonces, voy a necesitar ayuda para mover el cajón de embalaje antes de que suban.

—No pasa nada, señora. Ahora mismo le envío a dos de mis muchachos para que los acompañen a usted y al cajón al ático.

El conserje ordenó a dos ayudantes de la recepción que subiesen inmediatamente al noveno piso a ayudar a la señora Faulkner. Dejó pasar unos minutos antes de meterse en el ascensor con los cuatro visitantes. En el mismo instante en que pusieron el pie en el noveno, el ascensor contiguo se cerró y subió rumbo al ático.

Si a Christina le había parecido lujoso el apartamento del noveno, el ático estaba en otra categoría distinta. Enseguida vio que a Miles le sobraba el dinero. A solas junto al cajón que contenía ahora la obra maestra original, se puso a pensar detenidamente en el siguiente paso.

Lo primero que hicieron William y Ross cuando entraron en el apartamento de Faulkner del piso noveno fue ir en busca del cajón de embalaje, mientras James entretenía a la infeliz agente inmobiliaria con una serie de preguntas bien preparadas: tarifas, recargos por demora, mobiliario y accesorios, posible fecha para la mudanza…

Al ver el cuadro colgado en la pared del salón, William supuso que el cajón estaría cerca, pero, aunque rebuscó en cada habitación del apartamento, por debajo de las mesas, los sofás y las camas, no apareció por ningún lado. Como todos habían visto que el cajón entraba en el edificio y que no volvía a salir, no podía estar lejos.

William cogió el teléfono, llamó a recepción y, cuando por fin respondió el conserje, gritó:

—¿Dónde diablos está?

—Si se refiere al cajón que iba dirigido al señor Faulkner —respondió con calma el conserje—, se ha trasladado al ático.

—¡Pero si había que entregarlo en el noveno! —gritó William, incapaz a esas alturas de controlarse.

—Entonces tendrá que hablar con el señor Faulkner, porque el paquete iba dirigido a él, no a usted, señor… —Y al ver que William no respondía, añadió—: Y tengo los papeles que lo demuestran.

—¿Cómo se ha enterado? —preguntó James, no precisamente en voz baja.

—Una vez más, nos ha tomado la delantera: no solo se ha quedado con el original —dijo Ross, mirando el cuadro de la pared—, sino que también tiene nuestra copia, y no hay nada que podamos hacer al respecto.

Los tres hombres se miraron en silencio mientras la agente inmobiliaria, que no había entendido una sola palabra, preguntó inocentemente:

—¿Está listo para firmar el contrato, señor Buchanan?

—Que le jodan al contrato —dijo William para escándalo de Ross y James, que jamás le habían oído una palabrota al monaguillo.

Decidieron llevarse a su amigo al pasillo antes de que hiciese algo de lo que pudiese arrepentirse después. James le metió de un suave empujón en el ascensor y pulsó el botón de la planta baja. Las puertas se cerraron despacio.

El teléfono se puso a sonar en el ático, y al cogerlo Christina oyó la voz del conserje.

—Acaban de llegar los de DHL a recoger un cajón de embalaje, señora Faulkner. ¿Qué les digo?

—¿Dónde están los tres hombres que subieron a ver el apartamento del noveno?

—Se marcharon hará veinte minutos, y no creo que vayamos a verlos más.

Christina siguió mirando el cajón que ahora contenía el auténtico *Descendimiento de Cristo de la Cruz* de Rubens. Titubeó unos instantes antes de decir:

—Dígales que suban.

—Lo que me cabrea es que no podamos hacer nada al respecto —dijo William mientras volvían al aeropuerto JFK en un taxi amarillo.

—Salvo matar a Faulkner —sugirió Ross, y sonó a que lo decía en serio.

—Entonces acabaríamos todos con cadena perpetua —dijo William.

—En lugar de con los doce años que seguramente nos caigan por intentar robar un cuadro que vale treinta millones de libras —señaló James.

—¿Doce? —repitió James—. Pero ¿tú no me habías dicho que la máxima condena posible era de seis años?

—*Mea culpa* —dijo James—. Olvidé mencionar la diferencia entre el hurto y el hurto mayor, y creo que convendrás conmigo en que treinta millones se pueden calificar de «mayor».

—Pero Faulkner todavía tiene el Rubens mientras que nosotros ni siquiera tenemos nuestra copia —protestó Ross.

—Eso la policía no lo sabe —dijo William—, y si de algo no hay duda es de que Faulkner no les va a poner al corriente.

—¿Pueden empeorar las cosas? —preguntó James.

—Desde luego que sí —dijo William—. Faulkner va a tomarse todo el tiempo del mundo en devolver nuestra copia al Fitzmolean, pero no antes de que le hayan dado la patada a Beth y yo haya tenido que dimitir —añadió mientras el taxi se detenía en la puerta de Salidas internacionales.

William entró corriendo en la terminal y echó un rápido vistazo al tablero de salidas.

—Si conseguimos embarcar en el de las seis y cuarto, todavía podríamos estar de vuelta en Londres antes de que Beth se vaya al museo.

—¿No sería mejor llamarla ahora? —sugirió James—. Para que pueda prepararse antes de enfrentarse al presidente de la junta…

—¿… para presentarle su dimisión? —preguntó William—. Ni hablar, no pienso despertarla en mitad de la noche para intentar explicarle por qué ni siquiera tengo la copia del Rubens, por no hablar del original. Prefiero hacerlo en persona, y así al menos podré acompañarla al Fitz y advertirle de que lo único que ha obtenido a cambio de todas sus molestias es la esperanza de que Faulkner termine devolviendo la copia. Ojalá hubiese un modo de volver a Londres más deprisa.

—Por favor, pasajeros del Concorde con destino a Heathrow diríjanse a la puerta de embarque.

Christina estaba satisfecha de cómo había salido todo, aunque si Miles descubría que se había encargado de cambiar su obra maestra por una copia sin valor, iba a tener que mirar por encima del hombro el resto de su vida.

Se incorporó a la pequeña cola que había ante el mostrador del Concorde, y cuando le tocó canceló la reserva porque ya no le quedaba dinero suficiente para pagar el billete.

—¿Quedan plazas para el vuelo nocturno de las seis y cuarto a Heathrow?

La auxiliar se puso a teclear en el ordenador.

—Me queda un asiento libre en primera clase, señora.

—¿Y en clase turista?

La auxiliar siguió tecleando, y finalmente preguntó:

—¿Ventana o pasillo?

Fue Ross el que la vio sentarse varias filas por delante de ellos. Le dio un codazo a William y la señaló con el dedo. No parecía demasiado sorprendido, pero es que no creía en las coincidencias.

—¿Tú crees que es posible que Christina supiese exactamente qué estábamos tramando? —preguntó Ross.

—Desde luego, eso explicaría que Faulkner haya ido siempre un paso por delante de nosotros.

—Pero ¿no era amiga íntima de Beth?

—Christina es amiga íntima de cualquiera que esté dispuesto a pagarle la cuenta de la siguiente comida.

Christina fue de las primeras personas en bajar cuando el avión aterrizó en Heathrow. Habría cogido un taxi para volver a su piso de Mayfair, pero como no tenía suficiente dinero en efectivo para pagar la tarifa, se subió a un autobús con destino a Victoria Station. Otra novedad.

—Cuatro libras noventa peniques —dijo el cobrador. Christina le dio su último billete de cinco libras y esperó el cambio.

William y Ross cogieron el metro y aprendieron lentamente cuántas paradas había en el trayecto a Londres. Por fin, a las 08:33 de la mañana, William llegó a casa… y se encontró con que Beth ya se había marchado.

—Mami quería llegar pronto a su primer día de trabajo, así que ha cogido tu coche —explicó Artemisia—. Por cierto, papá, ¿dónde has estado?

—En Nueva York.

—No cuela, papá —dijo Peter mientras William salía corriendo a buscar un taxi, cruzando los dedos para llegar al Fitz a tiempo de informar a Beth antes de que apareciese el presidente de la junta.

126

Cuando por fin se bajó del autobús, Christina decidió ir directamente al museo para contarle a Beth lo que había hecho. Empezó a llover.

—¿Por qué será que nunca encuentras un taxi cuando más lo necesitas? —murmuró un frustrado William a un público unipersonal. Se rindió y echó a correr en dirección a Knightsbridge.

Todavía no se había sentado a desayunar y Miles ya estaba llamando al conserje de su bloque de apartamentos de Nueva York.

—¿Han recogido el cajón los transportistas? —preguntó sin decir siquiera quién llamaba.

—Voy a mirar en el libro de entradas, señor Faulkner —dijo el portero de noche, y al momento añadió—: Sí, señor. DHL firmó a las tres y cuarenta y dos de la tarde de ayer la orden de envío de un cajón al museo Fitzmolean de Londres.

—Perfecto —dijo Miles, y acto seguido colgó y le dijo a Collins—: Creo que me voy a tomar una copa de champán con el desayuno.

Beth fue de las primeras personas en llegar al museo aquella mañana.

Se acercó con paso enérgico a la amplia escalera que llevaba al primer piso y se detuvo un momento ante una puerta que tenía un rótulo con la palabra DIRECCIÓN. A punto estuvo de llamar antes de abrir y entrar en su despacho. Sobre el escritorio había un jarrón con flores recién cortadas y una tarjeta de bienvenida del presidente de la junta. Beth se preguntó si la sustituirían por otra persona antes de que se les cayeran los pétalos a las flores. Sus pensamientos fueron interrumpidos por alguien que llamaba a la puerta.

—Pase —dijo, temiendo que fuera *sir* Nicholas preguntando qué hacía un marco vacío apoyado contra la pared de la sala principal.

Pero el que asomó la cabeza era un jovenzuelo. Una cara que Beth no conocía.

—Perdone que la moleste, señora directora —¿hasta cuándo?, se preguntó Beth—, pero acaban de traer un cajón muy grande a recepción y dicen que no lo dejan si no firma usted.

Beth comenzó a rezar para sus adentros mientras saltaba de detrás del escritorio y salía corriendo; a punto estuvo de tirar al joven al suelo. Se quitó los tacones y bajó de dos en dos las escaleras. Una vez en el vestíbulo, reconoció inmediatamente el cajón, y supuso que, como William no había llamado, el viaje había sido en vano, entre otras cosas porque el albarán de entrega llevaba escritas las palabras «Devolver al remitente». Beth soltó un hondo suspiro y aceptó que tenía que volver a colgar el cuadro en la pared de la galería principal antes de que las puertas se abrieran al público a las diez, incluso aunque fuese una falsificación.

El transportista le dio un formulario de autorización y un bolígrafo mordisqueado.

—Firme aquí, aquí y aquí, señora —dijo, señalando tres líneas punteadas.

Beth recorrió con la mirada la letra pequeña en busca de alguna pista, pero se quedó igual que estaba. Los contenidos estaban valorados en menos de diez mil libras, y al lado estaba su firma.

Una vez firmado el formulario, pidió al portero y al muchacho que llevasen el cajón a la galería principal, donde el viejo marco seguía apoyado contra la pared.

—¿Fred sigue siendo el encargado de obra? —le preguntó al portero.

—Sí, señora.

—Dígale por favor que necesito que me ayude a colgar un cuadro, y cuanto antes.

El muchacho salió corriendo. Beth se quedó mirando el marco vacío, y no dejó de rezar mientras esperaba a que viniese el encargado de obra. A los pocos minutos apareció Fred con la bolsa de las herramientas, seguido de un ayudante que llevaba una escalerita en cada mano.

Fred y su ayudante se arrodillaron y empezaron a sacar los tornillos del cajón uno a uno mientras Beth los miraba cada vez más nerviosa, preguntándose si era posible ser más lento.

Cuando por fin sacaron el último tornillo, Beth se abalanzó a ayudarles a quitar la tapa del cajón…, pero después tuvo que volver a esperar mientras Fred y su ayudante se tomaban su tiempo quitando el polietileno y el envoltorio libre de ácidos que habían protegido el lienzo contra cualquier posible percance durante su largo trayecto.

Una vez quitada la última capa del envoltorio, Beth se quedó mirando el cuadro, dudando todavía de si era una obra maestra o un viejo amigo que volvía a casa después de pasar el fin de semana en el extranjero. Fue necesario que los tres sumaran sus esfuerzos para sacar despacio, muy despacio, el cuadro de la caja y recolocarlo con delicadeza en su marco. Después, los dos instaladores subieron uno a uno los cuatro peldaños de las escaleritas y bajaron lentamente la cadena hasta encajarla en los ganchos. Beth miró la figura central que dominaba el lienzo, sin saber del todo si era el salvador o un impostor.

Cuando el reloj de pie del vestíbulo dio las diez, la puerta principal se abrió y dio paso al público. Para sorpresa de Beth, la primera persona en entrar fue una Christina desaliñada y calada hasta los huesos. Se quedaron unos instantes mirándose la una a la otra, sin cruzar palabra, hasta que Beth por fin preguntó:

—¿Cuál es?

—Tú tienes el original —dijo Christina—, y ahora Miles tiene tu copia colgando en su apartamento. Pero prométeme que no vas a decir nada —susurró—, porque si Miles se enterase…

Fue esta última frase la que convenció a Beth de que Cristo había resucitado de entre los muertos. Abrazó a su vieja amiga y dijo:

—No tengo palabras para agradecerte…

Pero fue interrumpida por su marido, que entró atropelladamente.

—Lo siento muchísimo —dijo William al ver el cuadro—, pero Faulkner nos vio venir —añadió, lanzándole una mirada acusadora a Christina.

—No podríais haber hecho nada más —dijo Beth mientras el móvil de Christina empezaba a sonar.

—Buenos días, señora Faulkner —dijo una voz alegre—. Soy Craig Walker, del Midland Bank. Solo quería decirle que la primera transferencia de cincuenta mil libras llegó este sábado después de la hora de cierre, y que acaban de hacer una segunda por el mismo importe. De modo que se han abonado cien mil libras a su cuenta corriente.

Miles recibió una llamada del gerente de la galería Schwartz de Nueva York mientras volvía a casa de una comida de celebración en el Savoy con Booth Watson. Había bebido un poco más de la cuenta.

—Me pareció que era mi deber avisarle, señor Faulkner, de que el cuadro que me pidió que cambiase el domingo no encajaba del todo en el marco. Es solo unos milímetros más grande, y estaba pensando que a lo mejor quiere que haga los ajustes necesarios.

—Ya no hace falta. Se volvió a cambiar después de que se marchase usted.

—Me temo que no —dijo el gerente—. Porque esta mañana me he pasado por su apartamento para comprobar que todo había salido según lo previsto y he visto que la copia que nos encargó hace unos años estaba colgada en la pared.

—Entonces, ¿dónde está el original? —preguntó Miles.

—La última vez que lo vi, señor —dijo el gerente—, estaba en un cajón que iba a ser enviado de vuelta a Londres. Y en vista de que ya no está aquí, no tengo más remedio que suponer que...

Miles lanzó el teléfono a la otra punta de la habitación.

Libro II

«Animada por la envidia y el deseo de venganza».
JOHN MILTON,
El paraíso perdido

Capítulo 14

Faulkner se sentó en su escritorio y empezó a escribir dos listas de nombres. En la primera estaban los responsables del robo de su Rubens, y en la segunda el equipo que le iba a ayudar a vengarse:

1.	2.
William Warwick	Phil Harris
Beth Warwick	Bruce Lamont
Ross Hogan	Booth Watson
James Buchanan	Tulip
Christina Faulkner	Collins

Miles sabía que no podía mover ficha si Phil Harris no permanecía a bordo, y no habían quedado precisamente como amigos. Pero no tenía más opciones, ya que su única esperanza de concluir con éxito un golpe maestro tan audaz era que Harris estuviese al volante del coche del lord chambelán cuando tuviera lugar el intercambio.

Abrió el cajón inferior de su escritorio y rebuscó entre unos papeles hasta que dio con una hoja de papel de cartas del palacio de Buckingham. En ella no había más que un número de móvil pulcramente escrito al que no había pensado que llamaría una segunda vez.

Miles cogió el teléfono y marcó despacio. Al tercer tono, respondió un hombre que no se presentó.

—Buenos días, señor Faulkner.

—Buenos días —respondió Miles sin perder el tiempo—. ¿Sigue en pie la propuesta que me hizo cuando nos conocimos hace unas semanas?

—Si recuerdo bien sus palabras exactas —dijo Harris—, la idea le pareció una absoluta pérdida de tiempo y dinero, ¿no?

—He tenido tiempo para pensármelo mejor —dijo Miles, que se esperaba el reproche—. Puede que me precipitase un poco.

—Yo también he tenido tiempo para pensármelo mejor, y la cuota de inscripción ha cambiado.

—Si espera obtener más de un millón —le espetó Miles—, más vale que se olvide.

—Un millón me ha parecido un precio justo desde el principio —respondió Harris—, y no voy a desdecirme. Pero para asegurarme de que no vuelve a cambiar de opinión, quiero cien mil por adelantado.

—Pero si no tiene otro sitio adonde ir… —le recordó Miles.

—Ni usted tampoco —se defendió Harris—. En caso contrario, supongo que no habría llamado una segunda vez.

Miles se preguntó si Harris sabría siquiera lo del Rubens… ¿Se estaría volviendo paranoico? Eso sí, era consciente de que jamás tendría una oportunidad mejor para hundir a Warwick y a Hogan, incluso puede que a Hawksby, al mismo tiempo.

—¿Qué tal si se pasa por casa a eso de las seis —le preguntó Miles— y vemos si se puede llevar esto a la siguiente fase? No hará falta que le diga mi dirección, ¿verdad?

—Me temo que no puedo, señor Faulkner. Esta tarde tengo que llevar a mi jefe a la Mansion House. Ha quedado a cenar con el alcalde mayor, pero como no terminará antes de las diez, podría venir usted a verme a mí.

—¿Dónde quedamos?

—En el asiento de atrás del coche del lord chambelán. El único lugar en el que puede estar seguro de que no nos oirá nadie. Y por cierto, tráigase las cien mil libras si quiere que haya una tercera reunión.

Miles colgó y marcó con un gran visto el nombre de Harris. Estuvo un rato pensando en la segunda persona de la lista. Sabía que al expolicía no le habían llovido las ofertas desde que había dejado la Policía Metropolitana; no tenía ni amigos ni reputación a los que recurrir. Marcó su número, y solo tuvo que esperar un tono.

—Lamont al habla.

—Bruce, soy Miles Faulkner. ¿Podríamos quedar? Tengo una propuesta que me gustaría que discutiéramos.

—Cuando le venga bien.

—Mañana por la mañana en mi piso. A las diez.

—Allí estaré.

—Y que nadie se entere de nuestra reunión —dijo Miles antes de colgar y poner una segunda señal de visto en su lista.

Miles estuvo un buen rato mirando el tercer nombre, e incluso se preguntó si estaba en la lista correcta. El muy desgraciado había actuado a sus espaldas montones de veces. Pero por ahora necesitaba que le aconsejase; eso sí, como metiera la pata, Miles no vacilaría en cambiarlo de lista.

Marcó un número privado que sabía que le comunicaba directamente con su despacho.

—Booth Watson al habla.

—Soy Miles Faulkner. Quiero que me aconsejes sobre una iniciativa poco habitual a la que le estoy dando vueltas. ¿Podríamos vernos?

—Para ti siempre estoy disponible, Miles —respondió al instante BW, poniendo en evidencia que no tenía precisamente una larga cola de clientes esperando a recibir su docto consejo.

—¿Podemos vernos mañana sobre el mediodía en nuestro lugar habitual? —preguntó Miles—. No quiero que nadie oiga nuestra conversación; como mucho, los cisnes reales.

—Allí estaré —dijo Booth Watson, sin molestarse en echar un vistazo a su agenda.

Está desesperado, pensó Miles a la vez que añadía otro visto a la lista, aunque sabía que Booth Watson no le iba a salir barato. Al siguiente de la lista no podía llamarle; para verle iba a tener que concertar una visita carcelaria. Hizo una marca en su agenda para el sábado por la tarde entre las tres y las cinco, el único rato en el que Tulip estaría disponible.

El único otro miembro del equipo que iba a desempeñar un papel fundamental en el éxito de la operación era también la única persona en la que confiaba con los ojos cerrados. Pulsó el timbre de debajo del escritorio y a los pocos instantes apareció Collins.

William volvió a casa antes que Beth, consciente de que esto iba a ser cada vez más frecuente ahora que su mujer se había incorporado al cargo en el museo e iba a tener que asistir a actos vespertinos bastante a menudo. Hizo un notable esfuerzo por preparar la cena de los niños, pero estaba claro que no iba a ganar una estrella Michelin por calentar una *pizza* en el microondas.

—¿Cómo va vuestro proyecto del coronel Blood? —preguntó, sentándose a la mesa de la cocina con los niños.

—Vamos a ganar el concurso de ensayos —respondió Peter con una confianza en sí mismo que no dejaba lugar a dudas.

—Eso por descontado —dijo William—, pero no habéis respondido a mi pregunta.

—Todo se sabrá en cuanto mamá llegue a casa —anunció Artemisia—. Entonces, os leeremos el primer capítulo de *El coronel Blood: ¿héroe o villano?*

—Eso dependerá del punto de vista que adoptéis, ¿no? —dijo William en el mismo instante en el que Beth irrumpió en la habitación.

—¿Qué tal el día? —preguntó William sin darle tiempo siquiera a quitarse el abrigo.

—Agotador —respondió Beth, y después de sentarse a la mesa y coger un gran triángulo de *pizza,* añadió—: Ni para comer he tenido tiempo.

—Luego me lo cuentas todo —dijo William, guiñándole un

ojo—. Ahora, los gemelos están a punto de leer el primer capítulo de su ensayo ganador.

—Aún no han ganado el premio —le recordó Beth.

—Ah, descreída… —dijo William, sirviéndole una copa de vino.

—A mí ya me lo han leído —soltó de pronto Jojo—, y seguro que van a ganar.

—Soy toda oídos —dijo Beth entre bocado y bocado.

Artemisia apartó su plato, se agachó para sacar un par de hojas de papel a rayas de su mochila y las dejó sobre la mesa. Carraspeó antes de empezar.

—Thomas Blood nació en Sarney, County Meath, en 1617…

—O quizá en 1618 —interrumpió Peter—. No podemos estar seguros porque en aquella época no había partidas de nacimiento.

—Su padre, Neptune —continuó Artemisia—, era dueño de una próspera fundición y también de una considerable cantidad de tierras. Sale mencionado en distintas publicaciones como «serio, honrado y meritorio».

—Thomas —dijo Peter— abandonó los estudios a una edad temprana para alistarse en el ejército y luchar por la causa monárquica en la Guerra Civil. Llegó a teniente, y luego, con el paso de los años, se hizo llamar capitán Blood, comandante Blood y, por último, coronel Blood.

—En algún momento de la década de 1650 —intervino Artemisia, cogiendo el relevo—, Blood abandonó la causa monárquica y se unió a Oliver Cromwell, el recién nombrado lord protector de la Commonwealth. No sabemos con certeza por qué abandonó a sus antiguos camaradas por Cromwell, pero durante los años siguientes fue cambiando de bando a conveniencia.

—Me recuerda a una amiga tuya —dijo William, mirando a Beth a los ojos.

—Si supieras lo que… —empezó a decir Beth, pero se interrumpió en medio de la frase.

—Blood vuelve a aparecer en Lancashire en 1651 —continuó Peter, ignorando el intercambio de palabras de sus padres—, y en

1654 se casa con la señorita Mary Holcroft, la hija del coronel Holcroft de Holcroft Hall. Así que fue un ejemplo de lo que hoy en día llamaríamos «movilidad ascendente».

—No podemos usar esas palabras —dijo Artemisia con firmeza—. Demasiado modernas.

—¿Qué te parece si decimos que era ambicioso y que fue ascendiendo en la escala social? —sugirió Peter.

Artemisia asintió con la cabeza, y Peter pudo continuar:

—En algún momento de la década de 1650, Blood volvió a Irlanda, seguramente después de morir su padre. Se hizo cargo de la fundición y de las tierras, que en aquella época le reportaban en torno a cien libras al año, y siguió siendo un ciudadano respetable y un leal partidario de Cromwell, gracias a lo cual prosperó y compró más tierras. Incluso llegaron a nombrarle juez de paz.

—De hecho —observó Peter—, puede que no hubiésemos vuelto a saber nada de Blood si Cromwell no hubiese muerto en 1658, dando paso a un periodo conocido como la Restauración. En 1660, Carlos II y la Casa de Estuardo volvieron al trono de Inglaterra. A partir de ese momento, la cómoda existencia de Blood empezó a tambalearse y, un par de años más tarde, sus tierras habían sido confiscadas por el representante del rey, el duque de Ormond. A raíz de esto se quedó sin ingresos, lo cual permite entender por qué decidió Blood cambiar otra vez de bando, convertirse en un rebelde y participar en un ruin complot para tomar el castillo de Dublín…

—¿Ruin? —dijo Artemisia—. Demasiado melodramático.

Peter tachó la palabra y la cambió por «terrible».

—… y secuestrar al duque de Ormond, al que consideraba la causa de todos sus problemas.

—Y con razón —comentó Beth.

—Y hasta aquí hemos llegado —dijo Artemisia, cerrando el cuaderno—. La señorita Elton, la profe de Historia, nos dijo que tendremos que investigar mucho más para poder contaros el desenlace del asalto de Blood al castillo de Dublín.

—Yo, desde luego, estoy deseando saber qué le pasa al coronel

Blood cuando asalta el castillo de Dublín —dijo Beth mientras empezaba a retirar los platos.

—Y llegados a este punto —sentenció William, mirando a los niños—, yo creo que ya es hora de acostarse. A la cama.

Peter cogió la última galleta de chocolate mientras su hermana y Jojo se levantaban de la mesa y salían.

—Vuelvo enseguida, pero primero una pregunta rápida —dijo William antes de llegar a la puerta—. ¿Sigues siendo la directora del Fitzmolean?

—Sí —contestó Beth—. Pero solo gracias a Christina.

—Suena tan poco probable como eso de que el coronel Blood intentase asaltar el castillo de Dublín y capturar al duque de Ormond con un puñado de rebeldes —dijo William—. Y tengo la sensación de que ese libro también va a necesitar varios capítulos más antes de que se sepa el final.

Beth no dijo nada.

Collins aparcó el Mercedes a unos cien metros de la Mansion House y apagó el motor. Señaló un Jaguar gris que estaba en la esquina de Walbrook.

Miles, maletín en mano, se bajó del coche y cruzó lentamente la calle. Se quedó escondido entre las sombras hasta que reconoció una figura familiar que estaba al volante del Jaguar. Entonces abrió la puerta trasera, se metió y se acurrucó en el fondo.

—¿Qué pasa si alguien pregunta quién soy? —dijo sin más preámbulo.

—Si se pone mi gorra, supondrán que es otro chófer que está esperando a su jefe.

—Eso sí que sería una novedad.

—Si acabamos trabajando juntos, sospecho que será una de muchas. Disculpe que se lo pregunte, señor Faulkner, pero ¿qué es lo que le ha hecho cambiar de parecer?

—Dejémoslo en que es una cuestión personal. Aunque no acabo

de entender por qué está usted dispuesto a asumir semejante riesgo, teniendo en cuenta que si le pillan podría pasarse el resto de sus días en la cárcel.

—O algo peor.

—¿Qué podría ser peor que eso?

—El mero intento de robar las joyas de la Corona se considera traición, y sigue siendo uno de los pocos crímenes que quedan en la legislación por los que todavía pueden ahorcarte.

—Entonces, repito: ¿por qué se arriesga?

—Un millón de libras es un incentivo más que sobrado cuando la alternativa es subsistir a duras penas con una pensión de once mil cuatrocientas libras al año durante el resto de mi vida. Es algo que usted ni siquiera podría entender.

—Pero ¿y su familia?

—Estoy divorciado, sin hijos, pero todavía tengo los pagos de la pensión alimenticia colgados del cuello además de un fajo de sobres marrones sin abrir sobre mi mesa y un límite de descubierto bancario que ya sobrepasé hace tiempo, por no mencionar que un corredor de apuestas me amenaza con romperme un brazo y una pierna si no zanjo mi deuda para finales de mes. Francamente, el riesgo es mucho mayor para usted.

No era el momento para contarle a Harris que no tenía intención de robar las joyas de la Corona, solo de poner fin a las carreras profesionales de tres hombres y una mujer que le habían contrariado en demasiadas ocasiones.

—Bueno, y ¿qué piensa hacer con su millón de libras? —preguntó Miles—. Porque está claro que no podrá irse a vivir al campo a disfrutar de una larga y merecida jubilación.

—Cogeré un vuelo a México ese mismo día y dejaré atrás todas mis deudas. Y no olvide que México es un país que no pierde el tiempo con tratados de extradición, y que tiene un cuerpo de policía muy dispuesto a complementar sus ingresos con mordidas. No obstante, necesitaré también una nueva identidad y un nuevo pasaporte, que es una de sus especialidades, según me ha dicho Danny.

—Esa es la parte fácil, suponiendo que consiga llegar al aeropuerto… —dijo Miles, dejando que flotase en el ambiente una amenaza implícita.

—Si no lo consigo, ya le habrán atrapado a usted. —Miles empezaba a comprender que no podía permitirse subestimar a Harris—. Antes de que se vaya —dijo el chófer, sin mirar a su alrededor—, no olvide mis cien mil.

Miles dejó el maletín en el asiento del copiloto.

—Me mantendré en contacto —anunció mientras se bajaba—. No sé qué más le habrá dicho Danny, pero le advierto que soy muy mal perdedor.

Capítulo 15

Bruce Lamont reflexionó unos instantes sobre la conversación que había mantenido el día anterior con su nuevo jefe, al que había conocido hacía tiempo cuando lo detuvo por fraude. Pero después Lamont había tenido que abandonar el cuerpo de policía en unas circunstancias que cabría tachar de desafortunadas. Faulkner no había tardado en aprovecharse de esas circunstancias, y se había convertido en su pagador de manera oportunista: dinero en efectivo, sin impuestos, sin perspectivas y sin pensión. Por decirlo así, había habido un «intercambio de roles».

El hecho de que por teléfono se hubiese dirigido a él llamándole Bruce y no Lamont era indicativo de lo mucho que necesitaba sus particulares habilidades para su más reciente —y cuestionable— proyecto, fuera cual fuera. Sabía que la frase «y que nadie se entere de nuestra reunión» se refería a su exmujer, Christina, y al señor Booth Watson, consejero de la reina, para los que había trabajado en tiempos. Y sospechaba que por el momento no iba a ser posible entrar en contacto con ellos.

Después de salir a correr a primera hora, de ducharse y de afeitarse, seleccionó para el encuentro un traje cruzado de franela gris oscuro, una camisa azul y una corbata de seda azul marino. Luego se lustró los zapatos por segunda vez, ya que claramente iba a ser una entrevista de trabajo.

Se había dejado tiempo de sobra para cubrir el trayecto desde

Hammersmith hasta Chelsea, y estaba a punto de irse cuando su mujer le preguntó:

—¿Adónde vas a estas horas?

—A ver al gerente del banco —respondió él, esperando sonar convincente.

La ceja arqueada daba a entender que su mujer no le creía. Lamont cerró la puerta de la calle antes de que pudiese hacerle más preguntas.

No se dirigió a la estación de metro más cercana sino que paró un taxi; era un gasto extraordinario, pero a esa reunión era fundamental que se presentase con un aspecto impecable. Se bajó enfrente de la casa de Faulkner, en Cadogan Place, y todavía le sobraban veinte minutos, así que dio una vuelta a la manzana, despacio, mirando los escaparates llenos de cosas que no podía permitirse. A las diez menos tres minutos volvió a la puerta principal.

—Me alegro de verle, Bruce —dijo Miles una vez que Collins hubo acompañado a su invitado al estudio.

Los dos hombres se estrecharon la mano como si fueran viejos amigos, a pesar de que ninguno consideraba al otro más que como un conocido que de tarde en tarde resultaba útil.

—Yo también me alegro de verle, señor —dijo Lamont mientras Miles le invitaba a sentarse en una cómoda butaca junto al fuego. Otra novedad.

—Lamento avisarle con tan poco tiempo —explicó Miles—, pero ha surgido algo que creo que solo cabe definir como una oportunidad única en la vida. En cualquier caso, ni se me ocurriría acometer un desafío tan difícil sin contar con su particular pericia.

—Me halaga usted —dijo Lamont, reaccionando exactamente como quería Miles—, y estaré encantado de ayudar si está en mis manos.

—Por supuesto, hay cierto riesgo —continuó Miles—. Pero confío en haber encontrado un modo de minimizarlo, y si conseguimos controlar bien los tiempos, de eliminarlo por completo.

—Estoy intrigado.

143

—Lo que estoy a punto de contarle, Bruce, es altamente confidencial, tanto que solo voy a compartir los pormenores con otros dos colaboradores cercanos. Usted ha tratado con los dos.

Lamont sospechó que sabía quiénes eran.

—De todos modos, en la función final habrá un gran elenco de extras que desempeñarán un papel crucial antes de que suba el telón. Pero como cualquier público, no sabrán cuál es el final hasta que baje el telón. Con esto en mente, habrá que hacer varios ensayos generales. —El excomisario jefe no le interrumpió—. Ayer —empezó Miles— tuve una segunda reunión con un tal Phil Harris, que en estos momentos es…

Lamont estaba en ascuas, y no interrumpió al jefe durante los siguientes veinte minutos.

Ross había estado esperando con impaciencia que empezase el caso Reg Simpson, porque cualquiera que intentase tentar con drogas a niños, sabiendo que eran potenciales clientes indefensos, solo le merecía desprecio. Esperaba que le hicieran comparecer temprano, porque tenía que llegar al St Luke antes de las cuatro. Le había prometido a Jojo que estaría a tiempo para ver la exposición de arte de fin de trimestre de su clase. Jojo pensaba que a lo mejor hasta ganaba un premio…

Y además había otra razón por la que quería estar allí…

Lo primero que hizo Ross al llegar al tribunal de Southwark Crown fue preguntarle al secretario cuándo pensaba que le convocarían.

—Hay dos testigos antes que usted, inspector —dijo el secretario, mirando la lista—, de modo que lo normal sería que le llamasen antes de la hora de comer. Como muy tarde, a las dos.

Tiempo de sobra, pensó Ross, y se sentó en un pasillo desangelado y con mucha corriente a esperar a que empezase el proceso. Durante las dos horas siguientes no dejó de mirarse el reloj de pulsera, pero no le llamaron. Y encima, no podía entrar al tribunal para enterarse de cómo se estaba desarrollando el caso.

La hora del almuerzo llegó y pasó y, a pesar de la predicción del secretario, aún no le habían llamado. Cuando el secretario salió al pasillo al inicio de la sesión vespertina, Ross se puso en pie de un salto.

—Señor Ken Simpson —dijo alto y claro el secretario para que le oyeran todos.

Mientras el hermano del acusado entraba en la sala, Ross se dejó caer en la silla, decepcionado porque ya no iba a llegar a la exposición de Jojo y, para colmo, había perdido la oportunidad de invitar a cenar a la señorita Clarke.

Por fin, cuarenta minutos más tarde, le llamaron. Al subir al estrado, cogió la Biblia con la mano derecha y no le hizo falta leer el juramento escrito en la tarjeta que sostenía el secretario del tribunal. Una vez tomado el juramento, Ross se volvió a mirar al fiscal, que le saludó con una cálida sonrisa.

—Por favor, diga su nombre y rango para que conste.

—Ross Hogan. Soy un inspector vinculado a la brigada de Protección de la Casa Real —dijo, y a continuación miró a los miembros del jurado a los ojos.

—¿Y ha sido, hasta hace poco, el agente de protección personal de la princesa Diana?

—Tuve ese privilegio, sí —respondió Ross.

Una mujer que estaba sentada en la primera fila de la tribuna del jurado se irguió y miró a Ross con más detenimiento.

—¿Puedo confirmar también que le ha sido concedida dos veces la Medalla de la Reina a la Valentía y que, a lo largo de su distinguida trayectoria, ha recibido no menos de seis menciones policiales?

—Creo, *sir* Julian —interrumpió el juez—, que ya ha dejado bien claro el encomiable historial del testigo como agente de policía, de manera que quizá haya llegado el momento de continuar.

—¿Seguro que ya lo ha dejado claro? —murmuró Booth Watson, lo bastante alto para que le oyesen el juez y el jurado.

—Me alegra que así lo considere, señor —dijo *sir* Julian, ignorando a su distinguido colega antes de volverse para mirar al testigo—. Inspector, tenga a bien contarnos lo que sucedió la tarde del lunes 4 de noviembre cuando fue al colegio St Luke, en Fulham, a recoger a su hija.

—Llegué unos minutos antes y, mientras daba marcha atrás para aparcar, vi que el acusado estaba metido en una acalorada conversación con una de las profesoras.

—¿Reconoció a la profesora en cuestión?

—Sí, la señorita Clarke, la tutora de la clase de Jojo.

—¿Y qué pasó después?

—Salí del coche, crucé la calle corriendo y me puse entre los dos.

Booth Watson anotó unas palabras en su cuaderno amarillo: «¿Se puso entre los dos?».

—¿Se fijó en algo más mientras cruzaba la calle, inspector?

—Pregunta dirigida —murmuró Booth Watson.

—El acusado abrió el puño y dejó caer unas pastillas por una boca de alcantarilla cercana —dijo Ross, ignorando el comentario en voz baja.

—¿Qué hizo usted a continuación? —preguntó *sir* Julian.

—Lo detuve inmediatamente bajo sospecha de posesión y tráfico de drogas.

—¿Y estaba en posesión de drogas?

—No, señor. Pero tres de las pastillas acabaron en la alcantarilla y, mientras yo agarraba al sospechoso, la señorita Clarke las cogió, las envolvió con su pañuelo y me las dio.

Booth Watson apuntó: «¿Solo tres?».

—¿Y qué resultaron ser esas pastillas, inspector?

—Metanfetamina, más conocida como éxtasis.

—La metanfetamina es, corríjame si me equivoco, inspector, una droga de clase A según la definición de la sección cuatro de la Ley de Abuso de Drogas de 1971.

—Correcto —dijo Ross.

—Y en el momento de la detención, el acusado estaba deambulando por las inmediaciones de un patio escolar.

—Señoría —protestó Booth Watson, levantándose con esfuerzo.

—Aceptada la protesta —respondió el juez—. *Sir* Julian, de aquí

146

en adelante se abstendrá de hacer y responder a la vez a sus propias preguntas.

—Le pido disculpas, señoría —dijo *sir* Julian, pero le bastó con echar un vistazo a los miembros del jurado para confirmar que los había convencido. Reprimió una sonrisa y dijo—: No hay más preguntas, señoría.

—Señor Booth Watson —dijo el juez, mirando desde lo alto—, ¿desea contrainterrogar a este testigo?

—Desde luego que sí, señoría —respondió Booth Watson, incluso antes de ponerse en pie. Miró detenidamente al testigo y no le dedicó una sonrisa precisamente afectuosa antes de hacerle la primera pregunta—. Inspector, permítame que empiece por felicitarle por su encomiable historial como agente de policía, aunque me temo que solo hemos oído su versión de la historia… —Hizo una pausa, pero al ver que no llegaba la respuesta deseada, continuó—: ¿Acaso, en ese mismo periodo, no ha sido también suspendido en dos ocasiones por conducta indigna de un agente de policía? —Como Ross seguía sin responder, Booth Watson insistió—: ¿Y acaso no le han abierto informes disciplinarios nada menos que en cinco ocasiones distintas?

Ross le sostuvo la mirada a Booth Watson, pero siguió callado.

—En vista de su silencio, inspector, ¿he de suponer que no niega sus indiscreciones del pasado? —Aún nada—. ¿Sería, por tanto, justo sugerir que de vez en cuando es usted un buen poli mientras que en otras ocasiones quizá no lo sea tanto?

—Continúe, señor Booth Watson. Creo que ya ha dejado claro lo que quiere decir.

Booth Watson le hizo una reverencia al juez, se agachó y sacó una hoja de papel de entre sus notas.

—Esto, inspector —dijo, levantándola para que todos pudieran verla—, es el informe de incidentes que hizo después de la detención de mi cliente, así que permítame que le pregunte: ¿cuándo lo entregó?

—A la mañana siguiente —reconoció Ross.

—¿No en el momento de la detención?

—No. Una vez que el sargento completó el informe de custodia, volví al St Luke a recoger a mi hija.

—A pesar de que estaba en buenas manos con la señorita Clarke.

—Sí. Pero aun así tenía que llevarla a casa.

—De modo que al final escribió su informe al día siguiente, lo cual le dio tiempo más que de sobra para repasar su versión con la señorita Clarke.

—¡Señor Booth Watson! —exclamó el juez.

—Mis disculpas, señoría. Debería haber dicho que le dio tiempo a pensárselo bien.

—Este comentario también es condenatorio —dijo *sir* Julian, poniéndose de pie.

—Entonces permítame que retire la pregunta del todo y que simplemente le pida al testigo que confirme que escribió su informe unas veinticuatro horas después de la detención.

—Más bien dieciocho horas —dijo Ross.

—Después de consultarlo con la almohada.

Ross asintió a regañadientes.

—Teniendo esto en cuenta, inspector, ¿puedo confirmar que, a pesar de haber tenido bastante tiempo para considerar los contenidos de su informe retrospectivo, decidió usted omitir una prueba fundamental que sin duda habría ayudado a la defensa de mi cliente y seguramente habría hecho que el Ministerio Fiscal se lo pensara dos veces antes de presentar cargos por tráfico de drogas?

—¿Qué prueba? —dijo Ross, incapaz a esas alturas de mantener la calma.

—Corríjame si me equivoco, inspector, pero cuando registró al señor Simpson a su llegada a la comisaría, lo único que le encontró fue un paquete de regalices variados, que mucho me temo que no están clasificados como droga clase A en la Ley de Abuso de Drogas de 1971.

Un par de miembros del jurado sonrieron, y no precisamente a Ross.

—Junto con tres pastillas de metanfetamina —le recordó Ross.

—Bueno, aclaremos este punto también, inspector —dijo Booth

Watson—. Usted no encontró a mi cliente en posesión de esas tres pastillas, porque fue la señorita Clarke la que confirmó, durante mi contrainterrogatorio de ayer, que las cogió de la alcantarilla, las envolvió con su pañuelo y se las dio a usted.

—Correcto —dijo Ross.

—Entonces, ¿no tiene absolutamente ninguna prueba de que esas pastillas pertenecieron en algún momento a mi cliente?

—Como ya he dicho, y como también escribí en mi informe —contestó Ross—, vi que Simpson tiraba varias pastillas más a una alcantarilla que estaba oportunamente cerca.

—En efecto, inspector, pero ¿conoce usted la jurisprudencia establecida en el caso de la Corona contra Turnbull?

—Sí, la conozco.

—Entonces no le sorprenderá que le pregunte a qué distancia se hallaba usted cuando presenció el incidente que ha descrito, si recordamos que estaba usted cruzando una calle de muchísimo tráfico en hora punta… —Antes de que Ross pudiese responder, Booth Watson añadió—: Porque me veo obligado a preguntar si de veras le está sugiriendo al tribunal que pudo ver claramente y sin obstrucciones a mi cliente en todo momento.

—Vi lo que vi.

—O quizá lo que quería ver, inspector. Así que permítame que pase al siguiente punto y le haga una pregunta obvia. ¿Por qué no levantó la tapa de la boca de alcantarilla y cogió las pastillas que le pareció haber visto?

—En ese momento —respondió Ross con tono desafiante—, mi preocupación inmediata era la seguridad de la señorita Clarke, así como la de mi hija.

—Pero su hija no estaba allí en ese momento, y no apareció hasta después de que usted hubiese arrestado a mi cliente y lo hubiese llevado a la comisaría más cercana.

—Salió del colegio a los pocos instantes.

—¿Cómo es posible que lo sepa, inspector, si ya se había marchado? ¿Acaso tiene ojos en la nuca que explican su insólita capacidad visual?

149

Booth Watson sacó otra hoja de su archivador antes de continuar.

—Inspector, ¿se definiría usted como un buscador de la verdad, teniendo en cuenta que escribió su informe —hizo una pausa— al día siguiente? —Ross no respondió, a pesar de que Booth Watson estuvo un rato esperando—. ¿Por casualidad no le habrá preguntado a mi cliente qué hacía a la puerta del colegio a esas horas?

—No hizo falta. Es la hora de salida, cuando más vulnerables son los niños a que se les acerque un desconocido.

—¿Y les ofrezca un regaliz? —señaló Booth Watson. Ross frunció el ceño, pero no se le ocurrió ninguna respuesta adecuada—. Entonces ¿no se dio cuenta de que mi cliente estaba esperando a su sobrino Kevin a la salida del colegio para volver paseando a casa con él?

A Ross le habría gustado decirle al jurado que el sobrino de Simpson era el hijo de un camello de la zona, y sin lugar a duda su contacto en el patio escolar, pero no era algo que pudiese mencionar en su relato.

Una vez que hubo quedado claro que Ross no iba a responder, Booth Watson le miró a los ojos y dijo:

—De las once preguntas que le he hecho, inspector, solo ha conseguido responder a cinco. De modo que no creo que al jurado le cueste mucho decidir si en esta ocasión hacía usted de poli bueno o —hizo una pausa—… de poli no tan bueno. No hay más preguntas, señoría —dijo, sin apartar la vista del jurado mientras se desplomaba de nuevo en su silla.

El juez Roberts volvió a dirigirse al fiscal y preguntó:

—¿Desea contrainterrogar a este testigo, *sir* Julian?

—Solo un par de preguntas, señoría —dijo *sir* Julian, poniéndose en pie—. Inspector, ¿podría decirme la edad de su hija?

—Jojo tiene ocho años, señor.

—¿Y no sabrá, por casualidad, la edad de Kevin, el sobrino del acusado?

—Sí, pude confirmar que el señor Simpson tiene un sobrino de dieciséis años en el St Luke.

—Y como buscador de esa verdad que tanto parece preocuparle a mi distinguido colega —dijo *sir* Julian, volviéndose hacia el juez—, debo señalar que Kevin Simpson cumplirá diecisiete años dentro de dos semanas.

—¿Pretende llegar a algún sitio con todo esto, *sir* Julian? —preguntó el juez.

—Admito que directamente no —concedió *sir* Julian—. Pero no conozco a muchos chicos de diecisiete años que necesiten que su tío vaya a buscarlos al colegio para llevarlos a casa.

Se oyeron unas risitas y *sir* Julian se alegró al ver que el mensaje había calado entre un par de miembros del jurado.

—Eso no procede, *sir* Julian —le reconvino el juez, y, volviéndose hacia el jurado, añadió—: Absténganse de tener en cuenta esta sugerencia y no permitan que les influya cuando se retiren a considerar su veredicto.

«Otra cosa es que se abstengan de hacerlo…», se dijo *sir* Julian antes de añadir:

—No hay más preguntas, señoría.

El juez volvió a dirigirse al inspector Hogan.

—Inspector, puede usted abandonar el estrado. —Se miró el reloj y, volviéndose hacia el jurado, dijo—: Creo que ya es suficiente por hoy.

Finalmente les recordó que no podían hablar del caso con nadie aparte de sus compañeros del jurado, y eso incluía a sus familias.

—Espero volver a verlos mañana por la mañana —añadió, mirando con una sonrisa benévola a los cinco hombres y las siete mujeres.

—¡Todos en pie! —gritó a voz en cuello el secretario.

Todos obedecieron la orden y se inclinaron mientras el juez abandonaba la sala. Cuando Ross salió del estrado, el mismo miembro del jurado de antes, una mujer, cruzó una mirada con él y le sonrió. Ross no se dio por enterado. *Sir* Julian se disculpó por haberle hecho esperar tanto tiempo antes de llamarle a declarar, y le agradeció su contribución.

De nuevo en la calle, Ross se encaminó hacia la boca de metro más cercana y se llevó una sorpresa al ver que la mujer, miembro del jurado, reaparecía a su lado.

—Hola, Ross —dijo, corriendo para ir a la par—. ¿Se me permite hablar contigo?

—No —respondió él, sin detenerse—. Al menos hasta después de que se emita el veredicto.

—Es que quería saber algo más de tu experiencia como guardaespaldas de la princesa Diana.

—Agente de protección personal —le corrigió Ross, sin pararse—. Y como ya he dejado bien claro, no podemos hablar hasta después del juicio.

—¿Puedo darte mi teléfono?

Ross la miró con más detenimiento.

—En su sencillez está su genialidad —dijo Lamont una vez que Miles hubo llegado al final de su explicación—. Nunca he oído hablar de ningún delito en el que la víctima haya entregado el botín voluntariamente, sin amenazas.

—Lo harán porque pensarán que se lo están entregando a uno de los suyos.

—En cualquier caso, teniendo en cuenta las posibles consecuencias, va a correr usted un riesgo enorme.

—Es usted el que lo va a correr, no yo —dijo Miles—. Pero si consigue controlar bien los tiempos, el resto irá rodado, con la ventaja añadida de que será Warwick el que termine en el banquillo de los acusados. ¿Sabemos algo nuevo de él?

—Supongo que ya sabrá que ha sido ascendido a comisario jefe, pero lo que quizá desconozca es que tiene muchas papeletas para convertirse en comisario general en un futuro.

—Suerte tendrá si acaba de portero del cine de su barrio, y su secuaz de vendedor de palomitas, cuando termine de encargarme de ellos.

—¿Y qué se supone que tendría que hacer yo? —preguntó Lamont.

—Usted será mi lugarteniente. Quiero que todo se desarrolle como una operación militar. No obstante, su tarea inmediata consistirá en formar un equipo de soldados de infantería, hombres y mujeres, que sean de confianza y mantengan el pico cerrado hasta mucho tiempo después de que se hayan desarrollado los acontecimientos. Puede buscarlos entre los agentes que tuvieron que abandonar de repente el cuerpo después de la reciente investigación de Warwick sobre la corrupción policial, y también entre los delincuentes sin antecedentes penales a los que se les haya terminado la libertad condicional. Es fundamental que no sepan cómo termina el juego, solamente que se les pagará bien, con el aliciente de que serán los responsables de hundir a Warwick, a Hogan y puede que incluso al propio comandante.

—Para algunos de mis antiguos colegas, esto último será más que suficiente; hay uno en concreto que tuvo que pedir la jubilación anticipada porque Warwick no sabe hacer la vista gorda.

—¿Hay más expolis de ese tipo?

—Seis o siete, puede que más. ¿Se necesita algún especialista?

Miles abrió un archivo que había ido aumentando por horas y pasó varias hojas antes de decir:

—Sobre todo, voy a necesitar tres motoristas de élite con sus motos de escolta.

—No creo que sea difícil —dijo Lamont—. Sé exactamente dónde terminan antes de ir al desguace.

—También voy a necesitar un Jaguar y un Land Rover, los dos de color gris; dos mecánicos capaces de cambiar una matrícula en cuestión de segundos; cuatro taxistas y sus taxis, un agente uniformado (a poder ser, un expolicía), seis o siete mujeres y un par de cochecitos de niño, pero sin niños.

Sacó una copia de la lista y se la dio a Lamont, que comprendió que iba a tener que ocultarle a su mujer buena parte de los preparativos.

—¿De cuánto tiempo dispongo?

—Un mes, como mucho seis semanas, antes de que empecemos con los ensayos. Pero no corra, porque basta con que una sola persona llame la atención para que la operación entera quede comprometida. En cualquier caso, su mayor reto será encontrar a la persona que sustituya al lord chambelán.

—Ya tengo a alguien pensado —dijo Lamont, pero no dio detalles. Miles se limitó a asentir con la cabeza. Lamont ya se sentía lo bastante seguro de sí mismo como para hacer la pregunta que tenía en la punta de la lengua desde que había recibido la llamada de Faulkner—: ¿Cuánto voy a cobrar?

—Le aseguro, Bruce, que no va a tener que esperar a ir al cielo para recibir su recompensa. Si la operación sale bien, cobrará un cuarto de millón de libras y además se cubrirán todos sus gastos; vamos, que se le compensará con creces la pensión de la que le ha privado Warwick.

Lamont guardó silencio mientras ponía a un lado de la balanza las doscientas cincuenta mil libras y, al otro, la posibilidad de pasar los diez próximos años en chirona.

Miles interrumpió sus pensamientos.

—Hoy recibirá cincuenta mil —continuó—, otros cincuenta mil cuando haya formado el equipo y cincuenta más una vez que se haya cambiado una corona por otra; las últimas cien mil, cuando la reina haya soltado su discurso a sus señorías en la Cámara de los Lores y haya vuelto al palacio con las manos vacías.

Miles abrió con llave el cajón central de su escritorio, sacó diez fajos envueltos en celofán, cada uno con cinco mil libras, y se los pasó con un empujoncito por encima de la mesa. La balanza de Lamont se inclinó claramente hacia un lado.

—A partir de ahora, me llamará a mi móvil cada mañana a las ocho, antes de que llegue mi secretaria, y otra vez a las seis de la tarde, cuando ya se haya marchado. Así, cuando la policía la interrogue, como sin duda hará, su ignorancia será convincente.

—Negación plausible —dijo Lamont—, que en esta ocasión tendrá la virtud de ser verdad. ¿Y me permite otra sugerencia? —Miles asintió con la cabeza—. Cambie a menudo de móvil y asegúrese de que no se pueden localizar los móviles antiguos. Será lo primero que busque la policía si le detienen.

—¿Qué lugar hay en el que no busquen nunca?

—En el fondo del Támesis; ahí hay más móviles que peces.

Miles se rio por primera vez.

—Una cosa más antes de que se marche, Bruce. Si Hogan estuviese ausente el día de la operación, nos facilitaría mucho la tarea, y no me dolerían prendas en pagar otras veinte mil libras para que lo consiga.

—A Hogan no se le puede sobornar.

—Entonces encuentre otro modo y las veinte mil serán para usted.

Lamont pensó unos instantes. Estaba tan obsesionado con vengarse como fuera de Hogan y Warwick que había puesto a varios colegas que aún trabajaban dentro del sistema a vigilarlos por él. Seguro que alguno podría contarle algo que pudiese aprovechar. Cogió los paquetes de celofán, se levantó y le hizo una pequeña reverencia al señor Faulkner antes de marcharse. En cuanto hubo cerrado la puerta, Miles hizo una marca junto a su nombre. Esperó un instante antes de coger el teléfono y marcar un número que se sabía ya de memoria. Cuando respondieron, lo único que dijo fue: «El juego ha comenzado». Y colgó.

Cerró un archivo etiquetado como «Puerta de los Traidores» y abrió otro encabezado simplemente por la palabra «Christina».

155

Capítulo 16

—¿Tú crees que Miles ya lo habrá descubierto? —preguntó Beth.

—Imposible; si no, yo estaría acabada —dijo Christina—. Con un poco de suerte, tú sigues siendo la única persona aparte de mí que sabe que el Fitz tiene el Cristo original y que el falso Mesías está colgado en la pared del apartamento de mi ex en Nueva York.

—Me sigue picando la curiosidad: si hubieras recibido las cien mil libras antes de que William, Ross y James se presentasen en el apartamento de Miles, ¿el Fitzmolean todavía tendría la falsificación y Miles el original?

—No sé ni cómo se te ocurre sugerir algo así —le reprendió Christina mientras Beth le servía otra taza de café.

Beth no quería admitir que era William el que lo había sugerido después de que ella le contase la verdad. De hecho, su marido había ido un paso más allá y le había recomendado que analizase otra muestra de pintura; solo así conseguiría convencerle del todo. Una semana después, al ver los resultados del análisis, William tuvo que darle el beneficio de la duda a Christina, aunque a regañadientes.

—Has obrado maravillas con esta cafetería —dijo Christina, cambiando deliberadamente de tema—. Aunque sea el Fitz y no el Ritz, la verdad es que ha mejorado muchísimo desde la última vez que estuve aquí.

—Qué amable, gracias —dijo Beth—. Hasta tenemos visitantes

que vienen derechos a la cafetería sin pasar al museo, cosa que no nos viene nada mal porque así aumenta la afluencia de público y por tanto las probabilidades de que nos concedan la subvención del gobierno.

—Reconócelo, Beth, eres tan taimada como yo.

—Pero solo cuando se trata de una buena causa —respondió Beth, lo cual hizo que Christina cambiase una vez más de tema.

—¿Qué tal los gemelos?

—Están dedicando cada segundo que tienen libre a escribir un trabajo para un concurso. Trata sobre un bandido del siglo XVII, el coronel Blood, que cada día se parece más a tu ex.

—¿Y Jojo?

—Ya está dibujando sus propias tarjetas de felicitación, y Peter las vende a cambio de un porcentaje.

—Podrían unirse a…

—Disculpad —interrumpió un hombre que estaba sentado en la mesa de al lado—, ¿me permitís que os robe un azucarillo?

—Por supuesto —dijo Christina, pasándole el cuenco. Al volverse, le susurró a Beth—: Quizá convendría que pusierais un azucarero en cada mesa.

—Ya hay —dijo Beth—. A mí me da que tiene más interés por ti que por los azucarillos.

Christina lo miró con más detenimiento.

—Eso sí —prosiguió Beth—, se sale de tu franja de edad habitual.

—¡Es mayor que yo! —protestó Christina.

—A eso me refería.

—Qué ingeniosa estás hoy —dijo Christina, mirando al hombre por tercera vez.

—Bueno, me voy pitando —dijo Beth, apurando el café—. Estamos con los preparativos para una exposición de lo más emocionante.

—¿Me puedes dar alguna pista?

—Todavía no. Depende mucho de que el Prado colabore.

—Entonces tiene que ser Goya o Velázquez.

—No está mal. Ya te contaré más cuando vuelva de Madrid. Y también el último episodio del coronel Blood —dijo Beth, inclinándose a darle dos besos antes de marcharse.

—Gracias —dijo el hombre de la mesa contigua a la vez que devolvía el azucarero.

Christina lo miró por cuarta vez. Beth tenía razón. Tendría unos cuarenta y cinco años, quizá cincuenta, un rostro atractivo de rasgos muy marcados y cabello ondulado y moreno salpicado de canas. Pero fueron sus solemnes ojos grises los que la hicieron mirar más detenidamente. También se fijó en el reloj Patek Philippe y en los gemelos de oro.

—¿Vienes aquí a menudo? —dijo él, coqueteando.

—Sí —respondió Christina con tono pomposo—. Estoy en la junta directiva del Fitz.

—Es uno de mis museos favoritos —dijo el desconocido, con voz seria esta vez—. Los Rubens, Vermeer, Rembrandt y Frans Hals son magníficos.

—¿Tienes algún favorito?

—Creo que el *Descendimiento de Cristo* de Rubens. Toda una obra maestra.

Christina sonrió.

—Convencí a mi exmarido para que donase esa obra en particular al museo.

—Me sorprende que estuviera dispuesto a separarse de ella —hizo una pausa—… y de ti.

—A regañadientes —dijo Christina, ignorando el halago—. Pero conseguí convencerlo.

—Entonces es a ti a quien debo darle las gracias —dijo él, levantando la taza de café como si fuera una copa de vino.

—¿Por casualidad no serás un coleccionista? —aventuró Christina.

—No, pero mi padre sí lo era, así que me crie rodeado de cosas hermosas.

—¿Y siguen rodeándote?

—Por desgracia, no. Al morir mi padre, entre el impuesto de sucesiones y un malvado padrastro que estaba más interesado en vender que en comprar, apenas quedó nada para el hijo pródigo. Pero no me quejo, ya que aun así me quedó lo suficiente como para sobrevivir sin tener que depender de mi astucia.

—Entonces, ¿no eres dueño de ningún cuadro que con el paso del tiempo podrías considerar donar al Fitz? —preguntó Christina, repitiendo una frase que le había oído decir sin sonrojarse a Beth miles de veces.

—Me temo que no —dijo él, cambiándose de mesa y sentándose enfrente de ella—. Me temo que mi padrastro puso fin a todo eso.

—Tú sabes cómo me llamo yo, pero yo…

—Percy. Percy Singleton.

—¿Por casualidad no serás pariente del distinguido crítico de arte *sir* Peregrine Singleton?

—Mi difunto padre, que en paz descanse.

Volvió a levantar la taza.

—Pero has insinuado que te dejó más cosas —dijo Christina, sin perder la esperanza.

—Sí, pero nada que pueda interesar al Fitzmolean. Una colección de sellos con la que me he conseguido mantener a flote gracias a las visitas que he ido haciendo a Stanley Gibbons a lo largo de los años, y unas cuantas monedas que confío que me evitarán tener que depender de una pensión del Estado.

—No tenía ni idea de que las monedas pudieran ser tan valiosas.

—Sí, muchísimo. Un florín de Eduardo III de 1343, por ejemplo, se vendió recientemente en Sotheby's Parke-Bernet por cuatrocientas ochenta mil libras, y un raro dólar de plata Flowing Hair de 1794, que se piensa que está entre los primeros que acuñó la Casa de la Moneda de los Estados Unidos, fue comprado por un coleccionista privado por más de diez millones de dólares. Aunque la Casa de la Moneda acuñó mil ochocientas monedas de este dólar, se piensa que han sobrevivido menos de cien.

—¿Tienes una?

—Ya quisiera yo. No, pero hace poco vendí mi soberano Jorge V de 1917 por un poco más de ocho mil libras. Aunque me temo que lo único que me queda son las monedas de plata de dos peniques de mi padre.

—Pensaba que las monedas de dos peniques estaban hechas de bronce...

—La base es de un metal del color del bronce —explicó Percy—. La verdad es que en los últimos quinientos años nuestra acuñación se ha ido, literalmente, devaluando. Pero la rara excepción es la moneda de dos peniques de 1971. Hubo más o menos mil que por error se acuñaron con una base equivocada (en este caso, de plata), lo cual tampoco es muy sorprendente si tenemos en cuenta que la Casa de la Moneda produce entre tres y cuatro millones de monedas al día. Así que asegúrate de que siempre compruebas el cambio que te dan, porque lo mismo tienes un golpe de suerte y descubres que eres dueña de una de esas raras monedas de plata que pueden llegar a cotizar más de mil libras en el mercado libre.

—¿Y tú tienes una?

—Ciento cuarenta y cuatro, para ser exactos. Mi padre consiguió un expositor, doce estantes con doce monedas cada uno. La Real Casa de la Moneda tardó lo suyo en asumir la conversión al sistema métrico decimal.

—Con eso quedarán resueltos tus problemas con la pensión, ¿no?

—Así habría sido, desde luego, si mi padre no las hubiera incluido en su testamento, porque eso significa que solo puedo arriesgarme a vender una o dos a la vez para no poner sobre aviso a Hacienda. El impuesto de sucesiones ya es un buen palo de por sí, pero cuando le añaden el impuesto sobre las ganancias del capital, apaga y vámonos.

—¿Yo sabría reconocer una si la viera?

—Solo si la estuvieras buscando —dijo Percy, sacándose una moneda de plata de dos peniques del bolsillo y colocándola en la mesa delante de Christina.

Ella cogió la moneda, le dio la vuelta y la estudió un rato antes de decir:

—¿Y dices que esto vale mil libras?

—Seguramente más.

—Entonces, pensando en ese problema que tienes con los impuestos, ¿estarías dispuesto a vendérmela a, pongamos, quinientas libras?

—Ni hablar —dijo Percy, guardándosela de nuevo en el bolsillo—. Ahora mismo se están vendiendo en el mercado negro a unas setecientas cincuenta libras, y suerte tendrías de pillar una en Spink por menos de mil doscientas.

—Estaría dispuesta a arriesgar setecientas cincuenta —dijo Christina a la vez que sacaba una chequera del bolso.

—No uso cheques —informó Percy—. Son pistas para Hacienda.

—Entonces, volvamos a quedar después de que saque dinero en efectivo de mi banco.

—Por mí, perfecto —dijo Percy, dándole su tarjeta—, sobre todo si significa que puedo verte otra vez.

—*Sir* Percy Singleton Bart, ni más ni menos —dijo Christina, impresionada.

—No es más que otra cosa que heredé de mi padre —dijo Percy—. Te garantiza una mesa en un restaurante abarrotado, pero ¿de qué te sirve, si luego no puedes pagar la cuenta?

—¿Te parece bien mañana a la misma hora?

—Estupendo. Pero ¿por qué no te llevas esta y se la das a un anticuario para que te confirme su autenticidad? Al fin y al cabo, yo podría ser un estafador que quiere abusar de una joven impresionable.

—¿Estás dispuesto a correr el riesgo? —preguntó Christina mientras Percy se volvía a sacar la moneda del bolsillo y se la daba.

—¿Por qué no? Sé dónde encontrarte. Eso, suponiendo que de verdad estés en la junta directiva del Fitzmolean. Pero como estabas tomándote un café con la directora, me arriesgaré.

—Gracias —dijo Christina, metiéndose la moneda en el bolso y pidiendo la cuenta.

Enseguida apareció un camarero. Percy le dio un billete de diez libras y le dijo:

—Quédese con el cambio.

Los dos hombres se encontraron en la puerta de las Salas de Guerra de Churchill, pero no se pusieron a la cola.

Booth Watson había sido puntual y estaba esperando a su cliente. Teniendo en cuenta que cobraba por horas, a Miles no le sorprendió.

Los dos hombres cruzaron la calle y se metieron por uno de los muchos senderos serpenteantes que se entrecruzan por el parque de St James, acompañados solamente de turistas, paseadores de perros y mujeres con carritos de bebé.

—Necesito que me aconsejes sobre un par de problemas urgentes, BW —dijo Miles mientras echaban a andar por la orilla de un lago desde el que se veía el palacio de Buckingham al fondo—. Tengo motivos para pensar que Christina, ayudada e incitada por Warwick y Hogan, viajó recientemente a Nueva York, y que se las apañaron para cambiar mi Rubens por la copia sin valor del Fitzmolean.

—¿Cómo es posible? —preguntó Booth Watson—. Ni el mago Houdini habría sido capaz de entrar en tu apartamento.

—Habría podido si hubiese leído la sección del mercado inmobiliario del *New York Times*. Como sabes, el piso ahora mismo está en venta, y entre los interesados había un agente del FBI llamado James Buchanan. Pero lo más importante es que resulta que es un buen amigo de los Warwick.

—¿Y eso cómo lo sabes?

—Es una larga historia, pero lo único que importa es que en estos momentos el Fitzmolean está en posesión de mi Rubens mientras yo, por culpa de la puñalada trapera que me dio Christina en el último momento, tengo que tragarme la falsificación que encargué hace varios años. —Booth Watson no hizo ningún comentario—. Lo que quiero saber es si puedo hacer algo para remediarlo.

Booth Watson siguió caminando un rato antes de pronunciarse.

—Nada de nada, me temo. Hace unos años, cuando le donaste el cuadro al Fitzmolean, no solo les aseguraste que era el original sino que además le diste al director los papeles que demostraban su procedencia. No necesito decirte, Miles, que tu singular acto de generosidad, si no recuerdo mal las palabras del juez, influyó sin lugar a dudas en la decisión de su señoría de concederte una suspensión de sentencia. «Remordimiento» fue la palabra que repitió una y otra vez en su recapitulación.

—Entonces, ¿me estás diciendo que no hay modo de que recupere mi cuadro? —dijo Miles, incapaz de disimular su decepción.

—No hay modo —repitió Booth Watson—. Salvo robarlo, que no te recomendaría…, a no ser, claro, que quieras pasar otra temporada todavía más larga en la cárcel.

—¡Ni hablar! —dijo Miles con vehemencia—. Pero se me ha ocurrido un plan que no solo evitará que Warwick acabe ocupando el puesto del comandante Hawksby sino que podría llevarle a patrullar las calles de nuevo.

—¡Ojalá! —dijo Booth Watson—. ¿Y qué me dices de Christina?

—Está a punto de cobrar su merecido.

—¿Puedo suponer que esa es la otra razón por la que querías verme?

—No —dijo Miles mientras se detenían a la orilla del lago y veían a dos patos peleándose por un trozo de pan—. Tengo que hacerte un par de preguntas personales antes de que podamos discutir la verdadera razón por la que quería verte —añadió, y Booth Watson asintió, de nuevo incómodo—. ¿Qué tal te van las cosas últimamente?

—Con oscilaciones, como el puente de la Torre de Londres. ¿Por qué lo preguntas?

—¿Has pensado en jubilarte?

—Muchas veces —reconoció Booth Watson—. Simplemente, no me lo puedo permitir.

—¿Y si yo pudiese hacerlo posible?

—Seguro que implicándome en algo que podría inhabilitarme para el ejercicio de la abogacía o algo peor, ¿no?

—Mucho peor, porque si pudieran demostrar que yo fui el responsable del robo de las joyas de la Corona, me ahorcarían, me arrastrarían y me descuartizarían.

—Ya me encargaría yo de ahorrarte el arrastre y el descuartizamiento —dijo Booth Watson, intentando relajar el ambiente.

—No, si se demostrara que yo había sido el responsable del robo de las joyas de la Corona —dijo Miles, echando a caminar de nuevo.

—Pero hasta un niño sabe que eso es imposible —dijo Booth Watson, esforzándose por seguirle el paso a su cliente—. A no ser, claro, que hayas encontrado una manera de conseguir que el personal entero de la Torre se vaya de vacaciones a la vez y que el gobernador te entregue las llaves de la Casa de las Joyas.

—A mí no, porque no pienso estar allí cuando tenga lugar el cambiazo… Eso sí, la operación costará un ojo de la cara.

Miles redujo la marcha para dejar paso a unos turistas antes de empezar a explicar el plan con todo lujo de detalles.

Para cuando volvieron a las Salas Churchill, Booth Watson no se esforzó lo más mínimo por disimular su falta de entusiasmo por el proyecto, a pesar de que reconocía que a Harris se le había ocurrido una idea genuinamente original y que Miles era la única persona que conocía que quizá pudiese llevarla a cabo…, aunque le iba a costar un dineral. Aun así, no vaciló en ofrecer su caro consejo.

—Estoy en contra de la idea en su totalidad. —Fue lo primero que dijo Booth Watson.

—¿Por qué?

—Para empezar, tienes todas las de perder.

—Otra vez te equivocas —dijo Miles—, porque no pienso correr ningún riesgo. Eso se lo voy a dejar a otros, así que las únicas personas que tendrán todas las de perder serán Warwick, Hogan y su adorado jefe.

—¿Y qué me dices de tu equipo? Podrían acabar todos en la cárcel.

—Me importan un bledo. Conocen los riesgos que corren, y si tienen éxito serán bien recompensados.

—Pero si fracasan —dijo Booth Watson—, los cargos serán por traición, y entonces el menor de mis problemas será que me inhabiliten para el ejercicio de la abogacía.

—No si el día de marras estás en los tribunales y te quedas de piedra al enterarte de que el comisario jefe Warwick me ha detenido en posesión de una corona y necesito un abogado que me defienda.

—Pero piensa en los gastos, Miles, y total ¿para qué?

—Para cobrarme una venganza completa y total contra tres personas que pensaban que me habían vencido.

Booth Watson sabía reconocer un argumento definitivo, y empezó a pensar en la lucrativa tarifa que ganaría cuando representase a cinco clientes en un caso de traición. Alguien tenía que hacerlo.

—Entonces, lo único que tengo que saber es la fecha, la hora y el lugar.

—Esa tarde estaré frente a la Cámara de los Lores en algún momento entre las tres y las cuatro…, suponiendo que todo salga según lo previsto.

—¿Y la fecha?

—La sabré en cuanto se anuncie el resultado de las próximas elecciones generales y el nuevo primer ministro, sea quien sea, haya besado la mano de su majestad, nombrado a su nuevo gobierno y seleccionado la fecha del Discurso de la Reina, que por regla general tiene lugar dos miércoles después de las elecciones.

—¿Y si sale un parlamento colgado; es decir, sin mayoría absoluta?

—Al menos a mí no me colgarían, porque tendría que cancelar toda la operación.

—¿Y por qué ibas a cancelarla? Al fin y al cabo, dentro de un año habría otro Discurso de la Reina.

—Porque para entonces habrán sustituido a los dos participantes principales. De modo que, francamente, es ahora o nunca, y te aseguro, BW, que no voy a tener una segunda oportunidad.

—Creo que el resultado de las elecciones va a ser una mayoría aplastante para Tony Blair y el Partido Laborista —dijo Booth Watson—, así que lo más probable es que el Discurso de la Reina se celebre en mayo.

—Entonces, ¡que empiece el juego! —exclamó Miles mientras seguían dando la vuelta al lago.

—Disculpa que te lo diga, Miles —dijo Booth Watson cuando llevaban un rato paseando en silencio—, pero incluso si consiguieras robar la corona, no serías capaz de venderla, y si la despiezaras, no habría nadie dispuesto a comprar el diamante Cullinan II ni el rubí del Príncipe Negro, por no hablar del zafiro de San Eduardo, ni siquiera en el mercado negro.

—No tengo intención de vender la corona, ni siquiera de despiezarla. Por el contrario, pienso devolverla al palacio a la primera oportunidad posible, pero no antes de que Warwick haya dimitido, Hogan haya sido despedido y el comandante Hawksby vea que no le queda más remedio que cogerse la jubilación anticipada. —Hizo una pausa, se quedó mirando a Booth Watson y preguntó—: Entonces, ¿estás dispuesto a ser mi abogado defensor, considerando que seguramente te pregunten si estabas al tanto del plan antes de que me detuvieran?

—Eres el único cliente que tengo que me consulta antes de cometer un delito. ¿Qué puedo perder?

—Si me sale mal, podría ser tu último trabajo.

—¿Y si te sale bien?

—Podrás jubilarte con una pensión que ya quisiera para sí un juez del Tribunal Supremo.

Al ver la cara que se le ponía a Booth Watson, Miles añadió otra señal metafórica a su lista de nombres.

Beth estaba preparando una ensalada de queso y tomate mientras los gemelos esperaban impacientes a que terminase para leer el siguiente capítulo.

—Como recordaréis —empezó Artemisia, abriendo el cuaderno—, el coronel Blood estaba planeando vengarse del duque de

Ormond, que le había confiscado sus tierras, atacando el castillo de Dublín y secuestrando a su señoría.

—Sí, pero ¿qué pasó después? —preguntó Jojo, que ya había escuchado la historia, pero estaba deseando escucharla por segunda vez.

—Varios de los rebeldes, disfrazados de artesanos, entraron por las puertas del castillo haciendo peticiones que el duque de Ormond estaba acostumbrado a atender por la mañana. Al mismo tiempo, un panadero de la zona, que participaba en el complot, llegó empujando un carro lleno de pan y lo volcó justo al pasar por delante de la caseta del guarda.

—Era la señal —interrumpió Peter— para que unos cuarenta y ocho rebeldes encabezados por Blood tomasen por asalto el castillo, armados con porras y pistolas. Y el plan era que, mientras los guardas se abalanzaban a por el pan, Blood tomaría el poder.

—Una distracción muy bien pensada —observó William.

—Sí —dijo Peter—, pero no funcionó. Porque el duque estaba sobre aviso del complot gracias a uno de los aliados más cercanos de Blood, que resultó ser un informante del gobierno. De manera que esa mañana el duque dobló la guardia y ordenó que arrestasen a todos los que pudieran pillar.

—Sorprendentemente —dijo Artemisia, pasando la página—, Blood consiguió escapar ileso, pero su cuñado, James Lackie, fue detenido, encarcelado y finalmente ahorcado.

—¿Cómo sabéis todo eso? —preguntó Beth.

—Está todo en el diario de John Evelyn, que contribuyó a empeorar todavía más la fama de Blood.

—El Miles Faulkner de la época —reflexionó William con una sonrisa.

—Pero después de escaparse —dijo Peter, ciñéndose al guion—, Blood consiguió llegar hasta Inglaterra disfrazado de cura. Incluso tuvo el descaro de vagar por el campo predicando abiertamente, sin que nadie se diese cuenta de que en realidad estaba huyendo.

—Hay que reconocer que tenía una sangre fría digna de admiración —dijo Beth.

—Hubo un par de cosas a su favor —añadió Peter.

—¿Por ejemplo? —dijo William.

—En aquel momento las autoridades estaban muy preocupadas por la peste que solo en Londres mató a veinte mil personas, y después vino el Gran Incendio de Londres.

—Y no olvidéis —dijo Artemisia— que en 1667 Londres ni siquiera tenía una fuerza policial. Así que Blood se instaló alegremente en Romford, una pequeña aldea de Essex. Sin embargo, seguía empeñado en vengarse del duque de Ormond, que ahora era el gran senescal de la casa de su majestad y vivía en Clarence House, en pleno centro de Londres.

—Blood esperó a que llegase el momento propicio —siguió Peter, tomando el relevo de la historia—, hasta una noche en la que el alcalde mayor estaba dando una cena en el ayuntamiento en honor del príncipe de Orange, que estaba de visita en Londres. Entre los invitados se encontraba el duque de Ormond, y, mientras volvía a casa después del banquete, seis hombres salieron de entre las sombras, pararon el carruaje y lo sacaron a rastras.

—La intención de Blood —dijo Artemisia— era llevar a Ormond a Tyburn y ahorcarlo como si fuera un delincuente común, pero, para su sorpresa, el anciano par opuso resistencia y, cuando intentaron subirlo a lomos de un caballo, derribó a dos de sus atacantes. Blood decidió matar al duque en ese momento y lugar, e incluso le disparó, pero falló el tiro.

Artemisia alzó la mirada y Peter continuó:

—En ese momento, un tal James Clarke que pasaba por allí vio la Orden de la Jarretera que brillaba en la chaqueta del caballero. Clarke fue inmediatamente en ayuda del duque, lo cogió y se lo llevó en brazos a Clarence House, donde se encontró a doce sirvientes esperando en la puerta a que el carruaje de su patrón volviese del banquete. Entre dos se lo llevaron a la cama mientras otro corría a buscar a un médico. Para sorpresa de todos, a los pocos días el duque se había recuperado por completo.

—No obstante, la Cámara de los Lores creó un comité especial para investigar el incidente —continuó Artemisia— y ofreció una recompensa de mil guineas por la captura de Blood, vivo o muerto. La proclamación obligó a Blood y sus cómplices a volver a la clandestinidad, y ni uno de ellos fue capturado. De hecho, el paradero de Blood durante los años siguientes sigue siendo un misterio, aunque sí sabemos que en ese tiempo estuvo planeando un golpe todavía más importante.

—¿Cuál? —preguntó Jojo.

Los gemelos se miraron antes de decir al unísono:

—¡Robar las joyas de la Corona de la Torre de Londres!

—Pero es imposible —dijo Jojo—, porque sabemos que están muy bien protegidas.

—Pero en 1670, no —explicó Peter—. De hecho, en aquella época cualquiera podía entrar en la Torre, y si le daba un penique al custodio de la Casa de las Joyas podía ver todos los tesoros del Estado, incluida la corona.

—Pasa la página —dijo William.

Peter la pasó, pero estaba en blanco.

—¿Cuánto vamos a tener que esperar para saber si Blood consiguió robar las joyas de la Corona? —preguntó Beth mientras colocaba cuatro platos en la mesa.

—Otra semana —contestó Peter—. Para entonces, nuestro contacto ya nos habrá dado todos los detalles relevantes.

—¿Vuestro contacto? —dijo William, como si interrogase a un sospechoso.

—Idiota —le dijo Artemisia entre dientes a su hermano.

—Bueno, ¿y quién es ese contacto? —insistió William.

—El gobernador de la Torre —admitió Peter, avergonzado.

—¿*Sir* David?

—Bueno, para ser exactos —dijo Artemisia—, es el antiguo gobernador, porque se acaba de jubilar. Pero nos sigue llamando por teléfono una vez a la semana… antes de que tú vuelvas a casa.

—Es admirable —dijo Beth—, pero pensaba que la señorita Elton os había dicho que no podíais recibir ayuda externa.

—El gobernador solo nos recomienda libros que podemos encontrar en la biblioteca y de vez en cuando responde a nuestras preguntas.

—Esto tiene que acabarse —dijo William—. El pobre hombre tiene cosas mucho más importantes que…

—Entonces, ¿por qué no le llamas tú, papá? —sugirió Peter—. Ya verás cómo te parece que está disfrutando de todo este trabajo tanto como nosotros.

Sus padres se quedaron sin habla.

Capítulo 17

Cuando sonó el teléfono a las ocho de la mañana, Miles lo cogió sin dudar de quién estaba al otro lado de la línea.

—Pensé que le interesaría saber que Hogan ha estado testificando en un caso de drogas en el tribunal de Southwark Crown. —Fue lo primero que le dijo Lamont.

—¿Y qué?

—Un funcionario judicial, colega mío, salió del edificio al mismo tiempo que él.

—¿Y qué? —repitió Faulkner.

—Vio a Hogan hablando con una mujer que era miembro del jurado y le sacó una foto con ella.

—¿Y eso de qué va a servir? —dijo Faulkner, que empezaba a sonar nervioso.

—El juicio aún no había terminado —explicó Lamont, y añadió después de una pausa—: ... y bajo la Ley de Justicia Criminal y Orden Público de 1994, podría constituir una prueba de manipulación del jurado, o posiblemente un delito, todavía más grave, de intento de soborno de un miembro del jurado. Y para colmo, aunque el traficante fue declarado culpable, fue un caso muy reñido..., uno de esos en los que una intervención discreta habría podido determinar todo el veredicto.

—¿Cuál sería la condena más probable si declarasen culpable a Hogan de intentar influir en un miembro del jurado impresionable? —preguntó Faulkner, de repente más interesado.

—Dos años como poco. Pero como es un agente de policía, podría ser mucho más.

—¿Cuánto más? —insistió Miles.

—Seis años, puede que incluso diez.

—Diez sería perfecto. Pero ¿qué sabemos de esa mujer del jurado? —Fue la siguiente pregunta de Miles.

—Es una tal Kay Dawson. Trabaja de dependienta en Marks & Spencer, y por lo que se ve le gusta disfrutar de las cosas buenas de la vida. Por desgracia, a su marido lo acaban de despedir, así que no va a poder proporcionárselas.

—Entonces, Bruce, dejo en sus manos que la mujer siga disfrutando de las cosas buenas de la vida. Yo añadiré un pequeño incentivo.

—¿Cuánto tenía pensado? —preguntó Lamont, relamiéndose los labios.

—¿Qué tal diez de los grandes por cada año que le caiga a Hogan?

Christina se bajó de un taxi en la puerta de Spink & Son, fundado en Bloomsbury en 1666. Al abrir la puerta, sonó una pintoresca y anticuada campanilla por encima de su cabeza.

Detrás del mostrador había un anciano, que más parecía un maestro de escuela jubilado que un dependiente.

—¿En qué puedo ayudarla, señora? —preguntó, también con voz de maestro jubilado.

—¿Sabría decirme si esta moneda es auténtica? —preguntó Christina, entregándole los dos peniques de plata de 1971 que le había dado Percy.

El marchante cogió su lupa y estuvo un rato estudiando la moneda antes de dar su opinión.

—Una moneda con error, como las llamamos en el gremio. Son muy codiciadas por los coleccionistas serios.

—¿Y cuánto estaría dispuesto a pagar por ella?

El marchante estudió la moneda con más detenimiento.

—Mil libras es lo máximo que puedo ofrecerle —dijo al fin—. Y le aseguro, señora, que no obtendrá un mejor precio de ningún otro marchante.

—¿En efectivo? —preguntó Christina, dejando la moneda sobre el mostrador.

El marchante escudriñó a la cliente por encima de las gafas de media luna.

—Voy a ver cuánto tengo en la caja fuerte.

Se dio la vuelta y desapareció por una trastienda, de la que salió al cabo de unos minutos con 935 libras en billetes usados. Abrió la caja registradora y sacó otras 47 libras antes de vaciar su monedero, pero todavía le faltaban dos libras. Rebuscó en sus bolsillos, pero estaban vacíos.

—Da igual —dijo Christina, guardando el dinero en el bolso—. Pero antes de irme, ¿puedo preguntarle si ha oído hablar del expositor Singleton?

—Claro, señora. Ciento cuarenta y cuatro monedas con error montadas en doce estantes de doce que formaban parte de la colección privada del difunto *sir* Peregrine Singleton.

—Y si ese expositor se pusiese en venta, ¿sería usted capaz de asignarle un precio?

El anciano se estuvo pensando la respuesta todavía más que antes, pero al final dijo:

—Serían más de doscientas mil libras, porque varios de los numismáticos más importantes del mundo quieren añadir est expositor sin igual a sus colecciones. No obstante —continuó después de colocarse bien las gafas en la nariz—, para una transacción de esa envergadura no podríamos pagar en efectivo.

—Valdrá con un cheque —dijo Christina mientras salía de la tienda. La campanilla de encima de la puerta volvió a tintinear.

Ross estaba inmerso en cavilaciones sobre el regalo de cumpleaños de Jojo cuando sonó su teléfono. En la pantalla apareció: «Número desconocido».

—Hola, Ross —dijo una voz que no reconoció—. Soy Kay Dawson, ¿te acuerdas? Nos conocimos cuando estuve en el jurado en Southwark y declaraste a favor de la Corona.

—Hola, Kay —respondió Ross, recordando vagamente a la mujer que le había parado en la calle y había querido saber más cosas sobre la princesa Diana. Intentó concentrarse en lo que le decía la señora Dawson, pero se distrajo al ver que Jojo le estaba llamando por la otra línea.

—Al final declaramos culpable al traficante aquel al que pillaste merodeando por el patio de la escuela de tu hija —continuó la mujer, diciéndole únicamente algo que ya sabía.

Cuando por fin colgó, Ross todavía no estaba seguro del motivo de su llamada, aparte de para decirle lo mucho que admiraba a la princesa Diana y lo triste que se había puesto cuando el príncipe Carlos y ella habían anunciado su divorcio. Eso sí, era evidente que le estaba tirando los tejos para que la invitase a salir, cosa que Ross evitó cuidadosamente. Cuando por fin terminó la conversación, Jojo ya había renunciado a intentar ponerse en contacto con él.

Llamó a su hija inmediatamente, pero no obtuvo respuesta. Fue más tarde, después de dar vueltas a las palabras de Kay, cuando no pudo evitar pensar que había habido algo en la conversación que sonaba a falso. En cualquier caso, una cosa buena había salido de la charla: por fin podía llamar a la otra mujer con la que había tenido prohibido contactar hasta que terminase el juicio. Buscó su número de teléfono.

—¿Has conseguido todo lo que necesitabas? —preguntó Kay después de colgar.

—En cuanto manipulemos la cinta —dijo Lamont, rebobinando—, creo que habrá más que suficiente.

—¿Y ahora?

—Ha llegado el momento de que conozcas al señor Booth Watson, para que te explique exactamente cuál va a ser tu papel.

—¿Es un director teatral? —preguntó Kay.

—Algo así —dijo Lamont al tiempo que le entregaba otro sobre marrón a la mujer.

—Hola, Alice, soy Ross Hogan, el padre de Jojo.

—La semana pasada no vino a la exposición de arte de fin de trimestre, señor Hogan, y su hija ganó el primer premio —dijo la señorita Clarke, cogiéndole por sorpresa.

—Lo siento, pero tuve que testificar en el caso de Reg Simpson y se alargó mucho más de lo que me esperaba.

—¿Lo declararon culpable?

—Sí. Le cayeron dos años. No merecía menos. Pero no llamaba por eso.

—¿Espera que le ayude a resolver otro delito importante?

—No. Pero sí que me permita invitarla a cenar.

Esta vez fue la señorita Clarke la sorprendida.

—¿Cuándo y dónde? —consiguió decir al fin.

—El jueves en Le Barca. ¿A las ocho es buena hora?

—Me viene bien, inspector. Pero ¿qué probabilidades hay de que llegue puntual?

—Tendrían que robar las joyas de la Corona para impedirme ir.

—¿En qué puedo ayudarle, señor? —preguntó un vendedor de coches de segunda mano, chocando los cinco con él como si fueran viejos amigos.

—Estoy buscando un Jaguar XJ8 —dijo Lamont.

—Entonces ha venido al lugar adecuado, señor. Tenemos todos los últimos modelos, recién salidos de la fábrica.

—En realidad, estoy buscando un modelo del año pasado.

—Permítame que mire a ver qué tenemos en *stock* —dijo el vendedor, disimulando su decepción.

Se metió en la trastienda y se puso a rebuscar en un archivador lleno hasta reventar. La sonrisa volvió a su rostro y corrió a decirle a su cliente:

—Creo que tenemos exactamente lo que busca, caballero. De hecho, incluso podemos darle a elegir, porque tenemos un modelo de muestra reciente y también un coche de segunda mano con apenas trece mil kilómetros. Un conductor cuidadoso.

Lamont no pudo menos que admirar su capacidad para pronunciar las palabras con la cara seria.

—¿Alguno de los dos es de color gris?

—Sí, señor, nuestros modelos de muestra son siempre grises, y tienen una garantía de cinco años.

—¿Precio?

—Doce mil cuatrocientas.

—Doce mil y cerramos el trato —dijo Lamont—. Eso, suponiendo que me guste el coche.

—Puedo prometerle, señor, que es exactamente lo que anda buscando. Si viene a mi despacho, prepararé los papeles.

Una vez que hubo firmado en la línea de puntos y abonado un depósito de mil doscientas libras en efectivo, Lamont le dijo al vendedor que volvería a por el coche en unos días. Después del inevitable apretón de manos, Lamont se marchó de la sala de muestras de Mayfair y puso rumbo a Park Lane, donde chocó los cinco con otro vendedor de coches de segunda mano.

—Estoy buscando un Land Rover, preferiblemente el modelo del año pasado, con varios miles de kilómetros.

—Tengo unos seis coches que entran en esa categoría, señor —dijo el vendedor—. ¿Andaba buscando algún color en particular?

—Gris.

—¿Cuánto tengo en mi cuenta corriente? —preguntó Christina.

—Si me permite unos segundos, señora, voy a mirar —dijo el gerente.

Christina se paseó por la habitación con el teléfono pegado a la oreja mientras esperaba a que volviera el hombre.

—Anoche, señora, al cierre de operaciones, tenía usted ciento treinta y cuatro mil setecientas doce libras a su favor.

—Mañana por la mañana me pasaré por el banco a sacar ciento treinta mil libras en efectivo —le advirtió.

Se hizo una larga pausa antes de que el gerente dijese:

—Como quiera, señora.

Christina colgó y echó un vistazo al número de teléfono de la tarjeta antes de ponerse a marcar los once dígitos.

—Percy Singleton —dijo una voz.

—Percy, soy Christina. ¿Por cuánto estarías dispuesto a vender el expositor Singleton?

—Vaya, Christina, no pierdes el tiempo. Pero te aviso de que hace tiempo me hicieron varias ofertas que superaban las doscientas mil libras.

—Pero seguro que ninguna en efectivo. Así que te repito: ¿cuánto?

—¿Ciento cincuenta mil?

—Ciento veinte.

—Dejémoslo en ciento cuarenta, ¿vale?

—Ciento treinta mil es mi oferta final.

—Y ciento treinta y cinco mil, la mía.

—Hecho —dijo Christina sin pensarlo más, consciente de que por primera vez en muchos años se iba a quedar en números rojos. Pero no por mucho tiempo—. ¿Quedamos mañana por la mañana en la cafetería del museo, a eso de las once? Y no olvides traer el expositor.

—No lo olvidaré, descuida —respondió Percy—. ¿Hay alguna esperanza de que pueda invitarte a comer después en mi club para celebrarlo?

—No, pero si quieres quedamos a cenar en el Ritz.

Capítulo 18

—Acabo de recibir un aviso de un colega bien situado que dice que hay una grave acusación contra el inspector Hogan que está cobrando cada vez más peso —dijo el comandante, sin dar siquiera tiempo a William de cerrar la puerta.

—¿A quién ha cabreado esta vez? —preguntó William, sentándose frente al Halcón.

—Me temo que la cosa es más grave —dijo el Halcón—. Se ha presentado una joven a prestar declaración; dice que fue miembro del jurado del caso de las drogas de Simpson en el que el inspector testificó a favor de la Corona, y que la invitó a tomar algo.

—Es una estupidez, pero no una ofensa.

—A no ser que se pusiera en contacto con ella mientras se estaba celebrando el juicio.

—Ni loco haría semejante cosa —dijo William—. Ross no es tan tonto. Incluso aunque le hubiese gustado la mujer, habría esperado al final del juicio.

—También dice que se acostaron la víspera de que el jurado emitiera su veredicto, y que trató de influir en su decisión.

—No me lo creo.

—Yo tampoco me lo quiero creer —dijo el Halcón—. Pero, como bien sabemos tú y yo, no sería la primera vez que Ross rompe las reglas.

—Puede que se haya acostado con ella —dijo William—, pero

no me creo que fuese antes de que se emitiera el veredicto. Y es imposible que haya intentado influir en un miembro del jurado; me apostaría mi reputación a que no.

—Yo también. Pero, por desgracia, hay suficientes pruebas circunstanciales, incluidas una grabación y fotos que confirman la acusación. El CIB3 todavía tiene que interrogar a Ross, pero si la mujer se mantiene firme en su versión de los hechos, no tendrán más remedio que acusarle. Y si le declaran culpable, la suspensión de empleo y sueldo será el menor de sus problemas.

—Pero a mí ni siquiera me ha hablado del tema.

—Eso es porque el CIB3 aún no se ha puesto en contacto con él, así que todavía tenemos tiempo para decidir qué táctica debemos seguir.

—Entonces, lo menos que puedo hacer es avisar a Ross —dijo William.

El Halcón tardó en responder.

—Ándate con pies de plomo, William. En cualquier caso, ahora que aún no se le acusa de nada, no veo por qué no ibas a ponerle sobre aviso de lo que se le puede venir encima. Pero repito, ándate con pies de plomo.

—¿Y si le acusan?

—Entonces tendrás que apartarte de él, porque si algo no te conviene es que te acusen de complicidad en un caso penal; podría ser el fin de tu carrera profesional además de la de Ross. Más o menos puedo permitirme perder a Ross, pero no estoy dispuesto a sacrificarte a ti en el mismo altar ahora que el comisario general está pensando en nombrarte mi sucesor.

—Pero es que es como si fuera mi hermano —protestó William.

—Me temo que se parece más a Caín que a Abel.

—Tiene que haber algo que pueda hacer para ayudarle —dijo William, incapaz de disimular su frustración.

—Lo hay. Si el caso termina en los tribunales, podrías pedirle a tu padre que le defienda.

* * *

Lamont llamó a Miles a las ocho de la mañana siguiente para comunicarle que había encontrado los dos coches que necesitaban, y que eran idénticos a los que habían utilizado el lord chambelán y Warwick el año anterior para ir a la Torre. Pronunciar las palabras «comisario jefe Warwick» era demasiado para él.

—Buen comienzo —dijo Miles—. En cuanto los recoja, Harris y Collins tendrán que hacer varios viajes de prueba (seis, de hecho) para familiarizarse con todas las rutas posibles.

—¿Es demasiado temprano para pensar en las tres motos policiales?

—Sí, no vamos a necesitarlas hasta el último momento. No conviene llamar la atención y levantar sospechas.

—Entendido —dijo Lamont.

—¿Ha empezado a formar el equipo? —preguntó Miles, cambiando de tema.

—Sí, sí. Me reencontré con Jerry Summers ayer por la tarde. Tuvimos una larga conversación en un vagón de metro vacío de la línea circular. Ya es uno de los nuestros.

—¿Summers…? Refrésqueme la memoria.

—Es uno al que le cayeron cuatro años por aceptar sobornos de un capo del narcotráfico de Romford. Warwick fue el agente que lo detuvo, a pesar de que habían sido compañeros de la escuela de policía, así que seguro que estará encantado de devolverle el favor. Conoce a varios exagentes más que también se han quedado sin trabajo y estarían de lo más agradecidos por cobrar un dinero en efectivo. Pero me aseguraré bien de que son todos de fiar antes de ficharlos.

—Más que bien, asegúrese muy pero que muy bien —dijo Miles—. No podemos permitirnos un eslabón débil en la cadena. Supongo que Summers no sabrá nada de lo que nos traemos realmente entre manos, ¿no?

—No tiene ni idea. Lo único que le interesaba era saber cuánto se le va a pagar y cuándo.

—Que siga así. Cuantas menos personas conozcan el objetivo final, mejor.

—Estamos de acuerdo —dijo Lamont.

—Y por último, Bruce, ¿está más cerca de encontrar a la persona idónea para ir sentada al lado de Harris cuando pase por el puente central con el Jaguar del lord chambelán y entre en la Torre?

—Sí, señor, pero todavía le falta superar una prueba más antes de que lo fiche.

—El tiempo no corre precisamente a nuestro favor —dijo Miles.

Solo había una forma en la que Lamont podía saber cuándo una llamada había terminado: cuando ya no se oía ninguna voz al otro lado de la línea.

Miles añadió tres marcas más a la creciente lista antes de cerrar una carpeta que cada día abultaba más. Volvió a meterla en la caja fuerte y toqueteó el dial, satisfecho de que nadie más conociera la combinación.

Christina estaba sentada en su mesa de siempre de la cafetería del museo cuando apareció Percy en la entrada. Al ver que llevaba una bolsa grande del supermercado Tesco, sonrió, porque sospechaba que no estaba llena precisamente de comestibles. Percy se acercó sin prisas.

Una vez que se hubo sentado y pedido un café, Christina le dio un grueso sobre marrón que contenía veintiocho paquetitos de billetes de cincuenta libras, que incluían las 998 libras que le había pagado Spink por la primera moneda con error que le había dado Percy.

Percy abrió uno de los paquetes y empezó a contar lentamente los billetes, mientras Christina sacaba cada una de las doce bandejas que contenían doce monedas de plata de dos peniques y comprobaba que las ciento cuarenta y tres monedas estaban donde tenían que estar. Satisfechos ambos, disfrutaron del café en amistoso silencio. De los dos, la única que parecía tener prisa por marcharse era Christina.

—¿Sigue en pie la cena de esta noche? —preguntó Percy, guardando el dinero en la bolsa de Tesco.

—Sí, claro. ¿En el Ritz?

—No. En Harry's Bar.

181

—¿Eres socio? —preguntó Christina.

—Sí; otra cosa más que heredé de mi padre. ¿Te viene bien a las ocho?

—Nos vemos allí —dijo Christina, levantándose—. Pero invito yo.

—Ni hablar —dijo Percy—. Jamás permitiría que una mujer pagase la cuenta.

Christina cogió la caja de madera, sorprendida por lo mucho que pesaba. Salió lentamente de la cafetería y subió la escalera hasta la entrada principal, sin mirar atrás. Una vez en la acera, paró un taxi y se subió, agarrando la caja con fuerza.

—¿Adónde vamos, señorita? —preguntó el taxista.

—A Spink's, en Southampton Row.

El taxista se abrió paso entre el tráfico vespertino antes de rodear Russell Square y enfilar Southampton Row, donde dejó a su pasajera en la puerta de Spink & Son.

Cuando Christina entró por segunda vez en la tienda, seguida del tintineo de la vieja y fiable campanilla, dejó la caja de madera sobre el mostrador, delante del viejo y fiable caballero, sin decir palabra. El hombre no podía apartar la vista del tesoro, como si fuera el Santo Grial.

Christina se puso cómoda en la única silla que había en la tienda, aceptando que el numismático quisiera tomarse su tiempo para examinar tan raro hallazgo. El anciano abrió la bandeja superior y, con la lupa, estudió una a una las once monedas. En su rostro había una expresión de respeto, casi de sobrecogimiento.

Esto cambió cuando abrió la segunda bandeja y vio doce monedas de distinta procedencia. La mirada de respeto dio paso a una de decepción, y para cuando hubo llegado a la bandeja inferior, era de silenciosa desesperanza.

Christina estaba en ascuas. De repente, el hombre soltó un largo suspiro resignado.

—¿Qué pasa? —preguntó, angustiada.

Como un médico que tiene que dar una mala noticia a un paciente terminal, el anciano parecía estar buscando las palabras adecuadas antes de comunicar su pronóstico. Se quitó lentamente las gafas de media luna, se pasó la mano por la calva y, mirando a su clienta a los ojos, declaró con tono de autoridad:

—La bandeja superior, señora, contiene once monedas con error, cada una de un valor de mil libras. Pero, aunque las otras bandejas contienen doce monedas de dos peniques cada una, todas han sido bañadas en un líquido de plata que podría engañar a un observador casual, pero no, me temo, a un espectrómetro de fluorescencia de rayos X. Si duda de mi palabra, la invito a pasar a mi laboratorio.

—Entonces, ¿cuánto valen? —preguntó Christina con voz cada vez más desesperada.

—Tendríamos mucho gusto en ofrecerle once mil libras por las otras once monedas con error del anaquel superior. Las ciento treinta y dos restantes no valen más que la cifra que llevan grabada, con lo que ascienden a un total de dos libras y sesenta y cuatro peniques, sin olvidar las dos libras que le debemos de nuestra última transacción —dijo el gerente antes de echar un vistazo a la calculadora—. Por consiguiente, señora, lo único que puedo ofrecerle dadas las circunstancias son once mil cuatro libras con sesenta y cuatro peniques.

De repente, el anciano sintió pena por la mujer, que se había dejado caer de nuevo en la silla y había envejecido visiblemente ante él.

—¿Me permite que le haga una pregunta? —dijo, y apenas la oyó responder que sí—. ¿A quién le compró estas monedas?

—Al hijo de *sir* Peregrine Singleton, Percy.

—El difunto *sir* Peregrine era un respetado cliente de este establecimiento, y puedo garantizarle sin sombra de duda, señora, que no tenía un hijo varón sino dos hijas, Eleanor y Victoria, las únicas beneficiarias de su testamento.

Tres hombres se reunieron en el bar del hotel St Pancras. No era hora punta, así que no hizo falta buscar un rincón tranquilo. El bar siempre estaba vacío a esas horas.

Uno de los hombres le dio a Faulkner una bolsa de Tesco con

135 000 libras. Miles comprobó que no faltaba nada y, satisfecho, dio diez mil libras en efectivo a un hombre cuyo nombre desconocía y no quería conocer. El hombre se levantó y le dio las gracias.

—Antes de que te vayas —dijo Lamont, alzando la mano—: mantén despejada tu agenda. Es posible que dentro de poco tenga algo de más enjundia que ofrecerte. Me pondré en contacto contigo.

—Quedo a la espera de sus noticias —dijo el hombre sin nombre, y salió del bar sin decir una palabra más. Se dirigió rápidamente al andén 14, donde se subió a un tren con destino Potters Bar para llegar a casa a tiempo de comer con su mujer. Lástima, se dijo. Le hubiera gustado cenar con Christina en Harry's Bar.

—¿Tiene nombre? —preguntó Miles cuando el hombre anónimo se hubo marchado.

—Nunca usa el mismo más de dos días seguidos —respondió Lamont—. En el gremio se le conoce como «el Suplente».

—¿Cómo diste con él? —insistió Miles.

—Lo arresté cuando se hizo pasar por el representante de la Corona en el condado de Gloucestershire —dijo Lamont—, y si no le hubiese echado el guante le habría birlado doce mil libras a una organización benéfica de ayuda contra el cáncer. —Bebió un sorbo antes de añadir—: Está especializado en obispos y alcaldes mayores, y hasta convenció a un guarda de seguridad del palacio de Buckingham de que tenía una invitación para la fiesta real del jardín. Y después de su espléndida interpretación de *sir* Percy Singleton —continuó Lamont—, creo que está listo para aceptar un reto mayor: el papel de lord chambelán.

Miles arqueó una ceja.

—Tiene más o menos la misma edad y altura que el actual lord chambelán… y si consiguió entrar en el palacio de Buckingham, seguro que se las apaña para entrar en la Torre.

—La Torre de Londres es un escenario mucho más difícil que una fiesta en los jardines del palacio de Buckingham —señaló Miles—, y el gobernador residente, un desafío bastante mayor que mi exmujer. Aunque confieso que gracias a él la he tachado de mi lista.

—En circunstancias normales, le daría la razón, pero, como usted mismo ha señalado, el nuevo gobernador residente y el lord chambelán se van a reunir por primera vez, lo cual le da a nuestro hombre una ventaja añadida.

—Esperemos que tenga razón, porque si algo sale mal, será usted quien acabe en la cárcel, y mejor que no se moleste en incluirme en su lista de visitantes —dijo Miles, apurando el *whisky* de un trago.

Lamont no necesitó que nadie le recordase que su relación era única y exclusivamente de riesgo-recompensa, y que ni se caían bien ni confiaban el uno en el otro. Pero Lamont tenía otro as en la manga. Esperó, porque sabía que Miles no le dejaría marcharse antes de…

—¿Ha logrado impedir que el inspector Hogan ande rondando por ahí el día del cambiazo? —preguntó Miles, como si le leyera el pensamiento.

—Uno de mis antiguos contactos me ha dicho que Hogan está siendo investigado en estos momentos por torcer el curso de la justicia, y que no cree que pase mucho tiempo antes de que le planten una mano en el hombro. E incluso si le dejan en libertad bajo fianza, lo que no va a hacer es acompañar a Warwick a la Torre.

—Ojalá pudiese estar allí cuando el juez dicte sentencia, pero tendré que conformarme con que me dé usted los detalles. Y no olvide que recibirá diez mil por cada año que le caiga a Hogan.

—Por mí, cuanto antes le enchironen, mejor —dijo Lamont—. Estoy deseando verlo sufrir en el estrado cuando pongan la cinta que le condena.

Miles sacó diez mil más de la bolsa de Tesco y se los pasó a Lamont, que se embolsó rápidamente la bonificación por el papel que había desempeñado en llevar a la bancarrota a Christina.

Levantaron las copas.

—Ahora que ya nos hemos encargado de Christina y que Hogan está a punto de caer, ¿cuál es el siguiente de la lista? —preguntó Lamont.

—El premio gordo —dijo Miles—. El comisario jefe William Warwick. Así que quizá haya llegado el momento de celebrar una reunión de la junta directiva y asegurarnos de que estamos preparados para llevar a cabo una OPA hostil.

La puerta se empezó a abrir y el Halcón vociferó:

—A ver, ¿no he dejado claro que no quiero que se me moleste bajo ningún concepto?

Pero la puerta siguió abriéndose, y momentos después entraron dos hombres pulcramente vestidos que no habrían podido ser más que agentes de policía. Todos los ojos se volvieron hacia ellos.

—Soy el comisario Ian Ferguson, señor. Estoy al mando del CIB3, el Comando Anticorrupción. Disculpe por interrumpir, pero he venido a detener al inspector Hogan.

—¿De qué se le acusa? —preguntó el Halcón, aunque lo sabía perfectamente.

—Sospecha de corrupción y de intento de torcer el curso de la justicia al tratar de influir en un miembro del jurado mientras había un juicio abierto.

Ross se levantó de un salto y dijo:

—¿Es una broma?

—Me temo que no, inspector —dijo King—, y por tanto he de advertirle que no está obligado a decir nada, pero que su defensa podría verse perjudicada si durante el interrogatorio omite mencionar algo que relate más adelante en el juicio. Todo lo que diga podrá aportarse como prueba.

Ross estaba acostumbrado a pronunciar estas palabras, no a ser su destinatario.

William ya estaba de pie.

—No digas nada, Ross, hasta que hable con mi padre... y nada es nada —repitió con firmeza.

Ross asintió con la cabeza casi como si fuera una orden. Nadie habló mientras hacían salir silenciosamente a Ross de la habitación.

—Y esto también vale para todos vosotros —dijo el Halcón una vez se cerró la puerta—. No olvidéis que, si el caso acaba en juicio, es muy posible que os llamen a prestar declaración sobre el carácter de Ross, y no querréis que os recuerden en el estrado algo que desearíais no haber dicho.

—Ross es incapaz de intentar influir en un miembro del jurado —dijo la detective Rebecca Pankhurst sin vacilar—. Se rige por unos estándares a los que aspiramos todos los demás.

—Y, por desgracia, por algún que otro estándar no tan deseable —dijo el Halcón.

—¿Significa eso que le considera culpable? —preguntó el subinspector Paul Adaja.

—En absoluto —dijo el Halcón—. Sin embargo, no conozco a nadie más proclive a meterse en líos por culpa de su propia estupidez.

—Ni tampoco a nadie más capaz de encontrar una salida —añadió William.

—Pero puede que esta vez necesite un poco de ayuda de sus amigos —dijo el Halcón, recorriendo la mesa con la mirada—. Ya me encargaré yo de que me llamen a declarar como testigo, y no vacilaré en hacer saber al jurado que el inspector Hogan es uno de los mejores agentes con los que he tenido el privilegio de trabajar. En cuanto lo absuelvan, volveré a recibirle con los brazos abiertos para que pueda continuar haciendo lo que mejor se le da.

El equipo estalló en aplausos, manifestando su apoyo como si su colega fuera un boxeador noqueado que con toda certeza iba a levantarse y a dejar KO a su adversario. Eso sí, no acababan de saber quién era el adversario. Pero al Halcón no le cabía la menor duda.

—Alice, cuánto lo siento —dijo Ross—. Tengo que dejar nuestra cena para otro día.

—Ah, entonces es que han robado las joyas de la Corona... —respondió ella inmediatamente.

—No, me han arrestado y, como es posible que te citen como testigo principal, no voy a poder ponerme en contacto contigo otra vez hasta después del juicio.

—¿Arrestado? —dijo Alice, con tono de sincera preocupación.

—Una mujer que fue miembro del jurado del juicio de Simpson dice que intenté influir en ella antes de que se emitiese el veredicto.

—¿Cómo es posible que alguien se crea eso?

—Puede que no se lo crea —dijo Ross—, y que haya alguien que tenga un motivo para asegurarse de que el verdadero delincuente salga de la cárcel y yo acabe ocupando su lugar.

—¿Se puede ser tan malvado?

—Vaya si se puede, y no es alguien que acepte un no por respuesta.

—Cuánto lo siento —murmuró Alice—. ¿Hay algo que pueda hacer para ayudar?

—Esa es la ironía —dijo Ross—. Lo único que puedes hacer es aceptar que pospongamos la cena para otra ocasión, y en cualquier caso no hasta después de que termine el juicio. Eso, suponiendo que quede libre.

—¿Y si no?

—Si no, té con galletas los sábados por la tarde en la prisión de Wormwood Scrubs durante sabe Dios cuánto tiempo —respondió Ross, intentando quitarle hierro al asunto.

—No sería mi primera visita a Wormwood Scrubs —dijo Alice en voz baja.

El fin de semana, los Warwick fueron a Kent a ver a los padres de William. Mientras Beth y los niños salían a dar un paseo con la abuela, William se fue derecho al estudio de su padre.

Llamó a la puerta, y al entrar se lo encontró leyendo la prensa dominical. «El viejo» levantó la mirada, y William esperó un momento antes de decir:

—Necesito que me aconsejes sobre un asunto personal.

—Pues claro, hijo —contestó Julian mientras dejaba el periódico. Le sonrió y dijo—: El reloj está haciendo tictac…

William no se rio.

—Mi amigo y colega Ross Hogan se ha metido en un lío con una mujer.

—No se puede decir que sea la primera vez…

—Vale, de acuerdo —dijo William—, solo que ahora podría acabar en la cárcel y yo poco puedo hacer para ayudarle.

—Detalles —pidió Julian, recostándose en la silla y cerrando los ojos como hacía siempre que consideraba un nuevo caso.

—Lo acusan de intentar influir en un miembro del jurado de un caso en el que estaba prestando declaración a favor de la Corona.

—Un grave delito. Además, al ser un agente en activo, si le declarasen culpable el juez no sería indulgente, ni debería serlo. Seguro que se trata de una joven, ¿no?

—Una mujer de mediana edad. Pero Ross insiste en que solo se vieron una vez y no se acostó con ella.

—¿Y la mujer lo niega?

—Sí, y ha presentado una declaración escrita en la que dice que la aventura empezó antes de que acabase el juicio y, para colmo, que Ross trató de influir en ella la noche anterior a que se emitiera el veredicto.

—¿Una mujer despechada, tal vez? En tal caso, todo dependerá de las fechas y de a quién cree el jurado.

—Normalmente estaría de acuerdo contigo, papá, pero en esta ocasión creo que la cosa no es tan sencilla. Leí la declaración de la mujer y creo que solo puede haber sido escrita por un destacado abogado penalista…

—No tiene nada de raro. Al fin y al cabo, así es como nos ganamos la vida.

—Sí, lo entiendo —dijo William—, pero resulta que el abogado en cuestión es ni más ni menos que el señor Booth Watson.

Sir Julian abrió los ojos. La cosa se ponía interesante. A punto estaba de dar su opinión cuando Jojo irrumpió en la habitación, le agarró del brazo y dijo:

—Dice la abuelita que tienes que trinchar la carne.

—Parece que la abuelita no es la única que necesita mi ayuda

—dijo *sir* Julian, y dejó que Jojo le cogiera de la mano, le sacara del estudio y le llevase al comedor, donde le dio el cuchillo de trinchar.

—En 1671 —empezó a leer Artemisia una vez que todos se hubieron sentado, un par de semanas más tarde—, el coronel Thomas Blood fue a la Torre de Londres disfrazado de clérigo. Iba acompañado por una actriz que fingía ser su esposa, mientras su verdadera esposa estaba en Lincolnshire, ajena a sus intrigas.

»En aquella época, podías entrar a la Torre de Londres a ver las joyas de la Corona pagándole un penique a un tal Talbot Edwards, el custodio de las joyas. Así que el coronel Blood le pagó la entrada al señor Edwards, que, como era su deber, le mostró las joyas de la Corona. Sin embargo, el único interés de Blood era averiguar si la Casa de las Joyas estaba bien custodiada. Enseguida descubrió que la vigilancia era muy pobre.

—Hay que cambiar la palabra «pobre», aquí no suena bien —interrumpió Peter.

—Varios días más tarde —prosiguió Artemisia—, el coronel Blood volvió a la Torre con el único propósito de hacer creer al señor Edwards que podían ser amigos a pesar de la diferencia de rango. En esta ocasión, su mujer, la actriz, fingió que enfermaba, y la mujer de Edwards la subió a sus habitaciones de la Torre Martin para que pudiera descansar.

—Pero solo era un truco para quedarse un rato a solas con Edwards —explicó Peter, alzando la vista.

William y Beth no dijeron nada.

—Unos días después, Blood volvió a la Torre, esta vez con un par de guantes blancos como regalo de agradecimiento a la señora Edwards por su amabilidad. Formaba parte del plan… —prosiguió Artemisia.

—No podemos saber —continuó Peter, tomando el relevo de su hermana— cuántas veces más fue Blood a la Torre con intención de estrechar su amistad con Edwards y su esposa antes de ejecutar el plan.

—No deberíamos repetir palabras —dijo Artemisia, tachando la palabra «plan». Estaba sustituyéndola por «delito» cuando sonó el timbre.

Jojo se puso en pie de un salto, salió corriendo a abrir la puerta de la calle y vio a su padre en el umbral.

—¡Arte y Peter nos están contando la historia del coronel Blood y de cómo robó las joyas de la Corona! Pero llegas justo a tiempo para lo siguiente —exclamó, mientras agarraba a su padre de la mano y se lo llevaba a la cocina.

Beth le sirvió un trago, y Artemisia, después de asegurarse de que todos estaban prestando atención, carraspeó y continuó.

—Unos días más tarde, Blood volvió a la Torre, pero en esta ocasión iba acompañado de su sobrino George. Blood ya le había sugerido a Edwards mientras tomaban un trago en sus aposentos —consiguió pronunciar bien la palabra al tercer intento— que su sobrino, que tenía unos ingresos de más de doscientas libras al año, podría ser un buen partido para su hija soltera.

—También sabemos —dijo Peter, de nuevo relevándola— que el sobrino de Blood regaló a Edwards un par de pistolas con montura de plata para sellar el acuerdo. Edwards picó el anzuelo e invitó a Blood y a George a cenar en sus aposentos, en lo más alto de la Torre Martin.

—¿Y qué pasó con la mujer de Blood? —preguntó Beth—. ¿No fue invitada a la cena?

Peter y Artemisia se miraron y respondieron a la vez:

—Ni idea, mamá.

—Lo que sí sabemos —añadió Artemisia— es que Blood le prometió al señor Edwards que llevaría a su sobrino a la Torre la mañana del 9 de mayo de 1671 para que pudieran firmar el contrato matrimonial. Y hasta ahí hemos llegado. Pero vamos a ir a ver al coronel Blood antes de empezar el siguiente capítulo.

—Y a Guy Fawkes —dijo Peter.

—¿En una obra de teatro o en una película? —preguntó Ross.

—Ni lo uno ni lo otro —respondió Peter—. Los dos están en el Museo de Cera de Madame Tussauds, y el mes que viene vamos de excursión con el cole.

—Pero no nos dejan ir —dijo Jojo— a no ser que nos acompañe un adulto.

—¿Qué día del mes que viene? —preguntó William, echando un vistazo a su agenda.

—El miércoles 14 de mayo.

—Me temo que ese día tengo una reunión de la junta directiva —dijo Beth— de la que no me puedo escapar. Así que tendréis que acompañarlos uno de vosotros.

—Esperemos que no sea el día del Discurso de la Reina —dijo William—. No creo que a su majestad le hiciese mucha gracia que no me presentase a trabajar porque mi hija quiere que vaya al museo de cera.

—Entonces tienes que venir tú, papá —dijo Jojo, volviéndose hacia su padre—. ¡Porfi, di que sí!

William miró a su amigo, consciente de que el 14 de mayo el caso de Ross podría haberse iniciado ya y si el veredicto no le era favorable no iba a poder llevar a Jojo a ningún sitio. Los dos sabían que solo era cuestión de tiempo que tuviese que contárselo a su hija… Esperó a que Beth subiese a acostar a los niños antes de enfrentarse al problema. Ya había hablado de ellos con el Halcón, que le había recomendado que reservase tan delicado tema para la intimidad de la casa de William y no para Scotland Yard, donde hasta las paredes tenían oídos.

William había repasado mil veces las preguntas, incluso el orden en el que las respondería, al tiempo que aceptaba que seguramente Ross le sorprendería.

Mientras Beth estaba acostando a los niños, William sirvió a su amigo una copa de Jameson's y se la dio mientras tomaba asiento. Respiró hondo antes de pronunciar la primera frase, que tan bien preparada llevaba.

—En algún momento tendremos que hablar de tu futuro, y habrá que ponerse en lo peor.

192

—Al grano —dijo Ross, bebiendo un buen trago.

William se levantó y empezó a pasearse por la habitación hasta que se plantó delante de Ross.

—Si te declaran culpable de intentar influir en un miembro del jurado, podrían caerte dos años y, teniendo en cuenta que eres un agente de policía en activo, puede que más.

—¡Pero soy inocente, como bien sabes! —protestó Ross—. Y seguro que cualquier jurado…

—Se basará en las pruebas que les presenten en el tribunal, y en estos momentos no parecen muy alentadoras que digamos. Así que, aunque solo sea por el bien de Jojo, quizá haya llegado la hora de que consideres todas las posibilidades.

Ross guardó silencio unos instantes antes de responder:

—Sé que aún queda bastante tiempo para que empiece el juicio, pero no pienses que no he reflexionado mucho sobre el tema. Ya he emitido una orden de pago periódico para el colegio de Jojo, además de un pago mensual a Beth que debería cubrir con creces cualquier gasto extra.

—De modo que le has estado dando vueltas —dijo William, sonando aliviado.

Ross miró a su amigo, dejó el whisky y reconoció:

—En el último mes, poco más he hecho.

De nuevo, William titubeó antes de atreverse a preguntar:

—¿También has decidido si quieres que Jojo tenga permiso para ir a verte a la cárcel?

—Jamás —dijo Ross con firmeza—. No quiero que vea a su padre en la cárcel rodeado de un hatajo de delincuentes, algunos de los cuales están allí por mí y estarían encantados de meterse con ella a la menor oportunidad. No quiero que esa sea la imagen que le quede de su padre. Jamás —repitió.

—Pero podría ser ya una joven cuando salieras.

—Pues qué le vamos a hacer —dijo Ross, con una rotundidad que no admitía discusión.

—¿Eso se extiende a Beth y a mí?

—No. Creo que podré soportar veros de vez en cuando —bromeó, intentando aligerar el ambiente.

William se habría reído de no ser porque aún no había llegado al final de su inventario.

—También tendrás que preparar una bolsa con todos los artículos básicos que te permiten tener en prisión.

—Una bolsa de viaje —dijo en voz baja Ross—. Aunque me temo que será un viaje largo.

—Y si finalmente ocurre lo peor, ¿quién se lo dice a Jojo?

—Sin duda, Beth —dijo Ross sin pensárselo dos veces.

—¿Y qué quieres que le diga Beth?

—Que me han encargado una misión importante en el extranjero y estaré fuera un tiempo.

—Eso no cuela, Ross, y lo sabes. Algún compañero de clase que no sea precisamente un buen amigo disfrutará contándole la verdad, y no debería enterarse de esa manera.

—Sí, tienes razón. Habrá que informar también a la señorita Clarke, aunque seguro que permite que Jojo falte al colegio mientras se celebra el juicio. —Ross apuró la copa de un trago, se recostó y se tapó los ojos—. A veces se me olvida lo afortunados que somos Jojo y yo de formar parte de tu familia —susurró.

—Bueno, esperemos que simplemente estemos tomando todas las precauciones necesarias para una contingencia que no va a suceder.

—Eso resume bastante bien quién soy —dijo Ross.

Capítulo 19

Era esa época del año en la que no se sabe bien si es el final del invierno o el comienzo de la primavera. Los seis conspiradores embarcaron en el yate de Miles en distintos muelles del Támesis, y acabaron todos sentados a la misma mesa de la cubierta inferior. Y no porque estuviesen invitados a cenar.

Booth Watson fue el último en llegar, y una vez que se hubo sentado a la mesa de la sala de juntas, Miles asumió el papel de presidente. Lamont, en calidad de segundo de a bordo, se sentó a su derecha, y Booth Watson a su izquierda. Phil Harris, Collins y el Suplente ocupaban los tres lugares restantes.

No había orden del día ya que no podían permitirse poner nada por escrito. Todos los detalles quedarían registrados en su cabeza.

—A su izquierda pueden ver la Torre de Londres, construida por Guillermo el Conquistador en el año 1075… —Se oyó por el altavoz de una embarcación turística que pasaba a su lado.

En la cubierta inferior del yate privado de Miles Faulkner, en torno a una gran mesa circular, la Torre estaba siendo objeto de una crónica más actualizada sobre su futura historia.

—Como los cinco años de la legislatura están a punto de cumplirse, es probable que a corto plazo se convoquen elecciones generales —explicó Miles, abriendo la reunión—, y por tanto no es demasiado difícil predecir el día del Discurso de la Reina, que siempre cae en el segundo miércoles después de que se haya formado el

195

nuevo gobierno. Eso significa que solo disponemos de un par de meses como mucho para organizarlo todo. Con esto en mente, quiero pedirle ahora a Bruce que nos ponga al día.

Lamont desenrolló un gran mapa de Londres y lo desplegó en el centro de la mesa, sujetando los bordes con cuatro ceniceros. Había seis rutas alternativas desde Scotland Yard señaladas con rotuladores de diferentes colores, y todas desembocaban en la Puerta de los Traidores.

—No sabremos qué ruta tomará el grupo oficial hasta el último momento —dijo Lamont—, de modo que todos los miembros del equipo tienen que estar preparados para moverse en cuanto se les diga.

—Nuestra meta principal tiene que ser retener el coche del lord chambelán el tiempo suficiente para que pueda usted sustituirle —añadió Miles—. Tan importante como esto es que antes de que aparezca él se haya marchado usted de la Torre con las joyas de la Corona.

—Para ello, tendré tres taxis «ocupados» estacionados aquí, aquí y aquí —siguió Lamont, colocando tres azucarillos en sendas intersecciones del mapa—. Una vez que sepamos qué ruta ha elegido Warwick, nuestros taxis llevarán a esos pasajeros gratis a los lugares elegidos y los dejarán allí. Pero es fundamental que sigamos siendo las únicas personas conscientes de lo que realmente estamos tramando, que no salga de este selecto grupo.

—Fundamental —repitió Miles, mirando a su alrededor—. Como alguien se vaya de la lengua, no dudaré en suspender toda la operación. Empecemos por el momento en el que Warwick sale de Scotland Yard en el Land Rover de refuerzo y se dirige hacia el palacio de Buckingham. Quiero estar seguro de que siempre vayamos un paso por delante de él. ¿Bruce?

—Habrá un expolicía escondido dentro de la estación de metro de St James Park, enfrente de Scotland Yard —dijo Lamont, poniendo un salero en el mapa—, y en cuanto aparezca Warwick anotará el número de matrícula de su Land Rover. Entonces nuestro hombre le pasará esa información a un garaje del East End que fabrica matrículas falsas en cuestión de minutos. La idea es que nuestro Land Rover ya las tenga puestas antes de que Warwick salga de Buckingham Palace acompañando al auténtico lord chambelán, unos cuarenta minutos más tarde.

—Gracias a Phil Harris —siguió Miles—, sabemos cuál es la matrícula del Jaguar del lord chambelán, y los duplicados ya se han hecho y se le pondrán a nuestro Jaguar idéntico la noche anterior.

—Para cuando los dos coches oficiales salgan del palacio de Buckingham —continuó Lamont—, estaremos esperando en el aparcamiento subterráneo del hotel Tower, apenas a un par de minutos de la entrada trasera de la Torre, listos para ponernos en marcha.

—Durante el trayecto —intervino Harris—, Warwick siempre llama a la Torre para decirles que va de camino. Después, no dice ni mu hasta que llega a la puerta Este.

— A no ser que detecte algo que le suene raro —dijo Lamont—. En cuyo caso abortará toda la operación.

—Y no tendremos una segunda oportunidad —aclaró Miles—. Así que más os vale que si se va todo al garete no sea por culpa de ninguno de vosotros —añadió con un tono cortante en su voz.

—Pero si todos los demás representan bien su papel ese día —dijo Lamont—, se supone que nos sobrarán diez o doce minutos antes de que llegue la auténtica comitiva. Aunque será mejor que se imaginen que disponen de setecientos veinte segundos.

—Contamos con dos o tres cosas a nuestro favor —les recordó Miles—. Para empezar, tenemos a un conductor que será inmediatamente reconocido por los guardas que guarnecen la puerta Este, y, sobre todo, a un jefe de alabarderos que conoce a Phil desde hace años. Añádase a esto que el gobernador residente de la Torre es nuevo y, según nos ha confirmado Phil, el lord chambelán y él se van a conocer ese mismo día.

—Pero todavía tenemos el problema de la contraseña —les recordó Booth Watson—. Hasta que empiece la partida, ni siquiera Warwick la conocerá.

También para eso estaba Harris preparado.

—A mí nunca me dicen la contraseña hasta el último momento. Sin embargo, una persona que siempre es de las primeras en ser informadas del secreto es la esposa del gobernador residente, porque cada mañana lleva en coche a sus dos niños al colegio de la City, que está a menos de dos kilómetros de distancia, y no podría volver a entrar si no se supiera la contraseña.

—Eso no resuelve el problema de cómo averiguar cuál es.

—Un miembro de mi equipo —dijo Lamont— lleva un mes trabajando de cobradora en la puerta principal, y cuando la mujer del gobernador salga esa mañana a llevar a los niños al colegio, le preguntará si conoce la contraseña. Treinta segundos más tarde, aparecerá en la pantalla de mi móvil.

—No es un método infalible —dijo Miles—. Asegúrese de que tenemos un plan B por si algo sale mal cuando llegue el momento.

—¿Como qué? —preguntó Lamont.

—Como que la esposa del gobernador se limite a responder que sí cuando le pregunte si se sabe la contraseña.

Lamont aceptó la reprimenda y se dijo para sus adentros que iba a tener que hablar otra vez con la chica para asegurarse de que tenía un plan B si fallaba este.

—¿Quién va a sustituir al inspector Hogan como compañero de Warwick? —preguntó Booth Watson, pasando al siguiente punto—. Porque Hogan no va a ser, desde luego; les garantizo que tendrá otro compromiso.

—Yo diría que el sargento Paul Adaja —dijo Lamont—. Y no olviden que también será su estreno. Pero haré que nuestro hombre de la estación de metro de St James Park me informe de quién va al lado de Warwick en el mismo instante en el que el Land Rover de la policía salga de Scotland Yard.

—¿Los demás especialistas están ya plenamente informados y preparados? —Fue la siguiente pregunta de Faulkner.

—Summers, Atkins y Ellwood, que tuvieron que dimitir por culpa de Warwick, están encantados de ser nuestros escoltas motorizados de élite.

—¿Cómo van a conseguir las tres motos del Grupo de Escolta Especial? —preguntó Booth Watson.

—Ya me he encargado yo de que esa mañana desaparezcan de una cochera de la policía de Wandsworth. Serán devueltas esa misma tarde —dijo Lamont—. El alquiler diario no salía barato.

—¿Saben para qué las necesitamos? —preguntó Booth Watson.

—No preguntaron.

—¿Y qué me dice de las madres y los cochecitos de bebé? —preguntó Miles.

—Tendremos tres cochecitos de bebé en cada lugar, con sus madres respectivas esperando a descubrir qué ruta sigue el lord chambelán. Eso sí, solo necesitaremos uno.

—Y recuerden: nada de niños. Son una especie que no podemos controlar.

—Estamos de acuerdo —dijo Lamont.

—¿Tendremos a un agente uniformado listo para recibir a Warwick cuando esté a kilómetro y medio de la Torre?

—Ya está resuelto. He contratado a un actor que se ha tragado que está haciendo una audición para un anuncio. El otro día lo vi representando su papel y lo hizo de maravilla. Y encima solo espera cobrar de acuerdo con las tarifas del Sindicato de Actores.

—Asegúrese de que no sobreactúa —comentó el Suplente, hablando por primera vez.

—¿Me permite que le pregunte por qué tiene usted acento escocés? —dijo Miles.

—El actual lord chambelán es el decimotercer conde de Airlie, un título escocés hereditario. Tiene un deje típicamente edimburgués. Llevo un mes trabajando en ello.

Miles miró al hombre —cuyo verdadero nombre aún no conocía— y asintió con la cabeza, un gesto que era su máxima expresión de respeto por alguien. Volvió a dirigirse a Lamont.

—Motoristas, mecánicos, matrículas, cochecitos de niño, taxistas y un agente uniformado solitario. ¿Me dejo algo en el tintero?

—Peatones —dijo Lamont—, que estarán apostados en cada cruce de la ruta elegida listos para moverse.

—¿Y para qué?

—Habrá miembros de mi equipo esperando en cada paso de cebra de la ruta. En cuanto aparezca el coche del lord chambelán, cruzarán la calle sin prisas. En el ensayo que hicimos la semana pasada, ganamos cuatro minutos y veintidós segundos con la retención del tráfico.

—Ya lo dijo Milton: «También les sirve quienes solo están de pie y esperan» —citó Booth Watson.

—Y ahora, repasemos el papel de cada uno el día en cuestión —dijo Miles mientras Collins le rellenaba la copa de *whisky*—. Empecemos por usted, Phil.

—Cuando lleguemos a la Torre, le diré la contraseña al guardia de servicio. La barrera subirá y se abrirá la puerta Este.

—¿Cómo irá vestido, Phil? —preguntó el Suplente.

—El lord chambelán nunca me llama Phil. Tendrán que acostumbrarse a llamarme Harris si no quieren que el personal de la Torre sospeche.

—¿Cómo va a ir vestido, Harris?

—Con el uniforme de chófer que siempre llevo para la ocasión.

—¿Y usted? —preguntó Miles, mirando al hombre sin nombre.

—El lord chambelán se hace los trajes a medida en Gieves and Hawkes. Es un pelín más delgado que yo, así que he tenido que perder un par de kilos y estrecharme un poco los pantalones.

—¿Y usted, Bruce? —preguntó Miles, volviéndose hacia Lamont.

—Llevaré un uniforme de comisario con el que me quedé después de abandonar el cuerpo. He tenido que añadir una estrella a las dos charreteras, así que tendré el mismo rango que Warwick. Además, llevaré una gorra de visera con galón de plata, para que cueste verme la cara.

—No olviden que será la primera vez que el gobernador participe en la ceremonia —les recordó Harris—, así que también él estará en terreno desconocido.

—¿Y usted, Collins? ¿Dónde va a estar mientras pasa todo esto?

—Al volante del Land Rover, con cara de angelito.

Por primera vez hubo risas.

—No es para reírse —dijo Miles, cortante—. No solo tenemos que parecer angelitos, sino que además no podemos desentonar. Bueno, ¿y qué sucede una vez que aparque usted el Jaguar delante de la Casa de las Joyas?

—El gobernador residente hará pasar al lord chambelán para que recoja los dos estuches que contienen la Corona imperial del Estado y la Espada del Estado.

—¿Y cuando vuelvan a salir?

—Irán acompañados por dos custodios de la Casa de las Joyas que meterán los dos estuches en el maletero del Jaguar —dijo Harris—. Debo advertirles de que el gobernador residente suele quedarse unos minutos charlando con el lord chambelán antes de volver a subirse al coche.

—Esta vez, no —dijo Miles—. Serían unos segundos desperdiciados. Su señoría estrechará la mano del gobernador y le propondrá que coman algún día en su club... ¡Nada más!

—¿Cómo se llama el club del lord chambelán? —preguntó Lamont.

—White's —respondió el hombre sin nombre—. Está en lo alto de St James's.

Daba gusto tratar con profesionales, se dijo Miles.

—¿Qué pasa después?

—Cuando vuelva a ponerme al volante —dijo Harris—, los motoristas de élite se pondrán en marcha. Toda esta maniobra suele tardar entre catorce y quince minutos.

—Vamos a ir muy justos de tiempo —dijo Miles.

—Si mi equipo cumple con su parte correctamente, no —dijo Lamont.

—Cuando se vayan —siguió Harris—, yo saldré de la Torre conduciendo despacio, cruzaré el puente levadizo central por el Embankment y volveré a pasar por la puerta Este. En cuanto estemos en la calle principal, lo normal sería que volviésemos al palacio por la ruta más corta posible.

—¿Pero esta vez no? —dijo Miles.

—No. Dejaré atrás la parte delantera de la Torre como si volviese a Westminster, pero al cabo de unos cien metros doblaré a la izquierda y me quedaré en All Hallows by the Tower, una iglesia que tiene cuatro huecos para aparcar.

—Pero si solo pueden aparcar cuatro coches —empezó a decir Booth Watson—, ¿qué pasará si...?

—He tenido a una persona vigilando la iglesia la semana pasada —dijo Lamont—. Solo se llena para los maitines de los domingos por la mañana. Hasta el reverendo Pascoe va en metro.

Booth Watson asintió con la cabeza; no podía menos que admirar la infalible atención de Lamont a los detalles.

—Cuando aparque —dijo Miles—, los siguientes dos o tres minutos, antes de que cada uno se vaya por su lado, pueden ser cruciales. ¿Bruce?

—Después de salir de la Torre —dijo Lamont— y antes de llegar a All Hallows, yo me habré cambiado el uniforme de policía por ropa de paisano, así que cuando salga del coche nadie se fijará en mí. Lo he ensayado varias veces, y puedo completar la maniobra en un minuto cuarenta segundos. Lo único que podría retrasarme es atar y desatar los cordones de los zapatos.

—¿Y si se pone zapatos sin cordones? —sugirió Miles.

—Warwick jamás lleva zapatos sin cordones cuando está de servicio —dijo Lamont.

Miles volvió a hacer una leve inclinación de cabeza.

—¿Y usted, Harris?

—En cuanto los dos coches hayan aparcado en el patio de la iglesia, abriré el maletero, sacaré el estuche pequeño, que es el que contiene la corona, y lo meteré en una bolsa de la tienda de la Torre de Londres.

—Bonito detalle —dijo Booth Watson.

—Luego, le daré la bolsa a Collins, cerraré el maletero (pero no con llave) y dejaré la Espada del Estado.

—Y por último… —dijo Miles.

—Cruzaré la calle para coger un taxi al aeropuerto de la City de Londres, donde embarcaré en el primer vuelo que salga del país.

—¿Vaya adonde vaya? —preguntó Booth Watson.

—Vaya adonde vaya —repitió Harris—. No pienso quedarme por aquí rondando cuando los aeropuertos van a ser los primeros lugares que inspeccione la policía, y yo la primera persona a la que busquen.

—¿Cuál es su destino final? —preguntó Booth Watson.

—Eso solo lo sabe el señor Faulkner, y quiero que siga siendo así.

—Pero los demás —intervino Lamont— debemos recordar que la hora siguiente a cualquier delito se conoce por el nombre de «la hora dorada», y es cuando más posibilidades tiene un poli de atrapar a un delincuente. No olviden que durante esa hora habrá cuarenta y dos mil ojos buscándonos…

—Y me encargaré de que todo el mundo sepa exactamente dónde estoy mientras todos ustedes están en la Torre cogiendo las joyas de la Corona —dijo Miles.

Nadie preguntó lo obvio, y Miles no hizo ningún esfuerzo por aclarárselo. Booth Watson sonrió al pensar que *sir* Julian Warwick sería el principal testigo del paradero de su cliente esa mañana, y que por tanto no tendría más remedio que confirmar la coartada que tan bien había planeado.

—¿Alguna pregunta? —dijo Miles mientras el yate amarraba en el muelle de la Tate Gallery.

Capítulo 20

—Hay varias cuestiones que tenemos que discutir —dijo el Halcón en cuanto el equipo se hubo acomodado—. Pero empecemos con una buena noticia y felicitemos al subinspector Adaja por su ascenso a inspector.

Dieron fuertes golpes en la mesa, y Paul trató de mostrar la modestia debida. No lo consiguió.

—La siguiente noticia no es tan buena —continuó el Halcón con tono más sombrío—. La Fiscalía de la Corona, en su infinita sabiduría, ha decidido presentar cargos en contra del inspector Hogan, y su caso se celebrará en el Old Bailey en un futuro no muy lejano. Como sabéis, se le ha expulsado temporalmente, y debo advertiros, una vez más, que no os pongáis en contacto con él hasta que el juicio haya terminado. ¿Está claro?

El silencio glacial y las miradas inexpresivas indicaban que sí, que estaba claro, aunque William no dijo que él ya se había saltado esa advertencia en varias ocasiones.

—Pasemos a nuestras responsabilidades inmediatas —prosiguió el Halcón—. Ahora que el primer ministro ha convocado elecciones generales para el uno de mayo, somos responsables de proteger tanto al señor Major como al señor Blair durante el periodo previo a la jornada electoral.

»Contaremos con la ayuda de nuestros colegas de Protección Diplomática, ya que durante las campañas electorales la familia real hiberna para evitar implicarse en disputas políticas.

»Comisario jefe Warwick —dijo, dirigiéndose a William—: tú te encargarás del destacamento del primer ministro. El inspector Adaja será responsable del líder de la oposición. Si podemos fiarnos de las encuestas, Paul, el señor Blair será nuestro próximo primer ministro y como tal habrá que tratarle, porque jamás, repito, jamás manifestaremos ningún sesgo político.

A William le hizo gracia pensar que había votado a los tres partidos a lo largo de su vida y en esta ocasión aún no había decidido su voto.

—Jackie —continuó el Halcón, volviéndose hacia la subinspectora Jackie Roycroft—, tú te harás cargo del destacamento del ministro del Interior, y tú, Rebecca, estarás al frente del equipo del ministro de Economía. Protección Diplomática cubrirá la agenda del ministro de Asuntos Exteriores así como la del ministro para Irlanda del Norte. Pero si algo saliera mal en las próximas semanas, no hay premio por adivinar quién cargará con la culpa. Teniendo esto en cuenta, os aconsejo a todos que tachéis en vuestras agendas todos los días de aquí al dos de mayo. Que ni se os pase por la cabeza acostaros antes que los ministros, y aseguraos de que os despertáis antes de que suene el despertador por la mañana. Y finalmente, recordad que solo se puede asistir a los funerales de parientes cercanos. ¿Alguna pregunta?

Transcurrió casi una hora antes de que el Halcón pasase por fin al último punto del orden del día.

—Si declaran culpable a Ross...

Las elecciones generales son siempre una época agotadora para los agentes de protección policial, porque tienen que liberar a sus ministros y permitir que vayan a distritos electorales marginales para ayudar a los posibles candidatos a buscar votos.

Los ministros del Gobierno y los portavoces de la oposición se dedican a pasearse despacio por calles principales que no conocen, escuchando atentamente las opiniones de los vecinos.

«Claro, claro, tiene usted razón, caballero», dirá uno.

«Lo tendré en cuenta, señora», prometerá otro.

«Le transmitiré sus opiniones al primer ministro la próxima vez que lo vea», dirá un tercero. Pero siempre terminan con las palabras: «Espero poder contar con su voto el día...». Y la fecha de las elecciones generales solo se menciona si el ministro en cuestión está convencido de que el elector va a apoyar a su candidato.

William decidió utilizar el periodo previo a las elecciones para observar a sus mejores agentes de protección ministerial en acción. Empezó con el líder de la oposición, Tony Blair («¿qué es lo primero que hará si es/cuando sea elegido primer ministro?»). Jackie estaba cubriendo al ministro del Interior («unas cuantas preguntas duras sobre inmigración»), y luego estaba el ministro de Hacienda, que era responsabilidad de Rebecca («Gran Bretaña no debería haberse sumado al Mecanismo de Tipos de Cambio europeo»). Por último, el más sensible de todos, el ministro de Irlanda del Norte, que rara vez abandonaba la seguridad de su coche.

Su último cometido fue el primer ministro, al que era fácil encontrar escuchando atentamente la enésima repetición de las mismas opiniones sin que diera la impresión de que se aburría. Durante la campaña, John Major hizo varias visitas a circunscripciones electorales en las que el escaño se había ganado por un escaso margen de votos, con la esperanza de inclinar la balanza a favor de su partido.

William se mantenía en un discreto segundo plano, observando cómo sus agentes se volcaban en su trabajo. Informaba al comandante de manera regular para hacerle saber lo profesionales que eran, y eso que a menudo estaban sometidos a una gran presión. Llamaba a casa casi todas las noches para hablar con Beth y los niños, y no le dijo al Halcón que seguía manteniendo un contacto habitual con Ross porque la fecha del juicio, al igual que la de las elecciones generales, se acercaba inexorablemente. Estaba seguro de uno de los resultados, pero no del otro.

William pensaba con frecuencia que, si Ross hubiese seguido siendo el agente de protección personal de la princesa Diana, ninguno de los problemas a los que se estaba enfrentando ahora habrían surgido. Cuando compartió estas reflexiones con Beth, lo único que dijo ella fue:

—Y si hubiese seguido, tal vez ahora estaría enfrentándose a un problema aún mayor.

Ahora que solo faltaban unos días para las elecciones generales, el primer ministro volvió a su circunscripción de Huntingdon, mientras que Tony Blair viajó a Durham.

Cuando el sol salió el uno de mayo para que los ciudadanos pudiesen ir a votar, William por fin había decidido a qué partido iba a apoyar.

A las cuatro de la madrugada siguiente, estaba claro que el Nuevo Laborismo había ganado por una mayoría abrumadora. Por primera vez en dieciocho años, había mandado a los conservadores a la oposición.

Al volver de la audiencia con la reina en el palacio de Buckingham, el señor Blair anunció desde los escalones del número 10 de Downing Street que su majestad había accedido a pronunciar el Discurso de la Reina ante la Cámara de los Lores el miércoles 14 de mayo, justo como había predicho Booth Watson.

Artemisia y Peter empezaron el último capítulo de su ensayo sobre el coronel Blood, sin permitir que las elecciones afectasen a sus oportunidades de ganar el concurso.

William volvió a Scotland Yard harto —al igual que la ciudadanía— de las elecciones generales. Le aliviaba pensar que, en cuatro años, como mínimo, no habría otras elecciones. Había votado por el Partido Laborista.

Ross pasó el día de las elecciones reunido con *sir* Julian Warwick para prepararse el primer día del juicio. No votó.

La mañana de las elecciones, Miles convocó una reunión del equipo en su yate para ultimar los pormenores de la Operación Rescate de la Reina. Había votado al Partido Conservador.

Booth Watson se metió tan a fondo a preparar su declaración inicial para el juicio de la Corona contra Hogan que se olvidó de votar.

Miles Faulkner, Ross Hogan, William Warwick, Booth Watson y los gemelos esperaban ganar. Pero todos tenían otras cosas en mente.

Capítulo 21

El Tribunal Penal Central, más conocido como el Old Bailey, parece un teatro en noche de estreno.

Aunque las puertas de los tribunales no se abren hasta treinta minutos antes de que suba el telón, entre bastidores ya hay mucho trajín. Los actores —el juez, los abogados litigantes y los asesores— están todos ensayando su papel. Los críticos —el jurado, con palco propio en primera fila— aguardan para considerar su veredicto sobre la obra y las actuaciones. Entre bastidores, con los nervios de las noches de estreno, los dos protagonistas, el inspector Hogan y la señora Kay Dawson, esperan a sentarse en el banquillo de los acusados y a subir al estrado, respectivamente. Los dos tienen todo que perder.

En el escenario ya está el secretario del tribunal. Su deber es asegurarse de que todo el atrezo se encuentra a punto antes de que se levante el telón. La siguiente en aparecer será la taquígrafa del tribunal, que registrará cada palabra de las actas de un guion aún no escrito.

Una vez abiertas las puertas, los ciudadanos toman asiento en el palco que da al escenario. Como en cualquier función del West End, solo hay lleno cuando se trata de un gran éxito.

Después entra la prensa, que ha reservado localidades en el patio de butacas. Por lo general se quedan vacías, pero en esta ocasión no, porque el caso ofrece a los lectores todos los ingredientes que más disfrutan durante el desayuno: sexo, corrupción policial y dinero. La única gran diferencia entre el Old Bailey y el West End es que en el primero nadie puede estar seguro de cómo acabará la función.

Para las 09:50 de la mañana, casi todos los actores están preparados salvo su señoría la jueza Stephens. Mientras tanto, el señor Booth Watson, en representación de la Corona, está repasando su declaración inicial mientras *sir* Julian Warwick, a cargo de la defensa, charla con su ayudante, la señora Grace Warwick, y con la abogada instructora, la señora Clare Sutton, que no dirán absolutamente nada hasta que suba el telón para dar paso al segundo acto.

Por la izquierda del escenario, el inspector Hogan será el siguiente en aparecer. Irá acompañado por dos guardias de seguridad y tomará asiento en el banquillo unos segundos antes de que comience el proceso.

Cuando el reloj da las diez, la jueza Stephens entra en escena y todo el patio de butacas se pone en pie. La jueza hace una reverencia y el saludo le es devuelto antes de que tome asiento, en mitad del escenario, en una silla con respaldo alto situada en una plataforma elevada.

Se ajusta la toga, abre el cuaderno de cuero rojo que tiene delante, quita el capuchón a la estilográfica, se reclina y le hace una seña con la cabeza al secretario del tribunal. Todos permanecen en silencio mientras los siete hombres y las cinco mujeres entran en fila y se van acomodando en la tribuna del jurado, que tiene unas vistas imponentes del escenario. Una vez sentados, el secretario mira al acusado desde su mesa y dice:

—Levántese el acusado.

El inspector Ross Hogan, vestido con un traje gris oscuro, camisa blanca y corbata de la Policía Metropolitana, se levanta y mira directamente a la jueza, que le observa desde arriba.

—Inspector Hogan —dice el secretario con voz nítida—. Se le acusa de intentar pervertir el curso de la justicia. ¿Cómo se declara?

—Inocente —respondió Ross, sin apartar la mirada de la jueza.

El secretario se sentó. Era la indicación para que la jueza pronunciase sus primeras palabras.

—Señor Booth Watson —dijo, mirando al estrado—, ¿está usted preparado para pronunciar su declaración inicial?

—Por supuesto, señoría —dijo Booth Watson, inclinando ligeramente la cabeza antes de carraspear—. Señoría, creo que tanto usted como el jurado verán que este no es más que un simple caso de corrupción policial en el que un agente con experiencia se aprovechó de una mujer ingenua e inocente.

Después de disparar su salva inicial, Booth Watson pasó a resumir la presentación de la fiscalía, y cuarenta minutos más tarde, después de tachar al inspector Hogan de libertino, tramposo y corrupto, rayando en maligno, volvió a sentarse con cara de satisfacción. Si el jurado hubiese tenido que emitir un veredicto en ese momento, Ross habría sido ahorcado, arrastrado y descuartizado.

La jueza, que había visto de todo, no estaba tan dispuesta a dar por hecho la culpabilidad, y después de que Booth Watson pronunciase su declaración inicial, le miró y dijo:

—La fiscalía puede llamar a su primer testigo.

Booth Watson se levantó de nuevo y dijo:

—Llamo a la señora Kay Dawson.

—Señora Kay Dawson —resonó por el pasillo. Instantes después, una mujer madura entró en el tribunal y se dirigió lentamente al estrado sin mirar siquiera al acusado que estaba en el banquillo. Llevaba un elegante traje blanco, una blusa blanca abrochada hasta el cuello, un sencillo broche de marcasita y poco maquillaje. Se había vestido para el jurado.

Una vez en el estrado, la mujer cogió con la mano derecha el ejemplar de la Biblia de rey Jacobo y leyó el juramento de una tarjeta que le enseñó el secretario.

—Juro que las pruebas que voy a dar son la verdad, toda la verdad y nada más que la verdad. Con la ayuda de Dios —añadió, aunque no estaba en la tarjeta.

El señor Booth Watson miró a la testigo y con voz dulce y reconfortante preguntó:

—¿Podría por favor decirnos su nombre y ocupación para que conste en acta?

—Me llamo Kay Dawson, y soy dependienta en el Marks and Spencer de Bromley.

—¿Podría por favor informar al tribunal de cómo entró por primera vez en contacto con el acusado?

—Fui miembro de un jurado en el tribunal de Southwark Crown, donde el inspector Ross Hogan estaba declarando a favor de la Corona en un caso de drogas.

—¿Hubo algo en su declaración que la sorprendiera?

—Absténgase de sugerir respuestas —murmuró *sir* Julian.

—Sí. No paraba de mirarme, y al salir del estrado me guiñó un ojo.

—¿Le guiñó un ojo? —repitió Booth Watson con tono de incredulidad—. ¿Y cuándo volvió a encontrarse con el inspector Hogan?

—Esa misma tarde. Había salido del tribunal a última hora y me dirigía a casa cuando nos cruzamos por la calle. No le di importancia hasta que se paró, se dio la vuelta y me saludó.

—¿Cómo respondió usted? —preguntó Booth Watson.

—Vacilé, porque estaba prácticamente segura de que tenía prohibido hablar con los testigos durante el juicio. Pero me aseguró que no era el caso porque ya había hecho su declaración.

—¿Qué sucedió entonces?

—Me preguntó si quería tomarme un café con él. Le dije que sí, pero ahora me doy cuenta de que fue un error.

—Mientras se tomaban el café, ¿sacó el acusado el tema del juicio?

—No, no lo sacó. Eso vino después.

—¿Cuánto tiempo después?

—Me llamó a la mañana siguiente y me invitó a ir esa noche a su casa a tomar algo.

Sir Julian tomó nota en su cuaderno amarillo.

—¿El juicio seguía en marcha?

—Sí. Había empezado hacía varios días, y aunque estaba a punto de acabar, aquella noche todavía no mencionó el tema.

Sir Julian escribió las palabras FECHAS/HORA/LUGAR en un papelito amarillo y se lo pasó a Clare, que inmediatamente se puso a teclear en su ordenador portátil.

—Lamento tener que preguntarle esto, señora Dawson, pero durante todo ese tiempo ¿se acostó con el acusado?

Todos los ojos del tribunal estaban clavados ahora en la señora Dawson.

La testigo vaciló por primera vez y, en lo que a *sir* Julian se le antojó un gesto muy ensayado, inclinó la cabeza y dijo muy bajito:

—Sí. —Hizo otra pausa—. En aquel momento mi matrimonio estaba atravesando un bache, que por fortuna ya hemos superado.

—Me alegro de saberlo —dijo Booth Watson.

—Mucho cuidado con lo que dice, señor Booth Watson —dijo severamente la jueza, mientras que *sir* Julian ya se había levantado.

Booth Watson inclinó la cabeza, pero no tenía una expresión precisamente arrepentida.

—¿Y volvió a ver al acusado después de pasar la noche del viernes con él?

—Sí. Volvimos a quedar la noche del domingo.

—¿La víspera de que se pronunciase el veredicto?

—Sí —dijo la señora Dawson, inclinando la cabeza.

—¿Y fue entonces cuando intentó influir en su decisión?

—No directamente, pero sí que me dijo algo acerca del acusado que ahora comprendo que me hizo cambiar de idea antes de tomar una decisión definitiva a la mañana siguiente.

—¿Y qué fue lo que le dijo?

—Me dijo que el acusado era un delincuente conocido y que tenía un historial larguísimo.

Booth Watson esperó a que los susurros se acallasen antes de pasar a la siguiente pregunta.

—Para que quede constancia, señora Dawson, ¿cuál fue el veredicto del jurado?

La señora Dawson miró a la jueza y dijo:

—Culpable.

—Qué bien ha memorizado su papel —dijo Julian, lo suficientemente alto para que lo oyese Booth Watson.

—¿Ha dicho algo, *sir* Julian? —preguntó la jueza.

—Simplemente estaba felicitando a mi distinguido colega por lo bien que está llevando el caso —dijo *sir* Julian, sin apenas levantarse.

—De aquí en adelante, *sir* Julian, se cuidará de expresar sus opiniones. Por favor, señor Booth Watson, prosiga.

—Gracias, señoría. ¿Puedo preguntarle, señora Dawson, qué habría votado si no hubiese sido informada de que el acusado tenía un largo historial? —dijo Booth Watson, sin apartar los ojos del jurado.

—Y dale, otra vez erre que erre —dijo *sir* Julian, sin poder contenerse.

—*Sir* Julian, está poniendo a prueba mi paciencia.

Julian se levantó otra vez a medias e inclinó la cabeza con desgana.

—No permita que mi distinguido colega le impida contarnos qué sucedió mientras el juicio seguía celebrándose, señora Dawson —dijo Booth Watson con voz melosa a la vez que se volvía para mirar a la testigo y le dedicaba otra sonrisa alentadora.

—A decir verdad —dijo la señora Dawson—, hasta ese momento no había decidido aún en qué sentido iba a votar, pero confieso que sí que permití que las palabras del inspector Hogan me influyeran.

—Se sabe su papel al dedillo —susurró Julian en voz baja, y gracias al sonido ambiente la jueza no oyó el comentario.

—Y una vez que se hubo terminado el juicio —dijo Booth Watson en cuanto pareció que se restablecía cierto orden—, ¿mantuvo la relación con el acusado?

—Durante una breve temporada, sí, pero no duró mucho más. Enseguida quedó claro que yo había cumplido mi función, y que él estaba listo para pasar página.

Booth Watson se fijó en el jurado, y quedó encantado al ver que todos los ojos estaban clavados en su cliente, y que al menos un par de ellos parecían bien dispuestos.

—¿Y qué le hizo acudir a la policía a prestar declaración? —preguntó Booth Watson.

—Por fin le confesé a mi marido que había tenido una aventura, y me dijo que mi deber era contárselo a la policía. Entre otras cosas —dijo, mirando a Hogan por primera vez—, porque lo mismo estaba acosando a otras mujeres, y ¿quién sabe cuántas más habrá habido en el pasado?

—Señoría —dijo *sir* Julian, incapaz a esas alturas de controlarse—. ¿Se le va a permitir a esta testigo ser juez y jurado?

—Estoy de acuerdo con usted —respondió la jueza Stepehens, y, volviéndose hacia el jurado, ordenó—: Ignoren la última declaración de la testigo. Ha sido un testimonio de oídas y prejuicioso, y por tanto se decide que es inadmisible. Último aviso, señor Booth Watson.

—*Mea culpa*, señoría —dijo Booth Watson, sabiendo que el hecho de que se considerase inadmisible no lo iba a borrar de las cabezas de los miembros del jurado—. Permítame concluir con algo que no es ni prejuicioso ni un testimonio de oídas —continuó, mirando directamente a la jueza—. La señora Dawson grabó su última conversación con el inspector Hogan, y acaba de salir a la luz. De modo que, con su permiso…

—¿Que acaba de salir a la luz? —dijo *sir* Julian—. Dudo que…

—Que yo sepa, *sir* Julian, la jueza de este caso soy yo. Y quizá le sorprenda saber que me gustaría escuchar la cinta.

—Pero es que no se presentó con las demás pruebas previas al juicio, señoría, así que no he podido considerar…

—Ni yo tampoco, de manera que tendrá interés para los dos. Y cuando le llegue el momento de contrainterrogar a esta testigo, *sir* Julian, no tenga la menor duda de que le daré mucho margen.

A *sir* Julian le costó controlarse mientras Booth Watson le hacía una seña con la cabeza a su ayudante, que estaba sentado tras él y, entre la expectación general, pulsó el botón de *play* de su grabadora Grundig.

—*Le hemos declarado culpable, Ross, pero yo no habría sido capaz de convencer al jurado de su culpabilidad si tú no me hubieras dicho que tenía un largo historial.*

—*Me alegra que eso te sirviera de ayuda.*

—*Cumplí mi palabra y no le conté a nadie del jurado que habíamos tenido una charla privada la víspera de que se pronunciase el veredicto.*

—*Mejor así.*

—*Los últimos días han sido de los más felices de mi vida, Ross, y ahora que el juicio ha terminado estoy deseando conocerte todavía mejor.*

—*Yo también.*

—*¿Puedo pasarme esta noche por tu casa?*

—*Lo estoy deseando.*

—*Entonces nos vemos a las ocho. Hasta luego, cielo.*

—*Hasta luego, Kay.*

Ross garabateó con furia una nota y se la pasó a un ujier, que se la llevó a la defensa. Después de leerla, a *sir* Julian no le sorprendió lo más mínimo enterarse de que, aunque las palabras de su cliente eran exactamente las que había pronunciado, las de la señora Dawson debían de haberse insertado más tarde. Le hizo llegar a Ross un papelito preguntándole si también él había grabado la conversación, y se llevó una desilusión al ver que su cliente negaba con la cabeza. ¿Hasta dónde estaría dispuesto a llegar Booth Watson para conseguir que condenasen a Ross, y quién sería su pagador?

Habiendo anotado un gol en portería abierta, Booth Watson pasó a su siguiente pregunta.

—Señora Dawson —dijo, sonando todavía más seguro—. ¿Volvió a ponerse en contacto con usted el acusado?

—No, ni una sola vez —dijo la testigo, casi en un susurro, mientras le resbalaba una lágrima por la mejilla.

—Qué lágrima más oportuna… —susurró *sir* Julian.

—Gracias, señora Dawson, por su valiente y honrada aportación, que no dudo que el jurado sabrá valorar.

Booth Watson se dejó caer en el banquillo antes de que la jueza pudiese reprenderle.

La jueza Stephens cerró el libro rojo, volvió a poner el capuchón a la estilográfica y dijo:

—Quizá sea un buen momento para hacer una pequeña pausa.

A continuación, pidió a todas las personas implicadas en el caso que volvieran a su sitio en veinte minutos, cuando la defensa empezaría a interrogar a la testigo. Sin consultar a nadie, se puso en pie y salió de la sala seguida de un ruidoso charloteo y opiniones de diversa índole. Grace fue una de las primeras personas en expresar la suya:

—La cinta no ha ayudado a nuestra causa.

—A pesar de que estaba claramente manipulada —dijo *sir* Julian, hirviendo silenciosamente, como un volcán a punto de entrar en erupción.

—Contad con que Booth Watson habrá previsto la mayoría de tus preguntas —dijo Clare, intentando que no se salieran del tema—. Así que no os sorprendáis si la señora Dawson tiene preparadas al dedillo todas sus respuestas.

—¿Nadie le ha dicho nunca a BW que va contra la ley hacer ensayar a un cliente para que se aprenda todo a la perfección? —preguntó *sir* Julian, incapaz de ocultar su enfado.

—No sirve de nada que pierdas los estribos —respondió Grace.

—¿Quién habla, mi ayudante o mi hija?

—Las dos —dijo Grace con firmeza.

—¿Os habéis fijado —preguntó Clare— en que el excomisario Lamont está al fondo de la sala, tomando notas?

—Lo cual solo confirma quién está pagando los exorbitantes honorarios de Booth Watson —dijo Grace.

—¿Por qué será que no me sorprende? —dijo *sir* Julian en el mismo instante en el que la jueza volvía a la sala y todos callaban, se levantaban e inclinaban la cabeza.

La jueza devolvió el saludo de cortesía.

—¿Está preparado para empezar su interrogatorio de esta testigo, *sir* Julian?

—Desde luego que lo estoy, señoría —dijo el abogado de la defensa mientras esperaba a que la señora Dawson regresase al estrado.

Sir Julian se ajustó la peluca, se dio unos tironcitos a las solapas de la toga y se quedó mirando a la testigo antes de hacer la primera pregunta.

—Señora Dawson, le ha dicho usted al tribunal que conoció al inspector Hogan siendo usted miembro del jurado de un juicio en el que él estaba testificando.

—Correcto —contestó la señora Dawson con seguridad.

—Pero ese juicio solamente duró tres días —dijo *sir* Julian, echando un vistazo a las anotaciones de Grace.

—Tres días en los tribunales, pero eso no incluye el fin de semana: la noche del viernes, el sábado y el domingo, antes de que pronunciásemos el veredicto el lunes por la mañana.

—Yo diría que se vieron por primera y última vez el mismo día en el que el inspector Hogan testificó.

—Por decir que no quede, *sir* Julian, pero ¿cómo puede saberlo si no estaba allí?

Entre el atento público se oyó alguna que otra risita contenida.

Grace escribió una X al lado del primer punto que había preparado la víspera para su jefe.

—También le ha dicho al tribunal —continuó *sir* Julian, intentando recuperarse— que mi cliente solo habló con usted del caso en una ocasión.

—Eso también es correcto.

—Yo diría que esa conversación fue instigada por usted, que no tuvo lugar hasta después del juicio y que duró menos de un minuto.

—Puede usted decir lo que quiera, *sir* Julian. Pero cuando Ross pronunció la frase que no se me permite repetir, puedo asegurarle que era la noche anterior a que el jurado se retirase para reflexionar sobre su veredicto. Fue durante una charla, por así decirlo, «de alcoba», pero él sabía exactamente lo que estaba diciendo y lo vulnerable que estaba yo en ese momento.

Grace echó un vistazo al jurado y anotó otra X al lado de ese punto.

—¿Dónde tuvo lugar esa aventura? —preguntó *sir* Julian.

—En su piso —respondió inmediatamente la señora Dawson.

—Que está… ¿dónde, exactamente?

—En St Catherine's Mews, SW3 2PX.

—Vaya. ¿Se sabe hasta el código postal? —dijo *sir* Julian, sin intentar disimular el sarcasmo.

—Usted me ha preguntado que «dónde, exactamente», *sir* Julian —le recordó la testigo.

Mientras otros se reían, Booth Watson se permitió una sonrisita de satisfacción.

Sir Julian cambió de rumbo.

—¿Le parecería justo que la describiese como una mujer despechada —hizo una pausa— en busca de venganza?

—De venganza no, *sir* Julian, de justicia.

Se armó un alboroto en el tribunal, incluida una salva de aplausos encabezada por Booth Watson por debajo del estrado que claramente cogió por sorpresa a *sir* Julian y no agradó a la jueza, que frunció el ceño.

Grace trazó otra X al lado de esa pregunta en particular.

Sir Julian echó un vistazo a su lista de preguntas y seleccionó una para la que le pareció imposible que estuviese preparada la testigo. La miró y dijo:

—Tómese el tiempo que necesite antes de responder a mi siguiente pregunta, señora Dawson.

La testigo agarró el pasamanos para mantener el equilibrio a la vez que le aparecía una gota de sudor en la frente.

—¿Es usted consciente de que hablar con el Ministerio Fiscal antes de que comience un juicio constituye un delito?

—Sí, lo soy —dijo la señora Dawson sin titubear.

—Entonces, ¿cuándo conoció al señor Booth Watson? —preguntó *sir* Julian.

—No lo conozco —se apresuró a responder la señora Dawson—. Lo he visto por primera vez esta mañana, al entrar en la sala.

—¿Espera que nos lo creamos? —dijo *sir* Julian, sin apartar ni un momento los ojos de la testigo.

—Sí, eso espero —dijo la señora Dawson, desafiante—, porque es la verdad.

—Hasta para esta pregunta venía preparada —murmuró Clare, que puso otra equis en su lista y supuso que *sir* Julian pasaría al siguiente punto.

—Entonces, ¿no la ha orientado ningún profesional —hizo una pausa— sobre cómo responder a mis preguntas?

Grace se quedó sorprendida, pero la jueza no hizo ningún esfuerzo por ocultar su desagrado.

—*Sir* Julian —dijo con firmeza—, eso ha estado fuera de lugar.

—¿Ah, sí, señoría? ¿No le llama la atención que una dependienta no titubee ni medio segundo antes de responder a mis preguntas?

—Señoría —dijo Booth Watson antes de que la jueza pudiera responder—, ¿no será que mi distinguido colega ha subestimado a la señora Dawson?

—No, no la he subestimado —le espetó *sir* Julian—. Pero una vez más, lo que sí he subestimado es hasta dónde es capaz de llegar mi distinguido colega para ganar un caso.

Grace se tapó los ojos mientras esperaba el estallido de ira.

—*Sir* Julian —dijo la jueza, echándose hacia delante en su silla—. Estas palabras han sido impropias de usted. Voy a hacer un breve receso para que pueda reconsiderar esta afirmación que cuestiona la veracidad de un colega veterano. ¿Me he explicado bien?

Sir Julian logró decir a duras penas: «Sí, señoría».

—Reanudaremos la sesión dentro de veinte minutos —dijo la jueza, y salió de la sala sin decir una palabra más. *Sir* Julian se desplomó en la esquina del banco, consciente de que había cometido un grave error de juicio.

—¿Qué mosca te ha picado, papá? —preguntó Grace en cuanto salió la jueza—. Nunca te había visto un comportamiento tan poco profesional.

—Reconozco —dijo *sir* Julian con un hondo suspiro— que BW lleva años sacándome de quicio con su doblez y sus medias verdades, pero esta vez ha ido demasiado lejos. Todos sabemos que la señora Dawson es miembro de pleno derecho del equipo de la acusación, que fue BW quien escribió su declaración, por qué tiene una respuesta para cada una de mis preguntas e incluso a quién informa Lamont al final de cada jornada.

—No discrepo de ti, papá, pero no es motivo para arriesgar las posibilidades de un cliente de someterse a un juicio justo.

—Tienes toda la razón, claro que sí —dijo *sir* Julian—. Voy a pedirle disculpas a la jueza cuando reanude la sesión, y me abstendré de hacer más preguntas a esta testigo.

—Lo cual le dará ventaja a Booth Watson —dijo Grace—, pero no se me ocurre ninguna alternativa. Voy a preparar una declaración adecuada antes de que vuelva la jueza, para que se la leas a la sala.

—Se me ocurre una alternativa —dijo *sir* Julian—, pero no estoy seguro de que la jueza vaya a dar su aprobación.

—Perdón por interrumpir, *sir* Julian —dijo Clare, echándose hacia delante—. Creo que a lo mejor he detectado algo que se nos ha pasado por alto.

Ambos letrados le dieron la espalda a Booth Watson, se agacharon y escucharon atentamente lo que tenía que decir Clare.

—Podría ser falso. —Fue la reacción inmediata de Grace.

—Solo hay una manera de averiguarlo —dijo *sir* Julian mientras la jueza entraba y se volvía a sentar en el estrado—. Pero no deja de ser un riesgo de mil demonios. Y me temo que yo ya he agotado mi cupo de riesgos.

—Telefonea a Cartier y averigua si pueden proporcionarnos munición que merezca la pena —susurró Grace, ignorando el consejo de su padre. Clare abandonó sigilosamente la sala mientras Grace le daba a *sir* Julian el borrador final de la declaración que le había preparado.

Su padre la leyó deprisa y dijo:

—Es un documento de rendición. ¿De veras esperas que vaya a…?

—Sí —se limitó a contestar Grace.

—¿Preparado para continuar, *sir* Julian? —preguntó la jueza.

—Sí, señoría —dijo *sir* Julian con tono reacio mientras echaba otro vistazo a la declaración de su hija y empezaba a leerla palabra por palabra.

«Señoría, les ruego encarecidamente a usted y a mi distinguido colega, el señor Booth Watson, que acepten mis incondicionales disculpas. Espero que considere que mi inaceptable conducta no ha sido más que un error de juicio pasajero, que les puedo asegurar que no volverá a suceder».

Booth Watson se puso lentamente en pie y dijo:

—Acepto las disculpas de mi distinguido colega con el mismo espíritu con el que me han sido ofrecidas, señoría, y doy por cerrado el asunto —dijo, y se le puso cara de Buda mientras volvía a sentarse.

Los miembros del jurado sonrieron en señal de aprobación.

Sir Julian permaneció de pie.

—Señoría, dadas las circunstancias, me preguntaba si consideraría la posibilidad de que mi ayudante complete el interrogatorio de esta testigo, que le garantizo que está a punto de concluir.

Si alguien se sorprendió más que la jueza fue Grace.

—No tengo ninguna objeción —dijo la jueza—. No obstante, el señor Booth Watson quizá…

—Por mi parte, tampoco tengo ninguna objeción, señoría —dijo Booth Watson, levantándose—. De hecho, aplaudo la iniciativa.

Sir Julian se sentó y susurró a la oreja de su hija.

—Inspírale una falsa sensación de seguridad. Es nuestra única oportunidad. No se dará cuenta de que conoces los detalles del caso tan bien como yo, ni de que ahora estás en posesión de una prueba crucial para la que no se habrá preparado.

Grace se puso en pie despacio, envalentonada por la confianza que tenía en ella su padre, y aunque solo había preparado un par de preguntas más para la testigo, tenía la sensación de que había calado a la señora Kay Dawson.

La jueza se centró en la testigo y dijo:

—Como sin duda sabrá, señora Dawson, sigue usted bajo juramento, pero ya no será interrogada en nombre de la defensa por *sir* Julian sino por su ayudante, la señora Grace Warwick.

La testigo no pudo evitar una sonrisa al volverse hacia Grace. Parecía sobradamente preparada para enfrentarse a la sustituta de *sir* Julian.

Grace se ajustó la peluca, se tiró de las solapas de la larga toga negra y devolvió la sonrisa a la testigo. De tal palo, tal astilla, se dijo *sir* Julian.

—Quisiera volver a la grabación de la conversación que sostuvo con mi cliente. —La testigo asintió con la cabeza—. ¿Es posible, tal vez, que la cinta que tanto empeño tenía usted en que escuchase el jurado hubiese sido manipulada con el fin de dar una mala imagen de mi cliente? —sugirió Grace.

—Seguro que el jurado sabrá decidir quién de los dos puede tener más experiencia en la manipulación de cintas, señora Warwick —se apresuró a contestar Kay Dawson—. ¿Una dependienta de Marks and Spencer o un inspector de la Policía Metropolitana que ha sido amonestado en dos ocasiones por comportamiento contrario a la ética profesional? Y en una de ellas, por cierto, fue suspendido durante seis meses.

De nuevo se armó un alboroto en la sala, y Grace esperó pacientemente a que volviese la calma antes de hacer su siguiente pregunta:

—¿Quién le ha facilitado ese dato? —preguntó volviéndose hacia Booth Watson, que seguía en su esquina con la mirada clavada en el suelo, ignorándola.

—Ross, por supuesto.

—Claro —dijo Grace—. ¿Y también le dijo Ross que había recibido nueve menciones policiales, por no hablar de las dos Medallas de la Reina a la Valentía que le han sido concedidas a lo largo de su dilatada y distinguida trayectoria?

La señora Dawson se quedó mirando a su abogado, pero él ni siquiera pestañeó.

—No. No recuerdo que lo mencionase —consiguió decir al fin.

—Qué curioso que un hombre que, según usted, la sedujo solo le hablase de sus fracasos. —Se oyó un murmullo de risas y hasta la jueza se permitió una sonrisa—. Volvamos a la cinta, señora Dawson, porque no acabo de entender por qué, para empezar, hizo usted la grabación. ¿Le comunicó al inspector que estaba usted grabando la conversación?

—Sí, por supuesto, y no habría dado al botón de grabar si él no hubiese accedido.

Grace se alegró de comprobar que la testigo había vuelto de la cautela a la seguridad en sí misma, ya que necesitaba que ganase un par de puntos más antes de hacerle una pregunta para la que era imposible que Booth Watson la hubiese preparado.

—Refrésqueme la memoria: ¿fue usted quien llamó por teléfono a mi cliente? —dijo Grace, fingiendo que consultaba sus notas.

—Sí, fui yo, señora Warwick. Pero le estaba devolviendo la llamada.

—¿Y fue entonces cuando le dijo que iba a grabar la conversación?

—Sí, así es —dijo la testigo, desafiante.

—¿Podría explicarle a la sala, señora Dawson, por qué eso no salió en la grabación?

—No encendí la grabadora hasta después de que Ross consintiese a ello.

Los murmullos que se oyeron a continuación daban a entender que la señora Dawson se había marcado otro tanto.

Grace pasó la página y se preguntó si, incluso con la ayuda de Booth Watson, la testigo sabría responder de forma tan convincente a la siguiente pregunta. Hizo una breve pausa para mirar a la jueza, después al jurado y por último otra vez a la testigo.

—Señora Dawson, ¿de veras espera que el tribunal se crea que un agente de policía con veinte años de experiencia, al que se le avisa de que está siendo grabado, haría unas declaraciones que más adelante pudieran escucharse en una sala de justicia y condenarle sin lugar a dudas a una larga pena de cárcel?

Por primera vez, la señora Dawson no tenía una respuesta preparada; simplemente, se quedó mirando a su abogado.

Por la cara que ponían los miembros del jurado, a *sir* Julian le pareció que por primera vez les asaltaban las dudas, pero, aunque Grace sabía que se había marcado un tanto, no estaba convencida de que fuera suficiente para ganar la batalla. Sin embargo, las preguntas que tan meticulosamente había preparado para su padre se habían terminado, y a punto estaba de decir «No hay más preguntas, señoría» y de sentarse cuando Clare irrumpió en la sala, a todas luces deseosa de compartir las novedades.

—Señoría, ¿me permite unos instantes para consultar con mi abogada instructora?

—Por supuesto —dijo la jueza, antes de que Booth Watson pudiese objetar.

Sir Julian y Grace escucharon atentamente lo que tenía que contarles Clare antes de que el abogado principal susurrase su opinión:

—Repito: es un riesgo enorme, y si nos saliese el tiro por la culata, daría a nuestros adversarios una ventaja que tal vez no podríamos remontar.

—¿Es el tipo de riesgos que Booth Watson estaría dispuesto a correr? —preguntó Grace.

—Sí, pero yo no —dijo *sir* Julian, mirando al jurado—, al menos mientras les siga sacando ventaja.

—Creo que puedo dejarla fuera de combate —señaló Grace, levantándose de nuevo y mirando a la jueza para decirle—: Estoy preparada para continuar con el interrogatorio de esta testigo, señoría.

—¿Usted también, señora Dawson? —preguntó la jueza.

—Sí —respondió la interpelada con menos confianza que antes.

—¿Me permite que le pregunte, señora Dawson, cuánto gana una dependienta de Marks and Spencer? Basta con que me diga una cifra aproximada.

—Unas dieciocho mil libras al año.

—Un sueldo más que decente, pero convendrá conmigo, señora Dawson, en que la obliga a mantener un presupuesto bastante ajustado, a no ser que…

—Señora Warwick, ¿todo esto lleva a algún sitio que guarde una mínima relación con este caso? —preguntó la jueza.

Paciencia, señoría, quería decir Grace, pero se conformó con responder:

—Esa esperanza tengo, señoría.

—Le sugiero que sea más pronto que tarde.

Grace echó otro vistazo a las notas de Clare antes de volverse hacia la testigo.

—Señora Dawson, ¿qué hora es?

Si a alguien sorprendió la pregunta más que a la jueza fue a *sir* Julian.

—Las once cuarenta y tres —dijo la señora Dawson, mirándose el reloj de pulsera.

—¿De qué marca es su reloj?

La testigo parecía dubitativa, y la jueza, desconcertada. A Booth Watson se le borró la expresión de Buda.

—Es un Cartier Tank —respondió al fin.

Grace vaciló unos instantes mientras se lo pensaba dos veces antes de correr el riesgo. Booth Watson lo habría corrido... pero su padre no. Volvió a mirar las notas de Clare.

—Me veo obligada a preguntar, señora Dawson, cómo es posible que una dependienta que cobra dieciocho mil libras al año pueda permitirse pagar cuatro mil cien libras por un reloj de pulsera Cartier, a no ser, claro, que tenga un amante rico o quizá un patrocinador aún más rico.

—Ni lo uno ni lo otro —dijo la testigo, sonriendo de nuevo—. Es falso. Lo compré por diez libras en un bazar turco el verano pasado, durante las vacaciones.

Se oyeron unas risitas que daban a entender que la sustituta de *sir* Julian no estaba a la altura. Booth Watson cerró los ojos y pareció que se había quedado dormido.

—¿Sería usted tan amable de quitarse el reloj, señora Dawson?

—Señoría —dijo Booth Watson, levantándose con una rapidez inusitada—. Protesto. Le recuerdo al tribunal que no es a mi cliente a quien se juzga, sino al acusado.

—Estoy de acuerdo con usted —dijo la jueza—. Pero cuando usted me pidió que se escuchase una cinta que ni yo ni *sir* Julian sabíamos que existía, le di un margen de acción considerable, así que creo que voy a dar paso a la petición. Por favor, quítese el reloj, señora Dawson.

La testigo obedeció la orden de la jueza, y ni siquiera *sir* Julian estaba seguro de cuál iba a ser la siguiente pregunta de su hija. Grace titubeó mientras recordaba las palabras de su padre: «Si nos saliese el tiro por la culata, daría a nuestros adversarios una ventaja que tal vez no podríamos remontar». Pero ya era demasiado tarde para volver atrás.

—¿Me permite preguntarle si hay un número de serie grabado al dorso de su reloj?

Todos los ojos se clavaron en la testigo mientras daba la vuelta al reloj y tardaba unos instantes, los más largos de la vida de Grace, en responder:

—Sí.

—Por favor, lea los números.

—Uno dos cero dos uno nueve ocho seis.

Booth Watson se levantó de nuevo.

—Siéntese, señor Booth Watson —dijo la jueza con tono firme—. Quiero oír la respuesta de la señora Dawson.

—Tal vez no fuera usted consciente, señora Dawson —continuó Grace—, de que Cartier graba en cada uno de sus relojes un número de serie que le permite conservar los nombres de sus clientes más habituales y mantenerse en contacto con ellos.

La señora Dawson miró con cara de impotencia a su abogado, pero Booth Watson no podía hacer nada más que seguir allí sentado, con la cabeza gacha, incapaz de darle a su clienta la respuesta correcta, aunque sabía perfectamente qué le convenía decir y esperaba que se le hubiese ocurrido a ella.

—Por favor, piense detenidamente antes de responder a mi siguiente pregunta, señora Dawson, y no olvide que la jueza le recordó que continúa bajo juramento cuando volvió a subir usted al estrado.

La testigo se agarró a los lados del estrado. Su rostro ya no exhibía un gesto seguro.

—El nombre que está registrado en los archivos de Cartier como el de una de sus clientas más frecuentes ¿es el suyo? ¿O compró el reloj, como ha dicho, por diez liras en un bazar de Turquía durante unas vacaciones?

Grace sacó intencionadamente una hoja de papel en blanco de

su archivador y fingió que la estudiaba…, un truco que había visto hacer a Booth Watson en otras ocasiones. En más de una. Alzó los ojos y vio que la testigo temblaba descontroladamente mientras decía en voz baja:

—No soy una clienta habitual. Fue solo esa vez.

Grace volvió a guardar la hoja en el archivador mientras una persona que estaba sentada detrás de ella se levantaba de un salto y se dirigía rápidamente hacia la salida. La señora Dawson se inclinó hacia delante y señaló a un hombre que estaba abriendo la puerta de la sala. Todos se volvieron y vieron la espalda de Lamont, que se escabullía y desaparecía.

La señora Dawson empezó a llorar a lágrima viva, pero la jueza no mostró compasión y le indicó a Grace con un gesto de la cabeza que continuase con su contrainterrogatorio.

—Permítame volver a la cinta, señora Dawson, y a la conversación con mi cliente, que grabó, según dice usted, con su consentimiento. —Al ver que la testigo no respondía, Grace continuó—: ¿Acierto si supongo que no tendrá nada que objetar a que un experto independiente analice la cinta por si hubiera señales de manipulación?

Booth Watson volvió a levantarse rápidamente, y estaba a punto de hablar cuando la jueza dijo:

—Señor Booth Watson, supongo que no pensará objetar a la razonable petición de la señora Warwick, ¿verdad que no?

El fiscal se dejó caer en su sitio y oyó decir a la señora Dawson, muy bajito:

—Ellos me obligaron a hacerlo.

—¿No sería más exacto decir que le pagaron para que lo hiciera? —dijo Grace—. Lo cual explicaría que una dependienta con un sueldo de dieciocho mil libras al año pudiera comprarse un carísimo reloj de pulsera Cartier.

La testigo bajó la cabeza y ni siquiera intentó responder. Grace aprovechó al máximo el momento.

—¿Quiénes son «ellos», señora Dawson?

La testigo clavó la mirada en su abogado, y al ver su expresión se decidió por el mal mayor y guardó silencio. Grace había llegado al final de sus preguntas, y a punto estaba de sentarse cuando la jueza, mirando con furia desde lo alto, dijo:

—Señor Booth Watson, en vista de lo que acabo de oír, o mejor dicho de lo que no he oído, me veo obligada a preguntar si todavía tiene intención de continuar con este caso.

Booth Watson no se puso en pie y no habló. Se limitó a negar con la cabeza.

—Entonces —dijo la jueza— procedo a ordenar al jurado que se retire y sugiero que emita un veredicto de no culpable.

Booth Watson no hizo ningún intento de recurrir. El secretario se levantó inmediatamente y acompañó en silencio al jurado a la sala de deliberaciones.

Sir Julian se puso cómodo y disfrutó del triunfo de su hija. Pero una vez que se hubo retirado el jurado, no pudo resistirse a preguntar:

—¿Cuál era el riesgo que habría corrido Booth Watson, y yo no?

—Uno dos cero dos uno nueve ocho seis —dijo Grace. *Sir* Julian esperó a que su hija se lo aclarase—. Es simplemente el día, el mes y el año de fabricación del reloj. —Hizo una pausa y sonrió a su padre—. Booth Watson lo dedujo inmediatamente, pero la jueza, que también lo había deducido, no le permitió acudir en auxilio de su clienta.

—Tenías razón. Era un riesgo que yo no habría corrido.

Sir Julian estaba a punto de hacer otra pregunta cuando el jurado volvió y se sentó en el estrado.

La jueza hizo una seña con la cabeza al secretario, que se puso en pie y dijo:

—Por favor, que se levante el presidente del jurado.

El único miembro del jurado que iba vestido de traje se levantó y miró a la jueza.

—¿Han llegado a un veredicto?

—Sí, señoría.

—¿El acusado es culpable o no culpable? —preguntó el secretario.

—No culpable —dijo el presidente sin vacilar.

La jueza Stephens miró desde el estrado y, dirigiéndose directamente a Booth Watson, dijo:

—Tengo intención de enviar los documentos del caso a la Fiscalía de la Corona. Cuento con que informará usted a su clienta de la gravedad de mi decisión.

Booth Watson se levantó despacio, inclinó la cabeza humildemente y dijo:

—Por supuesto que lo haré, señoría, pero le aseguro que no tenía la menor idea de…

—Claro que no —dijo *sir* Julian, lo bastante alto como para que la jueza lo oyera. Esta vez no hubo admonición.

La jueza se dirigió acto seguido al banquillo de los acusados y dijo con rotundidad:

—Inspector Hogan, es usted libre de abandonar la sala y le deseo que le vaya bien.

Por primera vez, todos los miembros del jurado sonrieron.

La jueza no intentó interrumpir los aplausos que estallaron a continuación, a pesar de que aún no había abandonado la sala. Los periodistas fueron los primeros en salir por la puerta. Iban hablando por los móviles, y no tuvieron que decir: «¡Resérvame la portada!».

Los dos guardas de seguridad fueron los primeros en estrechar la mano de Ross antes de que saliera del banquillo para reunirse con sus colegas. William, cosa rara en él, le dio un abrazo, y dijo:

—Bienvenido a casa, viejo amigo.

Ross se acercó a *sir* Julian, le estrechó la mano y dijo:

—Gracias, señor.

—No es a mí a quien tienes que agradecérselo —respondió *sir* Julian—, sino a mi inteligente hija, que ha conseguido que todo acabe bien.

Grace no sufría de las inhibiciones de su padre y abrazó a su cliente como si fuera un futbolista que acabase de marcar el gol de la victoria.

Ross siguió estrechando manos con personas que se acercaban a felicitarle, entre ellas algunas a las que ni siquiera conocía, mientras sus ojos buscaban a la única persona a la que quería abrazar. Pero no la veía por ningún lado.

El Halcón y William salieron de la sala con el vencedor, bajaron por la ancha escalera y empezaron a alejarse del Old Bailey. A punto estaba William de sugerir que se fueran a celebrarlo cuando Ross la vio en la acera de enfrente. Se apartó de ellos y cruzó lentamente para reunirse con Alice.

—Tiene que haber métodos más sencillos para ligar con una chica —dijo ella.

—Tengo que acordarme de darle las gracias a Reg Simpson la próxima vez que le vea —dijo Ross, estrechándola entre sus brazos—. Debe de ser la única cosa buena que ha hecho en toda su vida.

El Halcón vio cómo se alejaban de la mano.

—Es muy posible que uno de nuestros problemas se haya resuelto.

—Voy a echar de menos a Jojo —se limitó a decir William.

Capítulo 22

Jojo no paraba de mirar hacia la puerta con la esperanza de que apareciera su padre, pero no había ninguna señal de él. Artemisia abrió un mapa de la Torre de Londres de 1597 y lo desplegó sobre la mesa de la cocina. Cinco pares de ojos se posaron sobre él.

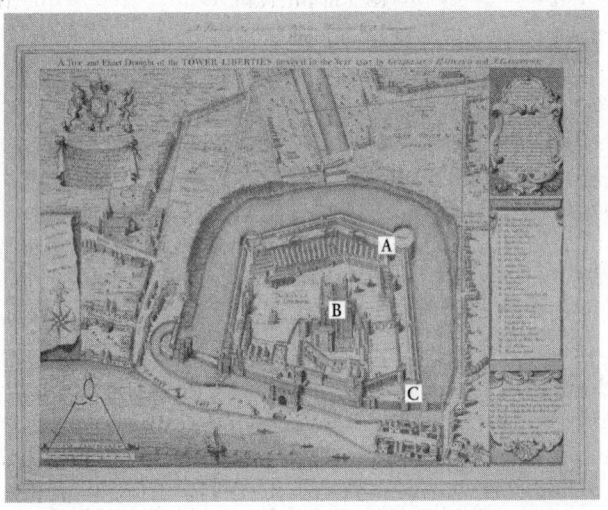

—Primero tenéis que saber dónde está la Torre Martin —empezó a decir Jojo, señalando en el mapa una A mayúscula—, porque ahí es donde se guardaron las joyas de la Corona en 1671. Nada que

232

ver con cómo están ahora, en una Casa de las Joyas moderna y for-
tificada.

—Y no perdáis de vista la puerta Este —dijo Peter—, la c minúscula, porque es por ahí por donde Blood y sus tres cómplices entraron al recinto sin que nadie los viera.

—Y después se fueron corriendo por la misma ruta —apuntó Artemisia.

—¿Con o sin las joyas de la Corona? —preguntó William.

—Por usar una de las expresiones favoritas de mamá —dijo su
hija con un suspiro exagerado—, la paciencia es una virtud, papá.

Beth se echó a reír.

—A eso de las siete de la mañana del nueve de mayo de 1671
—continuó Artemisia antes de que su padre pudiera reaccionar—, el
coronel Blood llegó a la Torre acompañado de tres cómplices: su hijo
Thomas, Robert Perot y Richard Halliwell. Un cuarto cómplice, William Smith, se quedó junto a la puerta exterior con cuatro caballos
para que pudieran huir rápidamente.

—Se sabía que los tres tenían antecedentes, como diría papá
—interrumpió Peter.

—Cada uno —continuó Artemisia, sin hacer caso de la interrupción— iba armado con un bastón de estoque, una daga y un par de
pistolas, además de un saco.

—Después de visitar a Edwards aquella mañana en la Torre Martin —un pequeño dedo volvió al mapa—, Blood preguntó si podrían
entrar sus tres compatriotas a ver las joyas de la Corona, asegurándo-
le al custodio que pagarían gustosos un penique por el privilegio.

»Edwards bajó con los cuatro a la sala de las joyas y, en cuanto abrió con llave la puerta, el joven Blood lo abatió y Perot le metió un taco de madera en la boca. Halliwell le echó una capa sobre
la cabeza mientras el coronel le arrebataba las llaves. Pero Edwards
era un hombre valiente y, aunque estaba solo, opuso resistencia,
así que hubo que atarlo y amordazarlo mientras uno de los ladro-
nes le acuchillaba en el pecho hasta que finalmente se desplomó en
el suelo.

»Entonces, Blood cogió la Corona del Estado y se la escondió bajo su capa, mientras Perot se metía el orbe en los pantalones y el joven Blood partía por la mitad el cetro y la cruz y metía las piezas en el saco. Al salir cerraron la puerta y dejaron a Edwards tirado en un charco de sangre mientras huían con las joyas de la Corona.

—Hasta hemos encontrado un antiguo grabado que recoge el incidente —dijo Artemisia, sacando con orgullo una imagen color sepia que dejó sobre la mesa de la cocina, junto al mapa. Beth y William empezaron a aplaudir mientras estudiaban la imagen.

Robert Perot, coronel Blood, Richard Halliwell
y Edwards, ca. mayo de 1671.

—En el mismo instante en el que estaban huyendo —añadió Peter—, el hijo de Edwards, Wythe, un oficial del ejército que había servido en Flandes, volvía a casa de permiso.

—¿Y esperáis que nos lo creamos? —preguntó William.

—Sí —dijo Artemisia—. ¿Por qué no os lo ibais a creer?

—¡Porque una coincidencia así no colaría ni en una novela!

—Pero esto no es ficción, papá —explicó Peter—. Son hechos verídicos.

—Bueno, ¿y qué pasó después? —preguntó Beth, intrigada.

—Blood y sus compinches entraron en pánico, soltaron el saco y salieron huyendo hacia la puerta Este, donde habían dejado los caballos, pero el hijo de Edwards los persiguió gritando: «¡Al ladrón! ¡Al ladrón!».

—El capitán Minton Betham —continuó Peter—, que pasaba por allí en ese momento, se lanzó a perseguirlos y no tardó en abatir a Blood, a pesar de que Halliwell le disparó dos tiros. Los otros dos agresores no llegaron mucho más lejos antes de que también a ellos los detuviesen y los encerrasen después en la Torre Blanca, que es esta b minúscula —dijo Artemisia, plantando un dedo sobre un edificio que había en el centro del mapa.

—Me imagino que Blood acabaría ahorcado, arrastrado y descuartizado, ¿no? —preguntó William con cierto regodeo.

—No, eso es lo raro —dijo Peter—. De hecho, le dejaron en libertad. Sin embargo, la historia termina con un giro que no os vais a creer ninguno de los dos.

—¿El rey le nombró gobernador residente de la Torre... —sugirió William— y le nombró caballero?

—Deja de decir tonterías, papá —dijo Artemisia con firmeza.

—Entonces, ¿por qué no ahorcaron al coronel Blood por robar las joyas de la Corona, y no digamos por acuchillar al custodio de la Casa de las Joyas? —preguntó su padre—. Porque sin duda se lo merecía.

—Nadie está seguro —dijo Artemisia—. Lo único que sabemos con certeza es que inmediatamente después de que el coronel Blood fuese encerrado en la Torre Blanca, pidió una audiencia privada con el rey y, para sorpresa y consternación del lord chambelán, su petición le fue concedida.

—También para mi sorpresa y consternación —dijo William.

—No está claro lo que sucedió en la reunión —intervino Peter—, porque los únicos presentes fueron el rey y Blood y no se puso nada por escrito. Lo que sí sabemos es que el rey había hecho varios enemigos durante su reinado y que quizá Blood ofreciera sus servicios como espía, porque a lo largo de los años había servido a los dos bandos con imparcialidad.

—Desde luego, seguro que estaba al tanto de todos los entresijos —dijo Artemisia.

—Lo que también sabemos —continuó Peter— es que a los pocos días de la reunión no solo dejaron salir de la Torre a Blood y a sus compatriotas, sino que además a Blood le restituyeron el rango de coronel y todas las propiedades que tenía en Irlanda, de modo que le quedaron unos ingresos anuales de quinientas libras.

—Cada vez me recuerda más a Faulkner —dijo William.

—Bueno, ¿y qué fue de Edwards? —preguntó Beth, intentando que retomasen el hilo—. Al fin y al cabo, él es el verdadero héroe de vuestra historia.

—Por desgracia, murió tres años después, en 1674, a causa de las heridas sufridas al enfrentarse a Blood y a sus matones. Su hijo Wythe fue el siguiente custodio de las joyas de la Corona, y desde entonces nadie ha intentado robarlas.

—Pero, para empezar, ¿por qué perdonó el rey a semejante canalla, con la de crímenes que había cometido?

—No podemos saberlo con seguridad —dijo Peter—. Hay un informe, seguramente difundido por el propio Blood, que dice que le confesó al rey que había planeado matarle mientras nadaba en el río, cerca de Battersea, y que al parecer levantó la pistola y apuntó, pero cuando le puso los ojos encima al monarca, fue incapaz de apretar el gatillo.

—¿Y el rey se tragó el cuento? —preguntó William.

—Al mismo tiempo, advirtió al rey de que, si lo ahorcaban, habría cien fieles seguidores que no descansarían hasta vengarse.

—El rey —dijo William— debería haber enviado a Blood a la Torre después de semejante alarde de adulaciones seguidas de una vana amenaza.

—A los historiadores les parece más probable —dijo Artemisia, pasando la página— que Blood se ofreciese a hacer de espía del rey y a delatar a todos los rebeldes que estaban confabulados contra él.

—Vamos, el típico amigo en el que puede uno confiar… —comentó William.

—Y no mucho después de que lo soltasen —continuó Peter—, detuvieron a varios agitadores, entre ellos tres de los capitanes de Cromwell, que sí que terminaron empalados en el puente de Londres.

—Blood también convenció a varios de sus seguidores —añadió Artemisia— para que se entregasen, incluidos los cuatro granujas que le ayudaron cuando intentó robar las joyas de la Corona.

—¿Qué fue de ellos? —preguntó William.

—También fueron perdonados.

—¿Por qué?

—Quizá el «alegre monarca» consideró que el perdón era el mal menor —sugirió Beth.

—Pero Blood no era ni mucho menos el mal menor —dijo William—. O quizá el rey temiera más por su propia vida y Blood, con su pico de oro, le convenció de que no merecía la pena correr el riesgo.

—Puede ser —dijo Peter—, pero como los dos hombres se llevaron el secreto a la tumba, jamás lo sabremos. No obstante, en agosto de aquel año «un londinense anónimo» anotó en su diario que había visto a Blood paseándose por la Strand con abrigo y peluca nuevos, solo dos semanas después de que lo pusieran en libertad. Lo describió como un hombre tosco, con la cara picada por la viruela y ojos azules hundidos.

—Entonces, ¿Blood volvió a Irlanda y murió de viejo? —preguntó Beth.

—No. Se quedó en Londres —dijo Peter—, y pocos años después de su puesta en libertad enfermó y murió en su casa, en Bowling Green Alley. Varias personas muy conocidas asistieron a su entierro para ver descender el féretro. Pero ni siquiera eso le bastó al hijo del duque de Ormond, que hizo que desenterrasen el cadáver para comprobar que un dedo era el doble de grande que el otro, una peculiaridad que había delatado a Blood en más de una ocasión cuando era un prófugo de la justicia.

—Se dice que unos cuantos ciudadanos durmieron mejor una vez que se quedaron convencidos de que ya no podía traicionarlos —dijo Artemisia—. Y aunque cuando murió apenas tenía amigos que pudiesen llorarlo, un poeta escribió:

Al fin, el coronel Blood, héroe famoso,
al ver ante sí un oscuro panorama
y que en todo siempre fracasaba,
enfermó de pena y se fue al foso.

Artemisia y Peter cerraron los cuadernos, levantaron la mirada y exclamaron al unísono:

—¡Fin!

Fueron ovacionados con el aplauso más fuerte que cabía esperar de un público de tres.

—¿Creéis que ganaremos el premio? —preguntó Peter cuando remitieron los aplausos.

—Si no ganáis —dijo William—, quiero que me dejen leer el trabajo ganador.

—Qué diplomático —comentó Beth en el mismo instante en el que se abría la puerta y entraba corriendo Ross.

—Me temo que te has perdido el último episodio de la historia del coronel Blood —dijo William mientras Jojo abrazaba a su padre y decía:

—¿Dónde estabas?

Ross iba a responder cuando Artemisia dijo:

—Por mí, encantada de volver a leer toda la historia.

—¡Sí, porfa! —dijo Jojo, dando saltitos.

—Primero tenéis que saber dónde está la Torre Martin… —empezó Artemisia, señalando la letra A en el mapa.

La última vez que Ross había ido a San Lorenzo todavía era el agente de protección personal de la princesa Diana. En aquella época, se mantenía a una discreta distancia mientras ella almorzaba con gente que no siempre era del agrado de Ross.

Había llegado unos minutos antes y Lucio le había recibido como si no hubiese pasado el tiempo. Ross se sintió halagado cuando el jefe de camareros le llevó a la antigua mesa de Diana. Se sentó a esperar a Alice, echando alguna que otra mirada a esa carta que conocía tan bien. No pudo evitar recordar que San Lorenzo había sido el lugar que había elegido para llevar a Josephine en su primera cita.

Cuando Alice entró, tuvo que mirar dos veces para asegurarse de que era ella. Llevaba un vestido negro y rojo, un pañuelo de seda negro y un elegante bolso de cuero que sospechaba que ninguno de sus colegas del St Luke había visto nunca. ¿Era esta la misma joven que hacía sonar el timbre del colegio cada mañana a las nueve menos cinco para asegurarse de que los alumnos a su cargo estaban puntualmente sentados en sus pupitres? Se levantó, la saludó con un beso en cada mejilla y le apartó la silla. «¡Guau!», quería decir, pero se quedó mudo mientras Lucio volvía a aparecer.

—¿Desea beber algo la señora?

—Gracias, solo un vaso de agua.

—¿Con o sin gas?

—Con gas, por favor.

Otra cosa que tenía en común Alice con la princesa Diana, quien una vez le había dicho que, si una chica pedía champán en la primera cita, no debía irse de compras con ella.

Alice estuvo un rato estudiando el menú antes de decir:

—¿Se supone que vas a incluir esto en los gastos, inspector, o es que te ha tocado la lotería?

Ross sonrió.

—Ni lo uno ni lo otro. Cuando Josephine murió, me dejó todo, y resultó ser muchísimo más de lo que me había imaginado. De hecho…

—Cuánto lo siento —interrumpió Alice, avergonzada—. No quería insinuar que…

Pero Lucio acababa de aparecer a su lado otra vez.

—¿Sabe ya la señora qué va a pedir?

—Ensalada de endivias, y de segundo rape, por favor —dijo, devolviéndole la carta.

—No me extraña que seas tan esbelta —dijo Ross. Se sonrojó, preguntándose si era posible decir algo más cursi. Pero ella le recompensó con la misma sonrisa cálida.

—¿Y para usted, caballero? —preguntó Lucio, volviéndose hacia Ross.

—Lo mismo para mí. Tengo que perder unos kilitos —añadió, agravando el error.

—¿Sabías que…?

—¿Puedo preguntarte…?

—Tú primero, Ross —insistió Alice.

—Cuando hablamos por teléfono antes del juicio y te advertí que si me condenaban tendrías que ir a verme a Wormwood Scrubs, me dijiste que no sería la primera vez.

Alice bebió un sorbo de agua antes de responder.

—Mi padre pasó diez meses allí. Y antes de que me lo preguntes: por robar en una tienda.

—Qué indiscreto por mi parte. Lo siento mucho.

—No, quería contártelo —dijo ella, dando otro sorbito—. Fue su primer y último delito, y sospecho que no le ayudó ser caribeño y estar desempleado. Pero sucedió hace treinta años, así que esperemos que las cosas hayan avanzado por fin en la «Cool Britannia».

—Desde luego, en la Policía Metropolitana no han avanzado —dijo Ross—. Dos colegas míos, Paul Adaja, ganés de origen, y Rebecca Pankhurst, una mujer excepcionalmente capaz, deberían llegar a lo más alto del escalafón, pero todavía tendrá que pasar bastante tiempo para que hombres menos preparados que ellos dejen de dar por hecho que les corresponde ascender antes que un inmigrante o una mujer, por muy brillantes que sean.

—Y tú, inspector, ¿no tienes prejuicios de ningún tipo? —bromeó Alice, levantando una ceja.

—Si eres irlandés y has estado casado con una francesa, no te lo puedes permitir.

—Mi madre es irlandesa —dijo Alice, cogiéndole por sorpresa.

—Eso explica…

—¿Explica qué, inspector?

—Que seas tan guapa.

—¡Y pensar que los irlandeses son famosos en todo el mundo por su amor a la literatura, su ingenio sutil y su encanto! La nación que nos dio a Yeats, Wilde y James Joyce —hizo una pausa—, por no hablar de Ross Hogan…

Ross fue rescatado por Lucio, que traía el primer plato.

—No debe de haber sido fácil para ti —dijo Ross, mirando la ensalada de endivias—. Me refiero a cuando empezaste a ir al colegio, siendo una… —se interrumpió, deseando que se lo tragase la tierra.

—Y no ayudaba que los chicos pensaran que bastaba con una primera cita para que estuviese disponible. Cuando descubrían que de disponible nada, difundían el rumor de que era lesbiana, lo cual en aquella época me venía bien. Mientras, yo intentaba entrar en la universidad…

—Igual que Josephine.

—A Josephine debió de irle muy bien en su profesión para haber… —Se calló al ver que Ross guardaba silencio, y esta vez fue ella la que sintió vergüenza—. Vaya por Dios. Hace tantísimo que no tengo una primera cita que se me ha olvidado cómo…

—Mi problema es que yo no he tenido una segunda cita desde que murió Josephine.

—No te preocupes, no me sorprenderé si…

Ross le cogió la mano.

—¿Empezamos otra vez, Alice?

Alice sonrió y asintió con la cabeza.

—¿Siempre quisiste ser policía?

—Sí. Estaba deseando dejar el colegio y meterme en la Policía Metropolitana. ¿Tú siempre quisiste ser maestra?

—Sí, aunque la mayoría de mis compañeros de la London School of Economics se apuntaron al Partido Socialista y se dedicaron a quemar efigies de Margaret Thatcher.

—Una gran primera ministra.

—Bueno, la verdad es que la mayoría terminaron en la City, se casaron, tuvieron dos hijos y ahora estoy casi segura de que votan al Partido Conservador.

—¿Y tú?

—Jamás he besado a un conservador —admitió Alice.

Ross se inclinó y la besó tiernamente en los labios.

—¡Socorro! ¿Tenemos algo en común? —preguntó al terminar el beso.

—A Jojo. Confieso que la muy trasto es una de mis favoritas, y está claro que a ti también te tiene comiendo de su mano.

—¿Tienes hijos? —preguntó Ross, arrepintiéndose incluso antes de acabar la frase.

—Veintiocho —respondió ella—, y todos me abandonan y siguen su camino al cabo de un año, cuando son sustituidos por otro grupo igual de agotador lleno de futuros futbolistas de la selección inglesa, azafatas o veterinarios.

—¿En qué categoría entra Jojo? No me la imagino jugando con la selección inglesa…

—Su asignatura favorita es Plástica. Tiene un talento natural para el arte.

—Gracias a Beth, su madre de acogida.

—Y a tu amigo William.

—Que es muy probable que acabe siendo comisario general en un futuro no muy lejano, mientras que yo seguramente vuelva a patrullar las calles.

—No si depende del comandante Hawksby…

—¿Y tú cómo sabes eso?

—Jojo me mantiene informada de todo lo que os traéis los dos entre manos. No pierde ripio de lo que decís, y capta información que por nada del mundo dejarías que se te escapase en presencia de un delincuente. Después la comenta con Artemisia, y por último me la pasa a mí.

—Con lo requetelista que es Artemisia —dijo Ross—, voy a tener que ir con más cuidado en el futuro.

—No tan lista como su hermano —dijo Alice—. A Peter no le hace ninguna gracia ser el segundo en ningún tema.

—Artemisia quiere ser delegada del colegio, ¿no?

—Sí. Para eso hacen falta otras habilidades distintas que Artemisia tiene en abundancia. No sé si el St Luke está preparado para nombrar delegada del colegio a una niña, pero si alguien puede conseguirlo, será ella.

—Como su madre.

—Beth es el modelo perfecto. Pero habrá tenido que jugar bien sus cartas para convertirse en directora del Fitzmolean, con la de hombres que seguramente tenían ya puesto el pie en la misma escalera.

—Como tú —dijo Ross, sorprendiéndola.

—¿A qué te refieres? —respondió ella, poniendo cara de inocente—. Soy una simple maestra de primaria.

—A la que recientemente le han ofrecido la oportunidad de ser directora.

—¿Y eso cómo lo sabes?

—Está claro que no eres consciente de que Jojo es una agente doble y que la tengo bien adiestrada.

—¿Qué te ha contado? —preguntó Alice, dejando el cuchillo y el tenedor en el plato.

—Dice que te han ofrecido la oportunidad de ser directora de un colegio de chicas en Doncaster. No está mal para alguien tan —titubeó—… tan joven.

—Tengo treinta y siete años —dijo Alice—, y quizá haya llegado el momento de dar un paso más.

—Jojo te echaría de menos.

—¿Solo Jojo?

—Y Artemisia y Peter; al fin y al cabo, fuiste su profe.

—¿Nadie más?

Ross intentó dar una respuesta que no le metiera en más líos.

—¿Qué más te ha dicho Mata Hari? —preguntó, al tiempo que clavaba los ojos en la ensalada intacta.

—Que si no me iba a Doncaster, me invitaría a cenar un jueves por la noche y compartiría su *pizza* conmigo —respondió Alice con aire pensativo—. Otra modalidad distinta de segunda cita.

—Estoy deseando presentarte a mi madre.

—¿Vas a presentarle a una mujer caribeña que no es católica?

—Empezaré por decirle que tu madre es irlandesa.

—Y también católica —dijo Alice.

Libro III

«Antes de embarcarte en un viaje
de venganza, cava dos tumbas».
CONFUCIO (ca. 481 a. C.)

Capítulo 23

El comandante sacó dos dados del cajón inferior de su escritorio y los tiró sobre la mesa. Esperó a que dejasen de girar y dijo:

—Ojos de serpiente.

No hizo falta que nadie le dijese a William qué ruta iban a seguir para ir a la Torre aquella mañana, ni tampoco la contraseña necesaria para que se abriese la puerta Este y pudiesen pasar a recoger la Espada del Estado y la Corona imperial con el fin de devolverlas al palacio de Buckingham.

—Intentad que no se os suba a la cabeza —dijo el comandante, pero William y Paul no se rieron con el chiste anual del Halcón.

—Deberíamos ponernos en marcha, señor —dijo William, dándose la vuelta para irse—. No podemos hacer esperar al lord chambelán.

El Halcón asintió con la cabeza mientras salían de su despacho. Bajaron corriendo las escaleras, cruzaron el vestíbulo y en la entrada se encontraron a Danny esperando al volante de un Land Rover gris que solo se sacaba en ocasiones especiales. El juicio de Ross había terminado antes de lo previsto, pero en el último momento el Halcón había decidido no sustituir a Paul porque Ross no había participado en los preparativos de la operación.

—Buenos días, señor —dijo Danny, mirando el espejo retrovisor al oír que se cerraba la puerta de atrás del vehículo. Salió de Scotland Yard, dobló a la izquierda y puso rumbo al palacio.

Escondida detrás de una columna de la estación de metro de St James's Park, una figura solitaria anotó el número de matrícula del Land Rover. Esperó a que el coche se perdiese de vista y apretó el botón verde de su teléfono móvil. La llamada fue respondida al primer tono.

—Papa siete uno, *whisky* tango delta —pronunció lentamente el hombre.

La voz repitió la secuencia y colgó después de decir:

—Entendido.

La segunda llamada que hizo el espía de St James's Park fue al jefe del equipo para confirmar que el Land Rover había salido de Scotland Yard, iba de camino al palacio y el inspector Hogan había sido sustituido por el inspector Adaja.

—¿Te ha visto alguien? —preguntó Lamont con voz angustiada.

—Ni siquiera un antiguo compañero de la escuela de policía. —Fue la respuesta.

—¿Y la matrícula?

—Le he pasado los detalles al mecánico inmediatamente.

Lamont colgó sin decir una palabra más; no había tiempo que perder. El hombre había cumplido su función. En unos minutos, su Land Rover tendría la misma matrícula que el coche patrulla que acababa de salir de Scotland Yard. Sonó otro teléfono.

Danny pasó por el Arco del Almirantazgo y siguió por el Mall, donde había un grupo de turistas sacando fotos del palacio. Entre ellos, un expolicía que reconoció de los tiempos en los que patrullaba las calles. Se imaginó que después de salir del cuerpo de policía se habría puesto a trabajar de guía turístico. Entonces se acordó de que había tenido que coger la jubilación anticipada, y se lo habría dicho al Súper si sus pensamientos no se hubiesen interrumpido cuando se detuvo ante las puertas del palacio.

—Tarjeta de identificación, por favor —dijo un centinela.

Danny se la dio, y el centinela marcó el nombre y le hizo una seña para que pasara. Aparcado al fondo del patio vio el familiar Jaguar gris.

Danny bajó de un salto y se presentó a Richard Mason, el nuevo chófer del lord chambelán. Iba a echar de menos la charleta con Phil Harris, que, como confirmó Mason, hacía poco que se había jubilado.

—Me sorprendió no verte en la fiesta de despedida de Phil —comentó Mason—. Menuda juerga. Fue en el palacio, y hasta vino la princesa Ana. ¡Hablé con ella!

Danny no admitió que no le habían invitado y que se sentía decepcionado, porque siempre había pensado que Phil y él eran amigos.

—Bueno, ¿qué ruta vamos a seguir? —preguntó Mason mientras abría la puerta de atrás del Jaguar y esperaba a que apareciera su jefe.

—La número uno —dijo Danny.

—¿Y la contraseña?

—También la número uno.

Mason apuntó los dos números en su cuaderno. A Phil no le habría hecho falta. Cuando apareció el lord chambelán, Danny volvió rápidamente al Land Rover, se puso al volante y esperó mientras el jefe de personal de la reina cruzaba con paso resuelto el patio de armas y saludaba a William con una gran sonrisa antes de subirse a su coche. Un hombre, se dijo William, al que no le habrían traicionado los nervios si hubiese visto venir al enemigo por Whitehall con las bayonetas caladas.

Hacía años que Miles Faulkner no se pasaba por el Old Bailey, pero hizo caso a Booth Watson, que decía que era necesario para que todos se creyesen su coartada al pie de la letra.

Miles se presentó en la entrada del Bailey en un taxi; su chófer estaba ocupado en otro lugar. Booth Watson, vestido con su indumentaria de los tribunales, le esperaba en la acera, aunque esa mañana no le tocaba comparecer en ninguna de las dieciocho salas.

Booth Watson acompañó a su cliente por la majestuosa escalera de mármol hasta el segundo piso, donde se sentaron en un banco delante del tribunal número 8.

—Está previsto que comparezca en un caso de lesiones graves a primera hora de la mañana —dijo Booth Watson—, así que sería difícil que no nos viera.

El móvil de Miles empezó a sonar. Lo cogió, estuvo escuchando durante menos de un minuto y se limitó a decir «entendido» antes de apagarlo.

—¿Va todo según lo previsto?

—Warwick acaba de salir del palacio de Buckingham y va de camino a la Torre, así que ya no hay vuelta atrás.

—¿Qué podría salir mal? —preguntó Booth Watson.

—Todo depende de la sincronización. Como mucho van a disponer de diez o doce minutos para conseguirlo, pero si se les va de las manos, aunque solo sea por unos segundos, la operación entera se iría al garete.

—Si eso sucediera, con lo que hemos planeado para esta mañana nadie tendrá motivos para sospechar que estabas implicado.

—Ojalá tengas razón.

—Hora de irse —interrumpió Booth Watson—. Acabo de ver a tu coartada acercándose.

Se levantó y echó a andar hacia la salida, con Miles pisándole los talones. Booth Watson fingió sorprenderse al ver a *sir* Julian Warwick, su ayudante y su abogada instructora.

—Buenos días, Julian —saludó Booth Watson, a pesar de que su rival todavía estaba a unos metros de distancia—. Qué agradable sorpresa. Creo que conocen a mi cliente, el señor Miles Faulkner.

Sir Julian se detuvo y los saludó con un gesto brusco de la cabeza, pero no les tendió la mano.

—Buenos días, señorita Warwick —dijo Booth Watson, saludando mecánicamente a Grace—. Permítame que la felicite por su reciente triunfo, pero no le quepa la menor duda, jovencita, de que no pienso subestimarla una segunda vez.

Grace no pudo ocultar su desagrado, pero dijo a regañadientes:

—Muy amable, señor Booth Watson.

—Bueno, no quiero entretenerles. Buena suerte con el caso que le ocupa en estos momentos, Julian, sea cual sea —añadió, y a continuación Miles y él se marcharon.

—Y este numerito, ¿a qué se debe? —dijo Julian mientras seguían hacia el tribunal número ocho.

—Ni idea —reconoció Grace—. Pero, al igual que mi hermano, no creo en las coincidencias.

—Teniendo esto en cuenta —dijo Julian, volviéndose hacia la abogada de instrucción—, ¿podrías averiguar, Clare, si Booth Watson tenía previsto algún caso esta mañana en el Bailey? Porque sospecho que esos dos están tramando algo.

Clare tomó nota mientras Julian abría la puerta del tribunal número 8 y se apartaba para dar paso a sus dos colegas.

—Bueno, ya tienes tu coartada —dijo Booth Watson saliendo a la calle—. Pero te recomiendo que no dejes de llevar a cabo la segunda parte de tu plan; así nadie podrá dudar de que era imposible que estuvieras cerca de la Torre a esa hora.

Miles asintió con la cabeza, y esta vez sí que estrechó la mano de su abogado antes de poner rumbo a la Strand. Apenas había avanzado unos metros cuando sonó su móvil.

Uno de los tres móviles de Lamont empezó a sonar. Lo cogió, suponiendo que algo habría salido mal. No era un día para ver el vaso medio lleno.

—El coche del lord chambelán acaba de salir del palacio y va rumbo a la Torre. Warwick y un agente al que no he reconocido van sentados en la parte de atrás del Land Rover, y los dos coches se dirigen por el Mall hacia Trafalgar Square —dijo un hombre que se había separado del grupo de turistas para cumplir una tarea muchísimo mejor pagada.

—Entonces tiene que ser la uno, la cuatro o la cinco —dijo Lamont, que se conocía las seis rutas tan bien como cualquier taxista—. Venga, rapidito, desplaza a todos los que estén trabajando en dos, tres y seis a sus nuevas localizaciones —añadió, dejándole con la palabra en la boca.

Cada vez estaba más nervioso.

Mientras los dos coches rodeaban Trafalgar Square para entrar en la avenida Northumberland y seguir hacia el Embankment, William cogió el teléfono del reposabrazos.

—¿Sí? —oyó que decía una voz.

—Vamos de camino, señor —dijo William—. Calculo que nos reuniremos con usted en unos quince minutos.

—¿Cuál es la contraseña?

—La número uno, señor.

—Estoy deseando verle, comisario.

William colgó el auricular. En el improbable caso de que alguien hubiese escuchado la conversación, no había delatado nada. No obstante, sabía que no podía relajarse hasta que la Corona imperial y la Espada del Estado hubiesen sido entregadas sanas y salvas en el palacio.

El gobernador residente de la Torre dejó a un lado el periódico matinal mientras su mujer entraba en el salón.

—Me voy a llevar a los niños al colegio. ¿Cuál es la contraseña?

—Coronel Blood —respondió el gobernador.

—Me alegro de ver que hay alguien por ahí con sentido del humor —dijo su mujer antes de salir a por los niños.

—Buenos días, Mario, quería reservar mi mesa de siempre para comer mañana.

—Por supuesto, señor Faulkner —dijo Mario, anotándolo en su agenda—. ¿Para dos?

—Sí, seremos el señor Booth Watson y yo solamente. ¿Podrías meter una botella de champán en hielo media hora antes de que lleguemos?

—Cómo no, señor.

Miles se dio la vuelta para marcharse, pero titubeó, miró su reloj y dijo:

—¿Qué hora tienes?

—Las ocho y veintidós minutos —dijo Mario.

—Pues sí, parece que mi reloj lleva unos minutos de retraso.

Fingió que lo ponía en hora antes de marcharse. De camino a la salida del hotel, dio los buenos días al director y le dijo al portero que no iba a necesitar un taxi. Con su coartada firmemente establecida, echó a caminar lentamente por la Strand en dirección a Westminster.

Lamont pulsó el botón verde de su tercer móvil antes de que pudiese sonar por segunda vez.

—Acaban de pasar por delante del teatro Playhouse y están girando a la izquierda para meterse en el Embankment, así que no puede ser la ruta cuatro —dijo otra voz anónima—. He informado al jefe del grupo de que tiene que ser la uno o la cinco, y ya está desplazando a todos los extras a esos dos lugares.

El teléfono se cortó en el mismo instante en el que empezaba a sonar otro.

—Las nuevas matrículas están de camino. Calculo que le llegarán en unos cinco minutos.

—Si lo reduce a tres minutos, recibirá una bonificación —dijo Lamont mientras el coche del lord chambelán se detenía en el semáforo de Somerset House.

Paul vio cruzar la calle a una joven que iba empujando un carrito de bebé, y poco después a un hombre ciego con un perro guía. Paul habría jurado que conocía al hombre de algo, pero no acababa de situarlo. William se distrajo al ver tres taxis que salían de una calle lateral y se incorporaban al tráfico que iba por delante del coche del lord chambelán. El semáforo se puso en verde, pero uno de los taxis paró a un lado para recoger a un pasajero, así que fueron retenidos de nuevo. William pensó en decirle a Danny que se pasase al carril bus, pero se acordó del consejo del comandante: nunca utilices el carril bus, a no ser que sea una emergencia. Lo único que se consigue es llamar la atención innecesariamente.

Tres taxis no entraban en la categoría de «emergencia», y en el viaje de ida a la Torre no le preocupaba que de vez en cuando hubiese alguna retención. Era al volver al palacio con la corona y la espada a bordo cuando cualquier retención haría saltar las alarmas.

Acababan de ponerse en marcha otra vez cuando el segundo taxi redujo la velocidad en la siguiente rotonda y no hizo ningún intento de incorporarse a la corriente de tráfico hasta que la carretera se hubo despejado. William se resignó a que iban a llegar unos minutos tarde, pero sus órdenes estaban claras: jamás llames al gobernador una segunda vez, a no ser que sea una emergencia.

La mujer del gobernador se detuvo en la puerta Oeste y esperó a que se alzase la barrera. La servicial joven que acababa de incorporarse al personal de venta de entradas se acercó y golpeó educadamente la ventanilla.

—Disculpe, quería comprobar que se sabe la contraseña, señora.

—Coronel Blood —dijo uno de los niños desde el asiento de atrás.

—¡Correcto! —exclamó la joven, que hasta ese momento no tenía ni idea de cuál era la contraseña y sintió alivio porque no tenía que pasar al plan B.

Mientras la mujer del gobernador salía de la Torre, la joven se dirigió a los aseos más cercanos. Treinta segundos después, las palabras CORONEL BLOOD aparecieron en la pantalla del segundo móvil de Lamont, que se bajó inmediatamente del Land Rover, cruzó a paso rápido hasta el Jaguar e informó a Harris, que estaba sentado al volante esperando con impaciencia el pistoletazo de salida.

—Número uno —dijo Lamont, y al volver al Land Rover vio a dos hombres que venían hacia él.

Ni siquiera le miraron. Uno se dirigió a la parte trasera del 4x4 mientras el otro se arrodillaba junto al guardabarros delantero. Miró en ambas direcciones para asegurarse de que nadie los observaba. En efecto, no vio a nadie. Los ojos de Lamont seguían mirando a su alrededor en busca de cualquier persona que no tuviese que estar allí. Tampoco vio a nadie. Dos minutos después, los mecánicos habían finalizado su tarea. La ventanilla trasera del Land Rover bajó y Lamont entregó dos paquetes envueltos en celofán. La merecida bonificación.

En cuanto desaparecieron los dos hombres, Collins arrancó el motor y metió primera.

—Aún no —dijo Lamont con firmeza—. Tan malo sería demasiado tarde como demasiado pronto.

Collins apagó el motor mientras empezaba a sonar otro teléfono.

—Han girado a la izquierda en el paso subterráneo, así que tiene que ser la ruta uno.

—Diles a los que están esperando en la otra punta del paso subterráneo que crucen rápido hacia Walbrook. Tengo que saber cuándo, exactamente, llegan a la Mansion House, porque es entonces cuando tendremos que movernos.

William vio que un joven policía se plantaba en medio de la carretera, levantaba el brazo y paraba un tráiler. Después, caminaba hasta el lado del conductor y le indicaba que se echase al arcén. Otra vez quedó retenido el tráfico.

A Paul le mosqueó algo que vio en el joven agente, pero no cayó en la cuenta de lo que era hasta más tarde. Mucho más tarde. Se puso a llover.

El tercer teléfono móvil de Lamont se puso a vibrar con un mensaje que le avisaba de que la comitiva del lord chambelán se estaba acercando a la Mansion House y llegaría antes de diez minutos.

—Necesito unos minutos más —dijo Lamont.

—Estoy en ello. —Fue la respuesta, mientras tres motos de policía surgían de la nada, se situaban a la cabeza de la pequeña caravana y esperaban.

Harris reaccionó en cuanto Lamont subió la mano, sabiendo que el trayecto hasta la puerta Este de la Torre duraría dos minutos y dieciocho segundos. A continuación, Lamont llamó a Faulkner, que estaba pasando por delante de la estación de Charing Cross.

—Vamos de camino. —Fue lo único que dijo.

—Buena cacería —le deseó Miles, aminorando el paso. No quería llegar a la boca de metro de Westminster antes que el paquete.

Miles pulsó el cronómetro. A partir de ahora, todo iba a depender del control de los tiempos.

Harris arrancó el motor y se dirigió a la salida más cercana del aparcamiento, donde se encontró con que la barrera ya se había subido para evitar demoras. Otro miembro del equipo que había hecho bien los deberes.

Cuando la pequeña caravana salió a St Katharine's Way, dobló a la derecha por debajo del Puente de la Torre y rápidamente cubrió la corta distancia que había hasta la entrada trasera de la Torre, donde se detuvo delante de dos enormes portalones de madera. Todo un recordatorio de que en tiempos había sido una prisión.

De la garita salieron dos alabarderos de la Casa Real que era evidente que los estaban esperando. Uno comprobó las matrículas de ambos vehículos mientras el otro se acercaba al Jaguar y le pedía la contraseña al chófer.

—Coronel Blood —dijo Harris.

—Espero que sigas bien, Phil —deseó el guarda antes de girarse a dar la orden—. Abran las puertas.

Mientras se abrían, la adrenalina se hizo con el control de la situación. A partir de ese instante, Lamont supo que no había vuelta atrás, y no por primera vez se preguntó si habría tomado la decisión correcta. A pesar de que el beneficio económico era astronómico en comparación con la pensión de un agente de policía, la alternativa era varios años de cárcel. Pero aceptaba que ya había pasado el punto de no retorno. Echó un vistazo al cronómetro, consciente de que como mucho faltaban ocho minutos para que el auténtico lord chambelán llegase en su coche a las mismas puertas.

Otro paso de cebra hizo que los dos coches oficiales volvieran a retrasarse. Algunos de los peatones que estaban cruzando no parecían tener la más mínima prisa, incluida otra mujer con un carrito de bebé que parecía extrañamente fuera de lugar entre los jóvenes y ambiciosos prodigios financieros de la City que iban corriendo de acá para allá. William descolgó el teléfono del reposabrazos, pero al ver que se despejaba el paso de cebra, volvió a dejarlo en su sitio.

En cuanto pasaron por la puerta Este, Harris empezó a conducir despacio en paralelo al Támesis antes de doblar a la derecha y cruzar el puente levadizo central. Continuó por la cuesta y se detuvo en la entrada de la Casa de las Joyas, donde se encontró con que había seis alabarderos esperándolos en fila. Se apeó de un salto y abrió la puerta de atrás, contando con que el flamante gobernador y el lord chambelán nunca se habían visto.

Ataviado con un bombín, un largo sobretodo negro y una bufanda que le cubría la parte inferior del rostro, el Suplente se bajó del coche y salió a escena. Sacó el paraguas para protegerse de la lluvia y de las miradas indiscretas.

—Buenos días, gobernador —dijo mientras se daban la mano—. Hace un tiempo de perros para esta época del año.

—Y que lo diga, señor —respondió el gobernador mientras seis guardianes alabarderos se cuadraban y presentaban armas.

El Suplente se quitó el sombrero en señal de reconocimiento…, otro pequeño detalle que le había chivado Harris.

—Entremos antes de que nos calemos —dijo el gobernador.

El Suplente, consciente de que así se aceleraría todo el proceso, no necesitó que se lo dijera dos veces.

Mientras los dos hombres desaparecían en el interior de la Casa de las Joyas, Harris se acercó tranquilamente a Walter Haskins, el jefe de guardianes, y dijo:

—Parece que el sábado los Gunners perdieron dos a tres en casa contra los Spurs…

Había pensado que con esta frase conseguiría que Walter se enrollase a hablar de su monotema, pero su respuesta no formaba parte del guion que tan bien había ensayado:

—Pensaba que te habías jubilado, Phil —dijo el jefe de guardianes, sorprendiéndole.

—Dentro de un par de semanas —contestó Harris, intentando recuperarse—. De hecho, esta va a ser mi última salida. Tienes que venir con tu mujer a mi fiesta de despedida en el palacio.

De nuevo estaba siguiendo el guion.

—Qué amable, muchas gracias —dijo Walter con cara de desconcierto—. Iré con mucho gusto.

—Te enviaré una invitación por correo —anunció Harris—. Mientras tanto, más vale que le dé la vuelta al coche antes de que salga su señoría.

—Bien pensado.

Harris se volvió a subir al coche, pero estaba temblando descontroladamente. Tuvo que agarrar el volante con firmeza. Empezó a dar la vuelta seguido muy de cerca por el Land Rover, y cuando no miraba a la Casa de las Joyas miraba a la entrada, temiendo que la verdadera comitiva apareciera en cualquier momento. Cuando se detuvo, pensó que iba a vomitar. Esto no lo había previsto.

—Maldita sea —dijo William al ver que el coche del lord chambelán se quedaba atascado detrás de una barredora del Ayuntamiento de Londres, envuelto en el polvo que soltaban los ruidosos cepillos giratorios. Hasta ahora, este servicio municipal siempre le había recordado a los búhos porque pensaba que era exclusivamente nocturno.

Volvió a mirar su reloj. Iban mal de tiempo. Pensó en hacer una segunda llamada al gobernador, pero no la hizo. Era un contratiempo que apenas cabía tachar de emergencia.

Cuando el Suplente entró en la Casa de las Joyas, el gobernador le presentó al exponedor jefe, el responsable de entregar la corona y la espada al gobernador residente. No se dieron la mano porque el exponedor jefe llevaba unos guantes blancos inmaculados. El Suplente vio angustiado cómo el hombre bajaba delicadamente la corona y la depositaba en un estuche de cuero negro con las letras EIIR grabadas en oro a un lado. Un encaje perfecto. Cerró y le dio la minúscula llave al gobernador.

El proceso fue repetido en su totalidad por el jefe de guardianes de la Casa de las Joyas mientras la Espada del Estado era colocada en un estuche mucho más grande e igual de acolchado. Al gobernador le fue entregada una segunda llave, mientras el exponedor jefe y el jefe de guardianes cogían cada uno su estuche y salían lentamente de la Casa de las Joyas detrás de sus jefes como si fueran parte de un cortejo fúnebre. Pero ¿de quién era el funeral?, se preguntó el Suplente, porque difícilmente habrían podido ir más despacio.

Cuando el gobernador reapareció con los dos guardianes de la Casa de las Joyas que llevaban los estuches negros, Harris se quedó junto a la parte de atrás del coche y vio cómo los metían en el maletero. Lo cerró de golpe y echó la llave mientras su pasajero y el gobernador residente seguían charlando. Harris tenía que reconocer que el Suplente era todo un profesional.

—¿Le apetece que comamos algún día en mi club? —dijo el Suplente, ciñéndose a su guion—. White's. ¿Le viene bien?

—Qué amable, gracias. Me pondré en contacto con usted —dijo el gobernador mientras Harris cerraba la puerta y se sentaba rápidamente al volante.

A punto estaban de arrancar cuando el gobernador se acercó y dio unos golpecitos en la ventanilla con firmeza. El Suplente la bajó;

una gota de sudor le asomó a la frente. Esto no formaba parte del guion.

—Casi se las olvida —dijo, pasándole dos llavecitas—. Habría tenido que volver.

—Y habría sido una faena… —dijo el Suplente, sonriendo antes de volver a subir la ventanilla. Se metió las llaves en el bolsillo y le dio una palmadita a Harris en el hombro.

En cuanto Harris arrancó el motor, los tres motoristas salieron disparados. Harris movió por última vez la mano en señal de despedida y murmuró:

—Qué lástima que no vayas a venir a mi fiesta de despedida, Walter… A no ser que tengas pensado ir a México, claro.

—O a la cárcel de Pentonville —dijo el Suplente.

El comentario del Suplente hizo que Harris se centrase en lo que tenía que hacer. Mantuvo un ritmo constante mientras salía por el puente levadizo central, seguía en paralelo al río y pasaba por la puerta abierta. Por el camino, le hicieron el saludo militar varias veces. En cuanto volvieron a St Katharine's Way, siguió subiendo la cuesta en dirección a un semáforo, y comprobó contrariado que no estaba en verde. ¿Cuándo volvería a latirle el corazón con normalidad? No antes de que despegase su avión, se temía, y quizá ni siquiera entonces.

Cuando el semáforo se puso en verde, los tres motoristas giraron a la izquierda, desaparecieron por encima del Puente de la Torre y pusieron rumbo a Wandsworth mientras el Jaguar y el Land Rover se iban en dirección contraria.

—No superes el límite de velocidad —vociferó Lamont—. ¡A ver si nos va a caer algo más gordo que una multa!

—Por fin —dijo William cuando el camión barredor se metió a la izquierda y pudieron acelerar de nuevo.

—No se preocupe, jefe —dijo Danny—. Enseguida estamos allí.

Al otro lado de la carretera, Paul vio dos coches con las lunas tintadas que pasaban en sentido contrario. Se volvió a mirar por la ventana de atrás. El mismo año, la letra P, el mismo color gris, pero no pudo ver la matrícula porque Danny ya había acelerado para no alejarse del Jaguar que iba a toda pastilla por St Katharine's Way.

La comitiva del lord chambelán se detuvo delante de la puerta Este. William sacó su tarjeta de autorización para evitar más retrasos. Pero lo que sucedió a continuación se salía por completo del reglamento. La puerta de la Casa del Guarda se abrió de par en par y salieron en tropel seis o siete guardias sin presentar armas.

¿Es posible que...?, se dijo William mientras rodeaban los dos coches.

—Por los pelos, ¿eh? —dijo Lamont, viendo que la comitiva oficial estaba a punto de llegar a la Torre—. Está a punto de desatarse el infierno, así que no nos conviene nada quedarnos por aquí.

Harris dobló hacia la iglesia de All Hallows by the Tower, y le tranquilizó ver que no había más coches en el pequeño patio trasero.

Fue el primero en bajarse del vehículo, y ya había abierto la puerta del maletero del Jaguar antes de que llegasen Lamont y Collins. Abrió los dos estuches, sacó la corona del pequeño y la metió con delicadeza en su bolsa de la tienda de regalos de la Torre de Londres. A continuación, se la pasó a Lamont.

Harris cerró el maletero de golpe, pero no echó la llave.

—Sospecho —dijo Lamont, volviéndose hacia la Torre— que solo disponemos de unos minutos antes de que toda la pasma de Londres salga a buscarnos. Así que en marcha.

Harris no necesitó que le insistiera.

—No os lo toméis como algo personal —dijo—, pero espero no volver a veros en la vida.

Cruzó la calle y paró un taxi mientras Lamont y Collins se dirigían a la estación de Tower Hill. Nueve paradas en la línea Circular. Duración media, diecisiete minutos.

Lamont pensó que Harris se había ganado el dineral que había cobrado por sus servicios, pero dudaba de si llegaría a tener la oportunidad de gastárselo.

Ninguno se fijó en que el cuarto miembro del equipo se bajaba del Jaguar, se quitaba la corbata de exalumno de Harrow School y se ponía un alzacuello y una camisa negra. Se fue a la catedral de San Pablo, entró por la puerta Oeste, se arrodilló y se puso a rezar.

Capítulo 24

La hora dorada

William y Paul lo habían entendido todo a los pocos minutos de intercambiar impresiones.

Una mujer cruzando lentamente la calle con un carrito de bebé… sin ninguna señal del bebé. El agente de policía demasiado joven para llevar una cinta de medalla de la guerra de las Malvinas. El barrendero que a esas horas no tenía que estar limpiando las calles. Un taxista que redujo la velocidad un poco más de la cuenta al llegar a una rotonda, y, lo más revelador de todo, un Jaguar gris seguido de un Land Rover, los dos con las lunas tintadas y matrículas con la letra P.

William se apresuró a sacar su tarjeta de autorización y ordenó al alabardero que abriese inmediatamente las puertas y avisase al gobernador de que estaban en alerta roja. El guardia corrió a la garita y llamó al teléfono privado del gobernador, algo que jamás había hecho.

William llamó a Scotland Yard. La secretaria del comandante le dijo que el Halcón estaba en una reunión y no se le podía interrumpir.

—¡Hazle salir ahora mismo, Angela! —dijo William mientras veía al lord chambelán bajarse del coche y dirigirse hacia él.

58 minutos

—Al aeropuerto de la City de Londres —dijo Harris al tiempo que cerraba la puerta del taxi. Se sentó en el rincón más alejado para que el taxista no le pudiese ver por el espejo retrovisor.

Dos coches patrulla, con las sirenas resonando, pasaron disparados en sentido contrario. Harris giró el rostro.

—¿Qué mosca les habrá picado? —preguntó el taxista.

—A saber… —dijo Harris, cruzando los dedos para que la mosca no le picase también a él.

57 minutos

William no malgastó saliva cuando llamó al comandante para contarle lo sucedido. No le sorprendió su reacción.

—No permitas que nadie, y subrayo lo de nadie, salga de la Torre en ninguna circunstancia —dijo el comandante—. Y que no entre nadie más en el recinto sin mi autorización.

—Pero el caballo ya se ha escapado, señor —le recordó Paul—. ¿No deberíamos buscar al jinete?

—Es muy probable que el responsable de abrir la puerta del establo haya sido alguien de dentro —dijo el Halcón—. William, empieza por interrogar a todo el personal de la Torre, desde el gobernador residente hasta los cuervos. En unos minutos llegarán diez o doce agentes, incluidas Rebecca y Jackie, para ayudarte. Empezad con los que trabajan en la Casa de las Joyas. Voy a pedir una comprobación exhaustiva de antecedentes de todos y cada uno de ellos. ¿Hay alguien que tenga o haya tenido dificultades económicas? Buscad debajo de cada piedra y recordad el principio de Locard: cada contacto deja una marca. Si no encontramos la corona, y pronto, este ultraje será una vergüenza no solo para la familia real sino también para el nuevo gobierno, además de una humillación para la Policía Metropolitana, que será considerada responsable, y con razón.

—Perdone que le interrumpa, señor —dijo Paul—, pero creo que si hacemos eso solo vamos a conseguir crear más problemas todavía.

—¿Por ejemplo?

—Si empezamos a interrogar a todos, el mundo entero sabrá en cuestión de segundos por qué la Torre está llena de policías.

—No está mal visto —reconoció el comandante—. ¿Se os ocurre alguna idea?

—Sí, señor —dijo William—. Puedo decir que un empleado ha huido con la recaudación de ayer, que me imagino que será un dineral. El personal es de la vieja escuela, son todos muy orgullosos, y lo último que querrán es que se corra la voz de que entre ellos hay un ladrón.

—Dé las instrucciones pertinentes —dijo el Halcón—. Mientras tanto, Paul, empieza por buscar los duplicados del Jaguar y del Land Rover; apuesto a que llevan matrículas idénticas. Seguro que se han desprendido de ellos a un par de kilómetros de la Torre. Sea quien sea el responsable de este ultraje, sabrá perfectamente que es lo primero que vamos a buscar. Antes de nada, comprobad todos los aparcamientos en un radio de cinco kilómetros. Podéis empezar por el hotel Tower —dijo, estudiando un mapa muy detallado de la City que le había dejado Angela sobre el escritorio.

—Ahí no vamos a encontrar los coches —dijo Paul.

—¿Por qué no? —preguntó el Halcón.

—Acabo de darme cuenta de que me he cruzado con ellos. Iban en sentido contrario unos minutos antes de que llegásemos a la Torre.

—Entonces, seguro que te han visto y que a estas alturas ya se han deshecho de los dos coches. —No añadió «ojalá hubiese estado el inspector Hogan en el asiento del copiloto» porque de repente lo comprendió todo: una parte del plan había consistido en asegurarse de que Ross estaba bien lejos mientras llevaban a cabo la operación—. Haré que circulen inmediatamente los detalles de los dos vehículos duplicados, así que no desperdiciéis ni un segundo de la hora dorada.

Colgó un teléfono y cogió otro.

—¡Encuentra al inspector Hogan! —le gritó a su secretaria.

54 minutos

—Paul —dijo William—, ya has oído lo que ha dicho el jefe. Así que vuelve al lugar exacto en el que te cruzaste con esos dos coches idénticos y ponte a buscar el aparcamiento más cercano.

Danny arrancó el motor.

—Y en cuanto los hayáis encontrado, comunícamelo directamente a mí. Aunque estoy seguro de que no vais a encontrar nada, ni siquiera huellas dactilares. Venga, en marcha —dijo William mientras salía del coche para dar explicaciones al lord chambelán.

—¿Ha pasado lo que creo que ha pasado, comisario? —preguntó el lord chambelán, sin esperar a llegar hasta William.

—Me temo que sí, señor.

—¿Y qué espera que haga yo en estas circunstancias? —preguntó un hombre que estaba más acostumbrado a dar órdenes que a recibirlas.

—Quiero que vuelva al palacio…

—¿Con las manos vacías?

—Sí, señor. Pero mi equipo ya está trabajando en ello.

—Entonces no quiero entretenerle más, señor comisario. Pero asegúrese de mantenerme informado.

—Lo haré, señor. Aunque ayudaría mucho que…

—Que me muerda la lengua, ¿no? —dijo el guardián de los secretos de la reina.

—Sí, señor.

—Estoy dispuesto a hacerlo, señor comisario, pero debo advertirle que hay un límite temporal. Porque cuando la reina entre en la cámara de sus señorías mañana a las once y media, si no va precedida de la Espada del Estado ni lleva puesta la Corona imperial del Estado significará que ha sido desposeída de su autoridad como monarca, y no quisiera ser yo la persona encargada de explicarle cómo ha podido ocurrir algo así.

Sin decir una palabra más, el lord chambelán se giró sobre sus talones y regresó a paso firme a su coche en el mismo instante en el que se abría la puerta Este y William veía correr hacia él a su siguiente problema.

53 minutos

Satisfecho de haber cumplido su papel, Booth Watson volvió lentamente a su despacho de Middle Temple a esperar la llamada de su cliente. Solo podía ser cuestión de tiempo.

51 minutos

—¿Y cómo ha podido ocurrir? —preguntó el gobernador mientras William y él cruzaban corriendo el puente levadizo central y subían por la empinada cuesta que llevaba a la Casa de las Joyas.

—Se han dado una serie de circunstancias muy improbables —dijo William—. Lo que cabría llamar una tormenta perfecta.

—Pues yo ni siquiera vi nubes amenazadoras —reconoció el gobernador.

—No tiene nada de raro —dijo William—. No hace ni dos meses que es usted gobernador residente, y es obvio que durante este tiempo nunca se ha topado con el lord chambelán ni con su chófer.

—Ese es el problema —resopló el gobernador, sin aliento—. La semana pasada el duque de Edimburgo me invitó a un cóctel en el palacio, pero por desgracia el lord chambelán estaba acompañando a la reina en otro acto y no pude conocerlo.

—¿Y el hombre que ocupó su lugar esta mañana le convenció?

—Me engañó por completo —admitió el gobernador—. Era un lord chambelán en toda regla. Ni Gilbert and Sullivan habrían podido elegir un actor mejor.

—¿Puede describirlo? —preguntó William, sin detenerse.

—Uno ochenta y pico de altura, unos sesenta años, fornido como un exatleta. Llevaba un abrigo negro con cuello de terciopelo, pañuelo gris y bombín, y como estaba lloviendo, abrió el paraguas nada más salir del coche.

—¿Y una vez dentro del edificio?

—Recuerde, comisario, que el interior de la Casa de las Joyas es oscuro como boca de lobo. Las únicas luces que hay alumbran las vitrinas que contienen las joyas de la Corona. De hecho, ahora que me acuerdo, el hombre se mantuvo un poco alejado durante el traslado de la espada y la corona a sus estuches.

—Sin duda para evitar ser captado por una cámara de seguridad. Queda claro que todo había sido planeado hasta el último detalle; hay que darle al César lo que es del César —dijo William.

—Ya se lo hemos dado, y con creces —añadió el gobernador, apenado.

—¿Qué me dice de su voz, de su acento, de su porte? ¿No hubo nada que le hiciera dudar?

—Todo lo contrario —respondió el gobernador—. Parecía que había nacido para el cargo. Incluso llevaba una corbata de exalumno de Harrow, y yo sabía que el lord chambelán había estudiado allí.

A William se le pasó una idea por la cabeza, pero enseguida la descartó.

—Y al ver que Haskins reconocía sin vacilar a su chófer, supuse que…

—¿Haskins?

—El jefe de alabarderos.

—Tengo que hablar con él inmediatamente —dijo William cuando llegaron a la Casa de las Joyas—. Inmediatamente.

49 minutos

Danny se detuvo bruscamente cuando llegó al lugar en el que Paul había visto los dos coches alejándose en sentido opuesto. Paul bajó de un salto y se dio la vuelta despacio, escudriñando el paisaje.

A su izquierda, la Torre; a su espalda, la estación de metro de Tower Hill, y enfrente un excelente ejemplo de arquitectura inglesa temprana y un gran letrero azul con una flecha que apuntaba hacia el aparcamiento más cercano.

—Tiene que ser ahí donde han dejado tirados los dos coches —dijo Danny, siguiendo con la mirada la dirección indicada por la flecha. A punto estaba de arrancar cuando Paul dijo:

—No creo.

Estaba mirando el tablón de anuncios de la iglesia, en la acera de enfrente. All Hallows by the Tower. Cruzó corriendo por el paso de cebra, con Danny pisándole los talones.

48 minutos

El gobernador presentó a William al jefe de alabarderos y, antes de que tuviese la oportunidad de hacer la primera pregunta, el viejo soldado dijo:

—No debería haber permitido nunca que esto sucediera estando yo de guardia.

—No creo que nadie se lo vaya a echar en cara, Haskins —dijo el gobernador—. Al fin y al cabo…

—Deberían haberme saltado las alarmas en cuanto vi a Harris al volante del coche del lord chambelán.

—¿Por qué? —dijo William—. Era el coche de siempre, con las matrículas correctas, así que ¿por qué iba a sospechar nada?

—Porque Phil Harris me invitó a una fiesta de despedida que ya había tenido lugar.

—¿Cómo lo sabe?

—Porque un colega mío fue a la fiesta y no para de contárselo a todo el mundo. Se celebró en Buck House, con…

—Entonces, ¿hace tiempo que conoce a Harris? —preguntó William, a la vez que Jackie aparecía a su lado jadeando y con una voluminosa carpeta bajo el brazo.

—Hace once años, así que no era difícil convencerme.

—Pero ¿qué me dice del lord chambelán?

—Es un cargo que cambia cada cierto tiempo —dijo el alabardero—, y en cualquier caso yo no me muevo en esos círculos. Y ojo, interpretó el papel a la perfección. No metió la pata ni una vez, pero claro, tenía a Harris de maestro.

—¿Y dónde estaba Harris cuando el gobernador entró en la Casa de las Joyas? —preguntó Jackie.

—Dio la vuelta al coche, abrió el maletero y esperó, como lleva haciendo desde hace once años.

—¿Y cuando volvieron a salir? —insistió William.

—Seguía de pie junto a la parte de atrás del Jaguar, esperando a que apareciera el jefe de joyeros para supervisar la operación de meter los dos estuches en el maletero y cerrarlo con llave.

Jackie sacó una foto de uno de sus archivos.

—¿Este es Harris? —preguntó.

—Sí, sin duda —dijo Haskins—. Y como vuelva a ponerle los ojos encima…

—Su foto policial ha circulado ya por todas las comisarías de la ciudad —confirmó Jackie—, y se ha emitido una alerta a todos los centros principales de transporte en un radio de ochenta kilómetros.

William asintió con la cabeza.

—Una última cosa —dijo, volviéndose hacia Haskins—. Ni una palabra a nadie, ¿entendido?

—Es parte de mi oficio —contestó el jefe de guardianes alabarderos.

46 minutos

Cuando Paul y Danny cruzaron la carretera, se detuvieron y se quedaron mirando dos coches que no habrían podido aparcarse mucho más cerca de la Torre.

Danny empezó a registrar el Land Rover. Le sorprendió ver que estaban todas las puertas abiertas, y más aún encontrarse con que había una prueba decisiva. Paul se fue derecho al maletero del Jaguar, suponiendo que estaría cerrado con llave. Una nueva equivocacion. Lo abrió, y no dio crédito a sus ojos al ver dos grandes estuches de cuero negro con las letras EIIR pintadas en oro en uno de los lados.

Contuvo la respiración mientras abría lentamente la tapa del más grande. Esperaba encontrárselo vacío, pero allí mismo, delante de él, reposaba en todo su esplendor la Espada del Estado. Con cuidado, abrió la tapa del segundo estuche con la esperanza de que estuviese la corona, igual de deslumbrante. Pero nada.

—Cabrón —exclamó Paul, en voz tan alta que Danny se acercó corriendo a él, sin soltar la corbata desechada.

Al ver la Espada del Estado, dijo:

—Deben de haber entrado en pánico y han huido…

—Es más probable que nos hayan visto venir —dijo Paul, mirando la corbata a rayas azules y plateadas de los exalumnos de Harrow School. Se sacó un móvil de un bolsillo interior y marcó el número de William. Estaba ocupado.

46 minutos

Lamont y Collins se bajaron del metro en Baker Street. Cuando salieron a la superficie, un famoso detective los recibió con su familiar pipa en la mano. Lamont se agachó y tocó el frotadísimo zapato de Sherlock Holmes para que le diera buena suerte. Se dirigieron hacia un edificio que estaba a solo una manzana de distancia y que los dos habían visitado varias veces durante el último mes, aunque nunca al mismo tiempo.

Se fueron derechos a la cabeza de la cola, dieron las entradas que tenían reservadas y entraron en el edificio. Cualquier cosa que pudiese hacerles ganar tiempo se había incorporado al plan maestro.

43 minutos

El comandante cogió el teléfono y oyó la voz de William.

—Hemos dado un paso importante, señor. El jefe de alabarderos de la Casa de las Joyas, el señor Walter Haskins, que lleva veinte

271

años trabajando en la Torre, me ha dicho que un hombre llamado Phil Harris iba conduciendo el Jaguar esta mañana cuando apareció el primer grupo.

—¿Y por qué es tan importante? —preguntó el Halcón.

—Harris es el chófer del lord chambelán desde hace once años. Al parecer, hasta hoy tenía un historial intachable. Haskins pensaba que hacía poco que se había jubilado, y cuando se lo mencionó, Harris le dijo que se iba a jubilar en un par de semanas y hasta tuvo el descaro de invitarlos a él y a su mujer a su fiesta de despedida en el palacio, una fiesta que ya se había celebrado.

—Entonces tenemos que localizar a Harris antes de que se escape sin dejar rastro. Está claro que es el infiltrado. Necesito una foto suya cuanto antes para distribuirla por todos los organismos policiales relevantes.

—Eso ya lo ha hecho Jackie —dijo William.

—¿Y Paul?

—Ha ido a buscar los dos coches.

—Avísame en cuanto los encuentre —dijo el Halcón—, y yo te mandaré todos los refuerzos posibles.

Su otro teléfono empezó a sonar.

42 minutos

El taxi dejó al pasajero en la entrada del aeropuerto de la City de Londres. Harris pagó en efectivo y dejó una buena propina, pero no tanto como para que se le quedase grabada al taxista en la memoria.

Lo primero que hizo al entrar en la terminal fue mirar el panel de salidas. Bruselas era la mejor opción que se le presentaba a aquel pasajero sin billete para salir cuanto antes, pero iba a tener que espabilar. Fue al mostrador de British Airways y la mujer que atendía le dijo que la puerta de ese vuelo estaba a punto de cerrar. El señor Robinson explicó que no llevaba equipaje, ni siquiera equipaje de mano. Lo que no le dijo fue que había dejado todo atrás, incluido su nombre. ¿Qué importa un nombre cuando tienes un millón de libras depositadas en un banco que solo está a unas pocas horas de distancia? La mujer le sacó un billete en clase *business* y le dijo que se diera prisa.

Lo último que había hecho antes de acostarse había sido comprobar que el dinero ya estaba en la cuenta del señor Robinson del Banco Nacional de México. De no haber sido así, esa mañana no se habría presentado en el hotel Tower, y Faulkner y el resto del equipo se habrían quedado esperando en vano en un aparcamiento subterráneo sin más alternativa que abortar toda la operación, conscientes de que nadie podía sustituirle.

Por enésima vez en los últimos minutos, volvió a asegurarse de que llevaba el pasaporte y el billete de clase *business* en el bolsillo interior de la chaqueta. Esperó a que anunciasen su vuelo, sin saber que en el aeropuerto de la City de Londres no se anuncian los vuelos a no ser que se trate de una emergencia. Volvió a mirar el reloj de pulsera. Habían transcurrido dieciocho minutos de la hora dorada. Pero ¿cuánto faltaba para que…?

41 minutos

El comandante cogió un teléfono que no paraba de sonar.

—Hawksby al habla.

—He encontrado los dos coches —dijo Paul—. Tenía usted razón, señor. Los dejaron tirados en el patio de una iglesia de la zona, a unos doscientos metros de la Torre. Pero lo más importante es que han dejado la Espada del Estado en el maletero del Jaguar.

—¿Y la corona?

—Solo un estuche vacío, señor.

—¿Alguna pista?

—Alguien dejó tirada una vieja corbata de exalumno de Harrow School en el asiento del conductor del Jaguar.

—No la dejaron tirada —dijo el Halcón—. Es la tarjeta de visita de alguien a quien ambos conocemos.

—No lo dirá en serio…

—¿Quién es el único exalumno de Harrow que haría lo que fuera por humillar a tu jefe?

—Miles Faulkner —respondió Paul sin titubear.

—Así me gusta, a la primera —dijo el Halcón—. Por ahora, no os mováis de ahí. Voy a enviar un par de coches patrulla para que recojan la Espada del Estado y la lleven al palacio. Por cierto, Paul, buen trabajo. Pero para que tu ascenso no sea provisional, todavía tenemos que encontrar la corona.

—Si damos con el paradero de Faulkner —dijo Paul—, seguro que la encontramos.

40 minutos

Miles se subió a la acera para dejar vía libre a un coche de policía que pasaba volando. Mientras cruzaba la calle, un par de policías vinieron corriendo hacia él, pero pasaron de largo sin mirarle. Siguió caminando por Whitehall, con el Big Ben alzándose imponente ante él; ya se veía su destino final.

39 minutos

Tres motos de policía fueron devueltas a un depósito de coches de Wandsworth mucho antes de que hubiese transcurrido la hora dorada. Seiscientas libras cambiaron de manos.

38 minutos

Harris ya estaba en el mostrador de facturación mientras Miles caminaba por Whitehall y Lamont había desactivado la alarma del museo. Harris pasó rápidamente por el control de seguridad, deteniéndose solo para comprobar el número de la puerta en el panel de salidas. Bruselas. Puerta número 12.

36 minutos

Collins y Lamont salieron de la tienda de regalos, situada en la parte trasera del museo. Misión cumplida. Lamont no quiso arriesgarse a subir a un taxi negro y paró un taxi pirata. Mantuvo la cabeza baja durante el trayecto a Hammersmith, donde le esperaba su mujer. Ahora podían permitirse las vacaciones aplazadas que le había prometido.

Collins volvió a la estación de metro de Baker Street —ahora fue él quien le tocó el pie a Sherlock Holmes— y desapareció bajo tierra. Esta vez se fue a la línea Jubilee, sabiendo que, si todo había salido según lo previsto, el señor Faulkner estaría esperándole a su llegada a Westminster. Si no estaba, significaría que el jefe ya había sido arrestado, lo cual no formaba parte del plan.

33 minutos

Un Audi gris se detuvo frente a la entrada trasera de la Torre y un alabardero se acercó al coche mientras la mujer del gobernador bajaba la ventanilla y decía:

—Coronel Blood.

—Lo siento, señora —dijo el guardián, avergonzado—. No se permite a nadie entrar ni salir de la Torre sin permiso del gobernador...

—Pero si soy su mujer...

—Lo sé, señora, pero órdenes son órdenes.

28 minutos

Cuando Harris llegó a la cabeza de la cola, le enseñó el pasaporte a la azafata y le pareció que tardaba siglos en comprobar la fotografía. ¿O estaría siendo demasiado receloso?

—Gracias, señor Robinson —dijo ella después de escanear la tarjeta de embarque. Cuánto tardaría Harris en acostumbrarse a su nuevo nombre.

Bajó las escaleras y salió a la pista de despegue. Había otra azafata en lo alto de la escalerilla del avión, revisando las tarjetas de embarque de los pasajeros. ¿Eso era normal?

22 minutos

Collins se bajó en la estación de metro de Westminster, subió por la escalera mecánica y salió a la calle, donde vio al señor Faulkner al pie del Big Ben. Cruzó y, sin intercambiar una sola palabra con su jefe, le dio la bolsa de la Torre de Londres como un experto corredor de relevos. Después echó a andar en dirección a Knightsbridge, siempre por calles secundarias, para volver a Cadogan Place. Una ruta de escape que había ido puliendo hasta la perfección a lo largo de la semana anterior.

21 minutos

Booth Watson estaba sentado en su escritorio intentando leer un informe mientras esperaba a que Miles le llamase por teléfono para confirmar que le habían arrestado. Los minutos parecían durar más de sesenta segundos mientras se le enfriaba el tercer café.

Aunque Miles hubiese conseguido robar la corona, ya le había advertido que, si le detenían, sería prácticamente imposible que saliera en libertad bajo fianza.

—No quiero salir en libertad bajo fianza —había dicho Miles, sin dar explicaciones.

20 minutos

—Le agradezco que haya accedido a ayudarnos con nuestra investigación, *lady* Faber —dijo William mientras se sentaba al lado de Jackie—, y lamento que la retuvieran en la puerta.

—Ese es el menor de los problemas que tiene mi marido —respondió la mujer del gobernador.

—¿Puedo empezar preguntándole a qué hora salió usted de la Torre esta mañana?

—Sobre las ocho y veinte. Llevo a los niños en coche al colegio porque a las nueve menos cuarto tienen que estar en la asamblea.

—¿Se sabía la contraseña? —preguntó Jackie.

—Sí, mi marido me la dijo justo antes de marcharme. Si no, no habría podido volver a nuestra residencia.

—¿Se la dijo usted a alguien más?

—Por supuesto que no. Pero cuando iba a salir de la Torre, la joven de la puerta de la entrada me preguntó si me la sabía.

—¿Y se la dijo?

—Yo no, pero mi hijo pequeño le soltó: «coronel Blood». Cuánto lo siento. No debería haber…

—No se culpe, señora —dijo William—. Yo estaba rodeado de pistas y no quise verlas, y eso que no podían haber sido más evidentes.

—¿Por casualidad no sabrá cómo se llama la joven? —preguntó Jackie.

—Penny, pero no sé su apellido.

William se levantó de un salto y fue hacia la puerta.

—¿Mi marido se va quedar sin trabajo? —preguntó la mujer, procurando no sonar desesperada.

—Si eso sucediera —dijo Jackie—, ingresaría en un club que tiene montones de socios.

18 minutos

—¿Nombre? —preguntó Rebecca.

—Penny, Penny Cummins —respondió una joven que iba vestida con el característico uniforme azul marino de la Torre, con castillitos rojos en las solapas, medias negras y zapatos negros bien lustrados.

—¿Cuánto hace que trabaja en la Torre? —preguntó Rebecca mientras William entraba y se sentaba a su lado.

277

—Poco más de seis meses, pero no he hecho nada malo.

—Nadie ha insinuado lo contrario —dijo Rebecca—. Pero ha desaparecido muchísimo dinero.

—Yo jamás robaría.

—¿Estaba usted de servicio en torno a las ocho y veinte de la mañana, cuando la mujer del gobernador salió de la Torre con sus hijos? —preguntó William, yendo al grano.

—Puede que sí —dijo Penny, a la defensiva. A William no se le escapó que se encogía de hombros con gesto desafiante y que a sus mejillas asomaba un ligero rubor. Una delincuente no era, pero sospechó que tenía algo que ocultar.

—¿Le preguntó a la mujer del gobernador si se sabía la contraseña?

—Quizá —dijo ella, agachando la cabeza—. ¿Y qué?

—Y se la preguntó porque usted no se la sabía, ¿verdad? —dijo William, un poco más bruscamente. No hubo respuesta.

—Vamos a tener que echar un vistazo a su teléfono móvil —anunció Rebecca.

—No tengo —dijo Cummins.

William cogió su bolso y lo volcó, echando todos los contenidos sobre la mesa…, entre ellos, un teléfono. Rebecca lo cogió y a los pocos segundos las palabras CORONEL BLOOD parpadearon en la pantalla.

—¿A quién le estaba enviando este mensaje? —preguntó William.

—No sé —respondió Penny, temblando descontroladamente—. Todo se hizo por teléfono.

—¿Significa algo para usted el nombre de Phill Harris? —preguntó William, pasando al siguiente punto.

—No, no me suena de nada. Lo juro.

William habría querido seguir interrogándola, pero sospechaba que la joven no tenía nada más que ofrecer; además, la hora dorada se iba consumiendo inexorablemente. Se marchó a toda prisa con la sensación de que la señorita Cummins no era más que otro peón del tablero de ajedrez de la vida, y que había un gran maestro moviendo las piezas.

12 minutos

Lamont se apeó del taxi pirata a un par de kilómetros de su casa y cruzó corriendo la plaza hasta que llegó a la puerta, sin mirar atrás. Una vez dentro, se fue derecho a la cocina, donde se encontró a su mujer preparando la comida.

—¿Ha llamado alguien en la última hora? —Fueron sus primeras y angustiadas palabras.

—Solo mi madre.

—¿A qué hora?

—Hará media hora, más o menos.

—¿Te preguntó dónde estaba?

—No, pero ¿dónde estabas?

—En una reunión de negocios. Pero si te preguntan, no he salido de casa en toda la mañana… porque supongo que todavía tienes ganas de ir de compras a Milán, ¿no?

—¿Y salió bien la reunión de negocios?

—Aún no lo puedo saber con seguridad —respondió él, temiendo que alguien llamase a la puerta o al teléfono—. ¿Qué hay de comer? —preguntó, aunque no tenía apetito.

—Asado de corona.

11 minutos

Chris Robinson resistió la tentación de mirar atrás mientras subía la escalerilla del avión. Bueno, miró una vez, pero solo una.

Una vez a bordo, rápidamente encontró su asiento y se abrochó el cinturón. Miró la hora: habían pasado ya cuarenta y nueve minutos desde que salió de la Torre. ¿Y si la siguiente persona en subir al avión era un agente de policía que iba a comparar a cada pasajero con una foto reciente?

—Les habla el capitán. Disculpen que salgamos con unos minutos de retraso, pero como tenemos el viento a nuestro favor podremos recuperarlos antes de aterrizar en Bruselas.

Déjate de vientos y tonterías y ponte en marcha de una vez, pensó Harris.

—En cuanto estén todos a bordo, iniciaremos el despegue.

Chris Robinson había embarcado, sí, pero ¿y si Phil Harris salía por la misma puerta, acompañado por el agente de policía, antes de que despegase siquiera el avión?

9 minutos

Mientras Lamont se servía un *whisky* que incluso a un escocés le habría parecido excesivo, su mujer notó que le temblaba la mano. No hizo ningún comentario. Eso sí, a medida que iban pasando los minutos, Lamont cada vez se sentía más seguro. Se preguntó si Faulkner habría sido ya detenido o si estaría plantado frente al palacio de Westminster esperando a que lo pillasen con las manos en la masa. Sus pensamientos fueron interrumpidos por su mujer.

—¿Sigue en pie lo de irnos mañana de vacaciones? —preguntó Jenny mientras se llevaba la botella de *whisky* de la mesa.

—Esperemos que sí —respondió él, como si estuviera en otro mundo.

—Lo digo porque ya he empezado a hacer la maleta, y hasta he reservado los vuelos.

—¿Clase *business*?

—Sí, y también un hotel de cuatro estrellas —dijo ella en el mismo instante en que se oía una sirena a lo lejos.

9 minutos

Miles cruzó la calle y empezó a caminar lentamente por una acera abarrotada en dirección al palacio de Westminster. Pasó por delante de la Cámara de los Comunes y la estatua de Oliver Cromwell, y no se detuvo hasta que llegó a la Entrada del Soberano de la Cámara de los Lores. Se quedó quieto, esperando pacientemente a que apareciera el primer poli. No sabía cuánto tardarían en fijarse en él y en exigirle que les mostrase lo que llevaba en la bolsa de la tienda de la Torre de Londres. De nuevo echó un vistazo al cronómetro. Todavía quedaban nueve minutos de la hora dorada.

8 minutos

Nada más abrir la puerta de la calle, Lamont se encontró al inspector Adaja y a la sargento Roycroft en el umbral.

—Buenos días, Paul —dijo, fingiendo sorpresa—. ¿A qué debo este placer?

—¿Nos permite pasar, señor? —preguntó Paul formalmente.

—Cómo no —dijo Lamont, haciéndose a un lado—. Pasemos al cuarto de estar —sugirió a la vez que su mujer salía apresuradamente de la cocina.

—Ya conocéis a Jenny, claro. Paul y Jackie han venido a charlar un rato. ¿Podrías hacer un poco de café?

—Para mí no, gracias, señora Lamont —contestó Paul.

—Para mí tampoco —dijo Jackie.

—Por cierto, señora Lamont —dijo Paul—, nos gustaría hablar un momento con usted más tarde, en cuanto hayamos terminado de interrogar a su marido.

La señora Lamont se retiró a la cocina.

—Eso no ha sonado muy amigable —dijo Lamont, llevándolos al cuarto de estar y ofreciéndoles asiento.

—No voy a molestarme en informarle de sus derechos —dijo Paul, sin sentarse—, pero hemos venido a interrogarle sobre un asunto de importancia nacional.

Lamont puso la misma cara de sorpresa de antes mientras se sentaba frente a ellos. Paul dio por supuesto que habría previsto todas y cada una de sus preguntas y que tendría las respuestas bien preparadas.

—Permítame que empiece por preguntarle dónde estaba a las ocho y media de esta mañana.

—Muy fácil —dijo Lamont, recostándose—. Aquí. De hecho, no he salido de casa en toda la mañana. Desayuné y leí la prensa, y luego estuve revisando la declaración de la renta.

Se giró y señaló un escritorio en el que había un montón de documentos de aspecto oficial, además de un par de sobres marrones. Hasta había preparado el atrezo.

—¿Y su mujer es la única persona que puede confirmar que no ha salido de casa en ningún momento? —preguntó Jackie.

—La madre de Jenny llamó por teléfono y me interrumpió —dijo Lamont—. No sé exactamente a qué hora, pero calculo que serían las nueve menos cuarto.

—¿Y habló usted con su suegra? —preguntó Jackie.

—No. No hablo con ella si puedo evitarlo —dijo, riéndose.

—Voy a pedirle a su esposa que confirme que, en efecto, recibió una llamada de su madre, y que usted estaba presente.

—¿No basta con mi palabra? —preguntó Lamont.

Paul no respondió a su pregunta.

—Creo que sabe de sobra por qué estamos aquí. Pero como buen profesional que es, habrá borrado todas sus huellas. Es lógico; al fin y al cabo, lleva veinte años tratando con delincuentes.

—Ándate con ojo, Adaja —dijo Lamont, por primera vez con tono desafiante—. Si no…

—¿Si no? —preguntó Paul.

—La próxima llamada que haga será a mi abogado.

—El señor Booth Watson, sin duda.

—Siempre dije que no deberíamos haber dejado entrar en el cuerpo de policía a tipos como tú —le espetó Lamont.

—¿A tipos como yo?

—Sabes perfectamente adónde quiero ir a parar, negro. Así que igual ya es hora de que te largues.

—No sin preguntarle a su mujer a qué hora salió usted de casa esta mañana, y, lo más importante, cuándo volvió.

—Como ya te he dicho, no he salido de casa.

—¿Y qué ha estado haciendo ella?

—Preparando las maletas para unas vacaciones que llevamos varias semanas planeando.

—Entonces ya puede empezar a deshacerlas, porque ni usted ni ella van a salir de aquí hasta que termine de hacer todas mis preguntas.

—¿Qué preguntas? —dijo Lamont en tono más brusco.

—Quiero saber quién iba sentado en la parte de atrás del Land Rover cuando apareció usted esta mañana en la Torre.

—Ya te lo he dicho, llevo toda la mañana aquí —dijo, bajando la voz.

—¿Y quién era el que iba en la parte trasera del Jaguar? —insistió Paul—. Porque el lord chambelán no era, eso desde luego.

—No sé de qué me hablas.

—¿Le dice algo el nombre de Phil Harris?

—No me suena de nada —dijo Lamont, demasiado rápido.

—Pues debería —respondió Paul—, porque esta mañana estaba en el asiento del conductor cuando se presentaron ustedes dos en la Torre. Acaba de ser detenido, y el primer nombre que nos ha dado ha sido el suyo.

Si Jackie se sorprendió, no se le notó.

—Está claro que ya es hora de que os marchéis —dijo Lamont, echándose hacia delante en la silla—, antes de que digáis algo de lo que os podáis arrepentir.

—¿Como qué? —dijo tranquilamente Paul—. Porque si la corona no ha sido devuelta a la Torre para esta noche, dedicaré lo que me quede de vida a asegurarme de que usted y sus amigos delincuentes van a parar a la cárcel para el resto de sus días.

—Si la corona no ha sido devuelta a la Torre para esta noche —dijo Lamont, levantándose de su silla—, me temo que ya ni siquiera tendréis autoridad para poner una multa de estacionamiento. Así que sugiero que os larguéis de aquí.

Paul no se movió mientras Lamont cerraba el puño y se acercaba lentamente hacia él. De repente se abrió la puerta y la mujer de

Lamont entró con una bandeja con café y galletas que dejó sobre la mesa que había entre ambos.

—Por si acaso cambian de opinión —dijo, dedicándoles una cálida sonrisa.

7 minutos

—¿Señor Collins? —preguntó William cuando por fin se abrió la puerta. Había recorrido el trayecto entre la Torre y Knightsbridge en tiempo récord con la ayuda de una sirena policial. Collins asintió con la cabeza—. Soy el comisario jefe Warwick y esta es mi colega, la sargento Pankhurst.

—Sé quiénes son —dijo Collins, en el mismo instante en el que empezaba a llover.

—Nos gustaría hablar en privado con usted, señor. ¿Podemos pasar?

—No, no pueden —dijo Collins—. A no ser, claro, que tengan una orden de registro.

—Así que nos estaba esperando… —dijo William. Esta vez, Collins no asintió—. Simplemente queríamos saber dónde estaba esta mañana.

—Estaba puliendo la plata, como todos los martes por la mañana.

—¿Y dónde estaba el señor Faulkner? —preguntó Rebecca.

—Tenía una cita en el Old Bailey con su abogado. El señor Booth Watson, como seguro que saben.

—¿Y después? —dijo William—. ¿En la Torre de Londres, por casualidad?

—No. Si sigue investigando, descubrirá que el señor Faulkner habló con su padre y después se marchó en sentido contrario. Si tuviera que adivinar, diría que a estas alturas ya habrá llegado al palacio de Westminster. Si se da prisa, señor comisario jefe, lo mismo le alcanza.

Antes de que William pudiese preguntar nada más, Collins le cerró la puerta en las narices.

—Siempre puedo arrestarlo, señor —dijo Rebecca—. ¿Me lo llevo a comisaría y grabo el interrogatorio?

—Sería una pérdida de tiempo, porque eso es exactamente lo que quiere que hagamos. Faulkner ha calculado toda esta operación hasta el último minuto. Hasta puedo decirte dónde está ahora mismo.

—¿Dónde? —preguntó Rebecca, sinceramente perpleja.

—En la Entrada del Soberano a la Cámara de los Lores, esperándonos.

—¿Cómo puede estar tan seguro?

—Porque yo soy su víctima prevista. El objetivo de todo esto nunca ha sido la corona. Siempre he sido yo.

William se sacó un móvil del bolsillo y llamó a la sala de control principal de la Policía Metropolitana.

Rebecca seguía sin entender nada.

6 minutos

Una azafata cerró la pesada puerta del avión, pero Harris aún no se sentía a salvo.

—El personal de cabina va a llevar a cabo una demostración de las medidas de seguridad de este avión —dijo el capitán—, así que pido a todos los pasajeros que presten atención a las instrucciones, aunque sean viajeros habituales.

Harris siguió mirando por la ventanilla sin hacer caso. ¿Y si de repente aparecía un coche patrulla en la pista, los adelantaba y ordenaba al avión que se detuviese y volviese a su puesto de estacionamiento?

5 minutos

Miles estaba en la Entrada del Soberano de la Cámara de los Lores esperando con impaciencia. Cada vez que pasaba un coche patrulla, se sentía tentado de saludar con la mano. Pero ya no podían tardar mucho en verle…, al fin y al cabo, llevaba una bolsa de la Torre de Londres en la que se veía una foto de la corona. ¿Qué más podían pedir?

4 minutos

—Tripulación de cabina, preparados para el despegue.

Harris volvió la cabeza y vio cómo las dos azafatas se sentaban al frente del avión y se abrochaban los cinturones. Miró de nuevo por la ventanilla y vio que los motores giraban despacio, y después un poco más deprisa hasta que el avión empezó a avanzar suavemente y a acelerar poco a poco por la pista. Finalmente, las ruedas se separaron del suelo y el avión despegó.

El señor Robinson se recostó en el asiento. Tenía ganas de aplaudir.

3 minutos

Faulkner sonrió al oír una sirena de policía a lo lejos. Se quedó quieto delante de la Entrada del Soberano, deseando que el Halcón supiese apreciar la ironía.

Tres coches patrulla frenaron con un chirrido, y seis o siete agentes uniformados bajaron de un salto y fueron corriendo hacia él. Sincronización perfecta, pensó mientras pulsaba el cronómetro para marcar el último tiempo. Le dio la bolsa de la Torre de Londres al sargento mientras un agente le agarraba las manos por la espalda y le ponía las esposas. Un tercer agente le recitó sus derechos mientras se lo llevaba a la fuerza a un coche y lo subía de un empujón al asiento trasero.

El sargento miró dentro de la bolsa y le costó creer que pudiese tener tanta suerte. Sonrió de oreja a oreja.

—Magnífica, ¿verdad? —dijo Miles.

—Cierra el pico, Faulkner. Vas a volver al lugar del que nunca deberías haber salido, y esta vez van a tirar la llave.

—Lo dudo —dijo Miles mientras el agente seguía agarrando la bolsa como si fuera un portero que acabara de parar un penalti.

—Llame a Scotland Yard —ordenó al conductor— y que se ponga el comandante Hawksby.

El Halcón escuchó atentamente mientras un sargento entusiasmado le informaba. Cuando terminó, el Halcón se limitó a decir:

—Ha sido demasiado fácil.

60 segundos

Booth Watson cogió el teléfono personal que había sobre su escritorio, y no se sorprendió lo más mínimo al ver quién llamaba. Al fin y al cabo, todos los presos tienen derecho a hacer una llamada.

—Soy Miles Faulkner, BW. Que sepas que acaban de arrestarme.

—¿De qué se te acusa? —preguntó Booth Watson con tono inocente, sabiendo que cada palabra estaba siendo grabada y que las escucharían una y mil veces antes de que el comandante Hawksby y su equipo lo analizasen todo hasta la saciedad.

—De robo —dijo Miles, sonando bastante satisfecho de sí mismo.

—¿Y qué te acusan de haber robado?

—La Corona imperial del Estado de 1937 y la Espada del Estado de la Torre de Londres.

—¿Dónde estás ahora?

—Detenido en la comisaría de Canon Row. Creo que están a punto de encerrarme.

—¿Y puedo preguntar dónde están la corona y la espada?

—A estas horas supongo que irán de camino al palacio de Buckingham.

—Entonces puedes dormir tranquilo porque a primera hora de la mañana te sacaré.

—Pero asegúrate de que no me sacas antes de que su majestad haya pronunciado el Discurso de la Reina ante la Cámara de los Lores —le recordó Miles.

El equipo se sentó en torno a la larga mesa del despacho del comandante y volvió a escuchar la grabación.

—¿Qué estará tramando? —dijo William.

—¿Qué te hace pensar que esté tramando algo? —preguntó el Halcón.

—Las únicas palabras que tienen importancia en esa cinta son: «Pero asegúrate de que no me sacas antes de que su majestad haya pronunciado el Discurso de la Reina ante la Cámara de los Lores».

—Que será mañana a las once y media —les recordó Jackie.

—Sigo pensando que nos tiene preparada otra sorpresa —dijo Paul.

—Yo también —dijo William—, porque hasta ahora siempre ha ido un paso por delante de nosotros. ¿Por qué nos devolvió la Espada del Estado, pero no la corona?

—¿Dónde está ahora la corona? —preguntó el Halcón.

—Paul y yo la llevamos al palacio de Buckingham hace más o menos una hora —dijo William—. Me recibió el lord chambelán, que estaba esperando en el patio bajo la lluvia. Jamás había visto una cara de alivio semejante.

—¿Miró el interior de la bolsa?

—Sí, claro —dijo Paul—, y como nos dio permiso para marcharnos, supongo que se quedó satisfecho con lo que vio.

—¿Y no será que Faulkner se ha salido con la suya —rumió William— mientras nosotros hemos caído de lleno en su última trampa?

—Pero hemos recuperado la corona y la espada, y hemos detenido a Faulkner —dijo Jackie—. ¿Qué más podemos pedir?

—No lo sé —dijo William—, pero no dejo de preguntarme qué le habrá llevado a devolvernos la espada y no la corona, y a dejarse pillar con la corona sabiendo que acabaría detenido. Como me enseñó usted cuando yo era un joven detective, señor, en un delito solo hay tres cosas que importen.

—El móvil del delito, el móvil del delito y el móvil del delito —dijo Rebecca, hablando por primera vez.

—¿Dinero, dinero y dinero? —sugirió Paul—. La corona debe de valer millones de libras.

—Más de mil millones —dijo Jackie—, si nos fiamos de internet.

—O nada —dijo William—. No olvidéis que ningún delincuente profesional tocaría siquiera la corona, por miedo a que todos los cuerpos de policía del planeta quisieran atribuirse el mérito de haber detenido al ladrón. Así que no creo que esa fuera nunca la motivación de Faulkner.

—A no ser que planease desarmar la corona y venderla por piezas —sugirió Jackie.

—Tampoco puede correr ese riesgo —dijo William—. Cualquiera que viese el diamante Cullinan II entraría en pánico. Es el segundo diamante más grande del mundo, del tamaño de una pelota de golf. Así que sería bastante difícil que pasara desapercibido. Al igual que el zafiro de St Edward o el rubí del Príncipe Negro, que todo joyero que se precie reconocería de inmediato. No. Si Faulkner hubiese tenido la intención de vender las joyas por separado, habría sido mucho más sencillo quitarle las piedras preciosas a la espada, porque no son tan famosas como las de la corona pero también valen una fortuna.

—Entonces —dijo el Halcón—, si no es por dinero, ¿para qué lo ha hecho?

—Bueno, podría pedir un rescate por la corona —sugirió Rebecca.

—¿A cambio de qué? —dijo Paul.

—De mí —contestó William.

Todos, incluso el Halcón, enmudecieron mientras esperaban a que se explicase.

—¿Se imaginan cuánta publicidad crearía esta historia si se llegase a saber que alguien ha birlado las joyas de la Corona delante de nuestras narices? No solo en Gran Bretaña, sino en el mundo entero. Además, todos los que estamos sentados en torno a esta mesa tendríamos que dimitir, y el resto de nuestros días se nos recordaría por una sola cosa. —Finalmente, tras un largo silencio, William dijo—: La prensa aclamaría a Faulkner como el nuevo Raffles, mientras que a mí me tocaría el papel del inspector Clouseau.

Nadie se rio.

—Aun así, Faulkner se pasaría el resto de su vida en la cárcel —señaló Jackie.

—No si le explica a la prensa internacional que jamás tuvo intención de robar las joyas. Que, simplemente, quería poner en evidencia la ineficacia de la brigada de Protección de la Casa Real, y después decirle a todo el mundo que, para remacharlo, había dejado la Espada del Estado en el maletero de un coche que estaba aparcado a unos doscientos metros de la Torre, con su vieja corbata del colegio en el asiento delantero. Después dirá que se quedó en la Entrada del Soberano de la Cámara de los Lores con la corona metida en una bolsa de la tienda de la Torre de Londres, esperando a ser arrestado. Si yo fuera un redactor de Fleet Street, sé de qué lado estaría.

—O si fuera un miembro del jurado —dijo Rebecca.

—Pero la venganza precisa de otra persona que sea el objetivo —observó el Halcón.

—Sí, yo —repitió William—. Debería haberme dado cuenta al ver que llevó a su exmujer a la bancarrota y estuvo a punto de destruir a Ross.

—¿Qué es lo que no nos estás contando? —preguntó el Halcón.

—Con la ayuda de Christina y de Ross, cogí algo que para él tiene tanto valor como para nosotros las joyas de la Corona, así que no debería sorprenderme que, después de vengarse de Christina y de Ross, fuera yo el siguiente, y que me esperase algo todavía más escandaloso.

—Acláramelo.

—Faulkner quiere vengarse porque yo fui el responsable de que su Rubens, el *Descendimiento de Cristo de la Cruz,* desapareciese de la pared de su apartamento de Manhattan y fuera sustituido por una falsificación que apenas valía unos miles de dólares. La obra maestra original puede verse ahora en el Fitzmolean.

—Pensaba que el original era propiedad del museo —dijo Rebecca, incapaz de creerse lo que estaba oyendo.

—Ahora sí —dijo William—. Pero solo porque Christina nos ayudó a dar el cambiazo cuando Faulkner puso en venta su apartamento de la calle 61 Este el año pasado.

—No es ningún delito recuperar algo que te pertenece —le recordó el Halcón.

—Sí lo es si Faulkner considera que, para empezar, le pertenecía a él.

—Pero no olvide —dijo Jackie— que Faulkner está detenido mientras que nosotros estamos en posesión de la Espada del Estado y de la Corona imperial del Estado.

—Bueno, ¿y qué as pensáis que tiene debajo de la manga? —preguntó el Halcón.

—Ni idea —reconoció William—. Pero me da la impresión de que lo descubriremos mañana, cuando su majestad pronuncie el Discurso de la Reina ante sus señorías.

—Quizá esté planeando robar el discurso —dijo Paul para relajar el ambiente.

—Lo dudo —respondió William—. Además, seguro que hay varias copias.

—¡Ay, Dios! —dijo el Halcón—. ¿Creéis que puede haber…?

Capítulo 25

Los miembros del equipo interno, sentados en torno a una mesa del despacho del comandante, bolígrafo en ristre y con los cuadernos abiertos, tenían los ojos clavados en el enorme televisor del fondo.

—¿Qué se supone que estamos buscando? —preguntó Jackie.

—No lo sé —admitió William—, y me temo que el único que lo sabe es Faulkner.

—¿Y no estaremos reaccionando de manera exagerada? —preguntó el Halcón, haciendo de abogado del diablo—. A fin de cuentas, nosotros hemos recuperado la corona y la espada mientras que Faulkner ha pasado la noche en chirona.

—Ojalá lo supiera —dijo William mientras aparecían las letras BBC en la pantalla, seguidas de la leyenda «Ceremonia de apertura del Parlamento».

La familiar voz de David Dimbleby recordó a los espectadores que Tony Blair había ganado las elecciones generales con una mayoría de ciento setenta y nueve escaños y que iba a ser el primer dirigente laborista en ocupar el cargo de primer ministro desde James Callaghan, hacía casi dieciocho años.

—Y ahora cedo la palabra a nuestro editor político, Robin Oakley, que nos va a contar qué podemos esperar del Discurso de la Reina.

—Francamente, David, no parece que vaya a haber demasiados sustos —dijo Oakley—. Durante la campaña, Tony Blair dejó bien claro que su prioridad era la educación, la educación y la educación. Pero en el Discurso de la Reina siempre hay un par de sorpresas, porque a ningún primer ministro le gusta que lo consideren predecible.

—Y posiblemente haya un par de sorpresas de las que ni siquiera el primer ministro sabe nada —dijo William, clavando la mirada en la pantalla.

Una cámara con teleobjetivo enfocó el palacio de Buckingham para sacar el Mall, que estaba flanqueado por espectadores llegados de todas partes del globo terráqueo para presenciar el espectáculo. Millones de personas más lo estaban viendo por televisión…, entre ellas, Booth Watson, que se había quedado en casa para ver la ceremonia, y Miles Faulkner, que había ido a la cantina de Wormwood Scrubs y había olvidado lo repugnante que era el café de la cárcel.

—No le tenía por monárquico —dijo Tulip, sentándose a su lado.

—No lo soy —dijo Miles—. Simplemente, quiero ver quién es la primera persona en darse cuenta. Tengo el pálpito de que incluso podría ser la reina —añadió, lo cual desconcertó todavía más a Tulip.

—La primera carroza que verán salir del palacio —explicó Dimbleby— es la carroza de la reina Alexandra, que transporta la gorra ceremonial y la Espada del Estado, que precederán a la reina cuando haga su entrada en la Cámara de los Lores…

—Eso, al menos, sí que es verdad —dijo Miles.

—… junto con la Corona imperial del Estado, que el rey Jorge VI llevó por primera vez en su coronación de 1937 y que su majestad lucirá hoy mientras pronuncia su discurso.

—Y me temo que eso no —añadió Miles.

Una gran ovación estalló cuando la segunda carroza salió del palacio al Mall y la reina y el príncipe Felipe devolvieron el saludo a la multitud que los aclamaba.

—La carroza de Estado irlandesa —continuó Dimbleby mientras la pareja real se dirigía por el Mall hacia el edificio de House Guards— va acompañada de un guardia montado de una división de la caballería de la Casa Real, que escoltará a la monarca hasta el palacio de Westminster.

Como William no había tomado ni una sola nota en su cuaderno, empezaba a preguntarse si…

Lo único que se preguntaba Miles era cuándo llamarían a Warwick para despedirle con efecto inmediato. ¡Lo que daría por ver por un agujerito el momento en cuestión…! En fin, sabía que no se puede tener todo. Siguió atento a la ceremonia mientras Tulip le traía otro café.

Booth Watson se sirvió una ginebra doble. Quizá era un poco temprano, pero tenía un largo día por delante. Vio cómo entraba la carroza de Estado en la plaza del Parlamento y cómo se arriaba la bandera del Reino Unido y se sustituía por el Estandarte Real, que ondeaba con la brisa. La carroza se detuvo frente a la Entrada del Soberano mientras un guardia de honor presentaba armas y la banda de la guardia de granaderos tocaba el himno nacional.

—Su majestad nunca llega tarde —observó Dimbleby en el mismo instante en el que el Big Ben daba las campanadas del cuarto de hora.

La reina se bajó del carruaje y fue recibida por el duque de Norfolk, el marqués de Cholmondeley y el Caballero Ujier del Bastón Negro, que le hicieron una reverencia antes de que cuatro ujieres acompañaran a su majestad al interior del edificio.

—A las once y veintisiete —declaró Dimbleby con la seguridad de quien sabe que está ante un momento histórico—, la reina irá desde el Salón de la Toga del primer piso a la Cámara, donde pronunciará su discurso ante los presentes.

—Para entonces ya se habrá dado cuenta —dijo Miles—, aunque Warwick aún no sepa nada.

Tulip estaba perplejo, pero sabía cuándo había que guardar silencio.

Su majestad entró en el Salón de la Toga a las 11:19 de la mañana y desapareció detrás de dos biombos rojos. Allí la esperaba su vestidora, la señora Kelly, que hizo una genuflexión y dio un paso al frente para ayudar a su majestad a ponerse el pesado manto de Estado rojo y dorado. Una vez que la vestidora hubo finalizado su tarea, la reina repasó su imagen en un largo espejo, hizo un pequeño ajuste y asintió con la cabeza, la señal para que la señora Kelly abriese los biombos rojos. Al otro lado estaba el lord chambelán esperando diligentemente con un cojín rojo y mullido entre las manos, sobre el cual reposaba una corona.

Cuando la reina cogió la corona, por un instante asomó a su rostro un atisbo de sorpresa, pero no hizo ningún comentario. Se puso la corona en la cabeza y se la ajustó hasta que se sintió cómoda. Después se incorporó a la larga procesión y se cogió del brazo de su señor, que no su amo.

Las trompetas anunciaron la llegada de la comitiva real, y la procesión se puso en marcha a un paso disciplinado, recorriendo lentamente la Galería Real y cruzando la Cámara del Príncipe antes de entrar finalmente en la Cámara Alta. Sus señorías se levantaron al unísono para saludar a su reina y permanecieron en pie hasta que hubo subido los tres peldaños y se hubo sentado en el trono. El príncipe Felipe tomó asiento a su derecha, mientras que el mariscal de campo, lord Bramall, se quedó un escalón por debajo a su izquierda espada en ristre, para recordar a todos los presentes la autoridad de la soberana. Miles sonrió. Al menos la espada era la auténtica.

Sus señorías, ataviadas con largos mantos rojos con ribetes de armiño blanco, volvieron a sentarse en los bancos de cuero rojo. El lord canciller dio un paso al frente, hizo una reverencia y le entregó a la reina su discurso, y a continuación retrocedió sin darle la espalda.

La reina abrió la carpeta de un discurso que ya conocía, porque lo había leído dos veces la tarde anterior en la intimidad de su despacho.

Al alzar la mirada vio a los lores de la ley rodeando el *woolsack* y a los obispos con indumentaria eclesiástica sentados en sus reverendos lugares, mientras que el resto de los bancos rojos estaban ocupados por una mezcla de lo antiguo y lo moderno, desde el decimoquinto

Duque de Hamilton hereditario hasta un miembro vitalicio de la Cámara de los Lores de Weston-super-Mare, recientemente ennoblecido. Los ojos de la reina se desplazaron hacia la barra, al fondo de la Cámara, y se posaron en Tony Blair, su décimo primer ministro, que estaba de pie junto al líder de la oposición, John Major, que tenía cara de no haber sido invitado a la fiesta.

La reina se puso las gafas y miró la primera frase del discurso.

—Señorías, miembros de la Cámara de los Comunes, mi gobierno tiene el firme propósito de gobernar en beneficio de toda la nación. La educación de los jóvenes va a ser nuestra prioridad.

Miles miró con detenimiento a la reina y dio por sentado que a esas alturas ya sabría la verdad, y que por ahora ellos dos todavía eran las únicas personas que estaban al tanto. Pero antes de que anocheciera tendría que haber más personas compartiendo el secreto, incluidos el comandante Hawksby y el comisario jefe Warwick, que para entonces seguro que ya habrían dimitido.

—… les expondremos otras medidas. Señorías, miembros de la Cámara de los Comunes, ruego a Dios todopoderoso que bendiga sus decisiones.

Cerró la carpeta roja que llevaba su blasón y el lord canciller dio un paso al frente y volvió a cogerla. Cuando la reina se levantó del trono y se agarró del brazo de su consorte, sus señorías volvieron a ponerse en pie y así permanecieron hasta que la comitiva real abandonó la cámara y se dirigió hacia el Salón de la Toga.

Solo una minoría privilegiada fue testigo del momento en el que la reina se quitó los ropajes reales y los tesoros de la nación. La Espada del Estado fue devuelta a su estuche antes de guardarse de nuevo bajo llave hasta el año siguiente. El lord chambelán se mantuvo expectante mientras la reina se quitaba la corona y volvía a dejarla delicadamente en su cojín real. Se llevó una sorpresa cuando su majestad le susurró:

—Supongo que habrá una explicación sencilla, ¿no?

* * *

Faulkner le dijo a Tulip que apagase el televisor antes de decirle a un funcionario que pasaba por allí:

—Tengo que llamar a mi abogado.

El comandante Hawksby apagó el televisor, se volvió hacia William y dijo:

—Como la corona y la espada ya están volviendo al palacio, más vale que te pongas en marcha si todavía quieres cumplir con tu parte. Aunque confieso que no voy a relajarme del todo hasta que me confirmes que van a estar otro año más a buen recaudo en la Torre.

—Así es —dijo William—. Y yo sería el primero en reconocer que tal vez haya reaccionado exageradamente, pero solo porque estaba implicado Miles Faulkner.

William y Paul salieron del despacho del Halcón y bajaron corriendo. En la entrada, Danny ya estaba sentado al volante del familiar Land Rover con el motor en marcha.

—Su siguiente problema —dijo Paul mientras subía al asiento trasero del coche con William— es qué va a hacer con Faulkner.

—No haré nada antes de que las joyas de la Corona hayan sido devueltas a la Torre, y solo entonces me lo volveré a pensar.

—Yo le cortaría la cabeza con mucho gusto por alta traición —dijo Paul mientras el Land Rover partía rumbo al palacio.

—Y dejarías su cabeza clavada en una estaca en el puente de la Torre para que todo el mundo la viera, sin duda.

—¿Acabará siendo perdonado como el coronel Blood? —preguntó Paul.

—Si de mí depende, ni hablar —respondió William, al tiempo que miraba por la ventanilla y veía a las multitudes volviendo lentamente a casa mientras unos camiones articulados empezaban a recoger las barreras provisionales que había a lo largo del Mall.

Antes incluso de llegar a las puertas del palacio, William vio un Jaguar gris en el extremo opuesto del patio de armas, aparcado detrás de un convoy de motocicletas de élite que esperaban recibir la orden de acompañarlos de vuelta a la Torre en el menor tiempo posible. William esperó a que dos oficiales de la guardia aparecieran con dos estuches negros que bajo ningún concepto iba a perder de vista hasta que el gobernador residente y dos alabarderos los devolvieran a la Casa de las Joyas.

Booth Watson cogió el teléfono, sin dudar ni un segundo de que al otro lado de la línea estaría su cliente más importante. Al igual que la reina, nunca se retrasaba.

—Por ahora, todo bien —dijo Miles, que sonaba bastante satisfecho de sí mismo—. Pero ha llegado la hora de pasar a la siguiente fase del hundimiento de Warwick.

—¿Ya has decidido a qué periódico vas a filtrarle la historia? —preguntó Booth Watson.

—Como el dueño del *Daily Mirror* es un par hereditario, creo que sabrá apreciar la ironía de todo este asunto.

—Pero ¿cuándo?

—Sobre las cinco de esta tarde, de modo que el editor tenga tiempo de sobra para reservar la primera plana.

—¿Tú crees que Warwick ya lo sabe?

—No, no lo sabe.

—¿Cómo puedes estar tan seguro? —preguntó Booth Watson.

—Está sentado en la parte de atrás de un Land Rover, en el palacio de Buckingham, esperando al lord chambelán. Aun así, no creo que falte mucho para que se le encienda la bombilla, por utilizar una de las expresiones favoritas de su jefe.

En Scotland Yard, sentado detrás de su escritorio, el Halcón apagó el aparato de escucha telefónica y soltó una sarta de improperios que habrían dejado boquiabierto a un estibador de Glasgow. A decir verdad, aún no tenía ni idea de cuál iba a ser el siguiente paso de Faulkner, pero las palabras «no creo que falte mucho para que se le encienda la bombilla» sugerían que estaba a punto de enterarse.

* * *

—¿Y a ese qué le pasa? —preguntó Paul mientras veían a un joven subalterno acercarse corriendo por el patio de armas.

—Ni idea —dijo William, bajando la ventanilla—. Pero me da que estamos a punto de descubrirlo.

—¿Comisario jefe Warwick? —preguntó el subalterno antes incluso de llegar hasta ellos. William asintió con la cabeza—. El lord chambelán quiere saber si puede ir usted a su despacho.

Intentó que sonase como una petición y no como una orden.

—Por supuesto —dijo William, bajando del coche de un salto y corriendo detrás del joven agente por el patio de armas.

Al entrar en el palacio por fin le dio alcance, y subieron un empinado tramo de escaleras flanqueadas por paredes llenas de fotografías de miembros de la familia real en viajes al extranjero. El subalterno se detuvo al final del pasillo, llamó a una puerta con los nudillos y la abrió, haciéndose a un lado para dejar paso a William a una habitación grande y cómoda que parecía más un estudio que una oficina. El lord chambelán estaba sentado detrás de un escritorio grande y antiguo. A sus espaldas, en la pared, había un retrato de la reina madre.

William habría disfrutado dedicando unos minutos a mirar detenidamente los cuadros que adornaban las paredes, y tal vez lo habría hecho si sus ojos no se hubiesen posado sobre dos estuches de cuero negro que le eran familiares y que habían sido colocados en una mesa en el centro de la habitación.

El lord chambelán se levantó de detrás del escritorio y caminó lentamente hacia él. Sin que intercambiasen una palabra, abrió el estuche más grande y se quedó mirando la Espada del Estado en toda su gloria. Finalmente, habló.

—Esta magnífica pieza de armamento se remonta al año 1678 y fue utilizada oficialmente por primera vez por Carlos II, en 1680. La empuñadura con incrustaciones de joyas nos recuerda que no fue concebida para utilizarla con ira sino para sacarla únicamente en ocasiones ceremoniales. Este antiquísimo artefacto será devuelto a la Casa de las Joyas, que es donde debe estar, pero no será usted quien lo lleve.

William arqueó una ceja.

El lord chambelán se centró a continuación en el estuche más pequeño. Levantó la tapa y sacó la corona que William había visto recientemente por la televisión cuando la reina se había dirigido a ambas cámaras. La dejó en el centro de la mesa.

—En cambio, a esta impostora —dijo con veneno en la voz— no se le va a permitir acercarse lo más mínimo a la Torre de Londres.

A William le vinieron a la cabeza todo tipo de cosas, ninguna positiva, mientras miraba la corona y esperaba la explicación.

—Mire más de cerca, comisario, y verá una magnífica falsificación ejecutada por un maestro moderno, pero no, le aseguro, por encargo real. Su majestad se dio cuenta, nada más ponerse este objeto sobre la cabeza, de que no era la Corona imperial del Estado que llevó en su coronación, sino una impostora.

William notaba que la frente se le iba perlando de sudor, y a duras penas consiguió evitar que se le doblasen las rodillas mientras intentaba mantener la calma.

—Fue el peso de la corona lo que descubrió el pastel —continuó el lord chambelán—. Por eso dijo su majestad que era «un peso ligero».

»La Corona imperial del Estado de 1937 contiene 2868 diamantes, 17 zafiros, 11 esmeraldas y 269 perlas, todo ello incrustado en una estructura de oro macizo. En cambio, esta monstruosidad —dijo el lord chambelán señalando la corona— está chapada en oro. Las piedras son de vidrio, y las perlas no vienen precisamente de una ostra. Le ahorraré los detalles del diamante de 317 quilates Cullinan II, el orgullo de Sudáfrica, el zafiro de St Edward que se remonta al año 1042 y el rubí del Príncipe Negro que se dice que lució Enrique V en el casco durante la batalla de Agincourt. Por no hablar de los pendientes de cuatro perlas que regaló Catalina de Médici a María I de Escocia cuando se casó con el delfín.

Lo único que deseaba William en ese momento era que el lord chambelán tuviese una puerta-trampa secreta que, al toque de un botón, se abriese de golpe y pusiese fin a su sufrimiento.

—No me cabe ninguna duda —continuó el lord chambelán, mirando de nuevo la corona— de que es una obra de una destreza consumada, pero financiada por un canalla que merece que lo destierren del reino. Y sospecho que sabe usted perfectamente quién es el canalla —dijo, colocando de nuevo la corona de pega en el estuche—. Así que por favor llévese esta burda imitación y expóngala en el Museo Negro, su lugar natural, o sustitúyala por la Corona imperial del Estado antes de que amanezca. Elija usted.

A William no se le ocurría ninguna respuesta adecuada.

—Ahora bien —siguió el lord chambelán—: como la Torre de Londres abrirá al público mañana a las diez, me atrevo a insinuar que el tiempo no corre a su favor, de modo que no le voy a entretener más, comisario.

William cogió la caja, salió corriendo del despacho, bajó las escaleras y volvió por el patio de armas. Llegó al coche incluso antes de que a Danny le diese tiempo de abrir la puerta trasera. Descolgó el teléfono del reposabrazos y dijo con firmeza:

—Páseme al gobernador de Wormwood Scrubs.

Los pocos minutos que le hicieron esperar se le antojaron horas, pero por fin oyó la voz del gobernador de la prisión.

—¿Qué puedo hacer por usted, señor comisario?

—¡Encerrar a Miles Faulkner en una celda de aislamiento! ¡Ya mismo!

Capítulo 26

—¿Puedo hablar con el señor Booth Watson?

—¿De parte de quién?

—Me llamo Tulip. Comparto celda con el señor Faulkner, y me ha pedido que le dé un mensaje importante a su abogado.

—Le paso, señor Tulip.

Mientras esperaba, Tulip no apartó la vista de la manecilla grande de su reloj de pulsera.

—Booth Watson.

—Buenas tardes, jefe, me llamo…

—Sé quién eres —soltó Booth Watson—. Pero lo que no entiendo es por qué no está mi ilustre cliente al teléfono.

—Lo han enchironado en solitario, jefe, pero como ya se imaginaba que podía pasar me dio un mensaje para usted.

—Dímelo —dijo Booth Watson, abriendo un cuaderno amarillo y cogiendo un bolígrafo.

—«Si no me han soltado mañana por la mañana, dile al editor del *Daily Mail* dónde está la banda moteada de Sherlock Holmes. Y dile al señor Dacre, si no te cree, que vaya a la Torre y lo vea con sus propios ojos».

Booth Watson escribió cada palabra antes de decir:

—Bien hecho, Tulip. Si te enteras de algo más que pueda tener interés, no dudes en llamarme.

—Si por mí fuera, lo haría, pero solo me permiten una llamada al día de tres minutos, así que no puedo…

La llamada se cortó.

El comandante apagó la grabadora.

—Bueno, ¿qué información hemos sacado de esta conversación? —preguntó, mirando a su alrededor.

—Como la llamada se hizo desde Wormwood Scrubs —dijo Paul—, los dos debían de saber que los estaban grabando.

—De acuerdo —dijo el Halcón—. ¿Y?

—El portavoz de Faulkner filtrará la historia al *Daily Mail,* diciendo que la corona no fue devuelta a la Torre esta tarde —dijo William, intentando mantener la calma—, y añadirá que, si no le creen, deberían ir a comprobarlo ellos mismos. Por lo que solo nos quedan unas horas para averiguar dónde está.

—Pero si no lo conseguimos —intervino Paul, con ánimo de ayudar—, Booth Watson revelará exactamente dónde está la auténtica corona. Y para entonces será demasiado tarde y no podremos hacer nada.

—Salvo dimitir —dijo el Halcón—. Que es justo lo que, para empezar, tenía planeado él para nosotros. Comencemos contigo, Jackie. ¿Averiguaste algo útil cuando interrogaste al personal de la Torre justo después del robo?

—Poca cosa —admitió Jackie—. Y el hecho de que no pudiese decirle a nadie cuál era la verdadera razón del interrogatorio no me lo puso fácil.

—¿Había algún fichaje nuevo que pudiese haber sido colocado por Faulkner para que le ayudase el día en cuestión? —preguntó William.

—Dos antiguos chaquetas verdes, los dos con baja honrosa, se han incorporado recientemente a los alabarderos —dijo Paul, pasando a otro archivo—. Hemos investigado a los dos, pero como acababan de volver de servir dos años en Irlanda del Norte, es imposible que estuviesen implicados.

—Pero no es el caso de Penny Cummins —dijo Rebecca—, la joven que ha estado trabajando a tiempo parcial en la taquilla y que ha admitido que envió un mensaje de texto con las palabras «coronel Blood» a un contacto desconocido…, sin duda, Faulkner o Lamont. Pero eso no podía haberlo sabido, porque no es miembro del círculo interno.

—¿Y cómo se enteró de la contraseña? —preguntó el Halcón.

—Por la mujer del gobernador —contestó Rebecca—. Cuando la pararon en la puerta Oeste y Cummins le preguntó si se sabía la contraseña, uno de los niños la soltó.

—Si no hubiera dicho nada —dijo William con tristeza—, Faulkner no habría podido arriesgarse a seguir adelante con la operación.

—¿Dónde se encontraba Faulkner en ese momento? —preguntó el Halcón.

—En la medida en que ha sido posible rastrear sus movimientos exactos, mientras yo estaba en el palacio recogiendo al lord chambelán, Faulkner estaba en el Old Bailey charlando con mi padre.

—¿Tu padre? —repitió el Halcón.

—Todo forma parte de una rebuscadísima coartada que prueba que es imposible que estuviese en la Torre cuando robaron la corona.

—¿Y después?

—Se fue andando a la Cámara de los Lores. De camino pasó por el Savoy y reservó una mesa para almorzar en el Grill, y así añadió varios testigos presenciales para demostrar que no pudo estar en dos lugares a la vez.

—Pues hoy no va a comer en el Savoy —dijo el Halcón—, porque está en una celda de aislamiento. Y mejor que dejemos de perder el tiempo con Faulkner para concentrarnos en sus soldados de a pie, que al parecer han estado al tanto de la operación desde el inicio. Os aseguro que siempre que esté Faulkner de por medio, Booth Watson, Lamont y Collins no andarán muy lejos.

—Aunque sospecho que Harris era el elemento clave de la operación —dijo William—, porque es evidente que se trataba del infiltrado. Si no hubiese estado sentado al volante del Jaguar, no habrían conseguido pasar por la puerta Este, aunque lo que no acabo de entender es cómo se conocieron Faulkner y él.

—Harris estaba agobiadísimo por las deudas hasta hace más o menos seis meses —dijo Jackie, abriendo otra de sus carpetas—, cuando, de repente, los pagos mensuales de la pensión alimenticia y de la hipoteca se pusieron al día y su cuenta corriente dejó de estar en números rojos. También descubrí que Harris estaba en deuda con un corredor de apuestas que no le hace ascos a partir piernas, así que seguro que le pareció que correr el riesgo era el mal menor. Creo que podemos suponer que su pagador era Faulkner, y que debió de pagarle un buen anticipo para mantenerlo de su lado.

—Pero, aunque sabemos dónde están Faulkner, Lamont y Collins —dijo William—, todavía no hemos sido capaces de rastrear a Harris.

—¿No dejó ningún tipo de prueba documental? —preguntó el Halcón—. Reservas de avión, de barco o de tren, lo que sea…

—A su nombre, no —dijo William—. Pero qué duda cabe de que esa es otra cosa de la que pudo encargarse Faulkner, y Harris, una vez hecha su parte, no iba a quedarse por ahí dando vueltas. Sabría perfectamente que él era la única persona que podía ser identificada por el personal de la Torre, así que seguro que salió pitando en cuanto pudo.

—Pues yo —continuó Paul— apuesto a que huyó nada más dejar tirado el Jaguar en el patio de la iglesia, a los pocos minutos de irse de la Torre. Sabía que en un par de horas la mitad de los cuerpos policiales de Europa estarían buscándole.

—Pero ¿adónde ha huido? —preguntó Jackie—. Porque…

—A algún lugar en el que no haya convenio de extradición.

—Me trae sin cuidado dónde esté —interrumpió bruscamente William, sorprendiéndolos a todos—. Harris es lo que menos debería preocuparnos ahora. Seguro que no tiene ni idea de dónde ha escondido Faulkner la corona. No era su papel en esta operación.

El Halcón jamás había visto a William tan nervioso, y rápidamente intervino para evitar que se le fuera de las manos.

—Pero no es el caso de Lamont —dijo con voz serena—, que es muy posible que fuera el comisario jefe que iba sentado en el asiento trasero del Land Rover, seguramente vestido con su propio uniforme.

—Incluso se dio a sí mismo un ascenso —dijo Jackie—. Pero como solo salió del coche una vez y guardó las distancias, no tenemos modo de demostrar siquiera que estuvo allí.

—¿Dónde dice él que estaba a esa hora?

—En casa con su mujer, toda la mañana. Dice que no salió en ningún momento, y ella lo confirmó cuando la interrogamos.

—Cómo no —dijo William.

—¿Y no hay un circuito cerrado de videovigilancia? —preguntó el Halcón.

—Seguro que Lamont sabe dónde están las cámaras, señor. No olvide que usted fue su maestro.

—¿Y dónde está ahora el matrimonio?

—Pobrecitos, siguen en casa, han tenido que retrasar sus vacaciones —dijo Paul—. Pero no vamos a poder retenerlos durante mucho más tiempo.

—Entonces olvidémonos también de Lamont por el momento —dijo el Halcón—, y pasemos a un terreno, con suerte, más fructífero. Collins.

—Todo apunta a que Collins era el conductor del Land Rover —dijo Rebecca—. Pero si era él, también nos va a ser muy difícil demostrarlo. Llevaba gafas negras y gorra de chófer; cualquiera con dos dedos de frente habría tenido que pedirle explicaciones, porque él también llevaría uniforme de policía.

—Y para colmo de males —añadió Paul—, estaba lloviendo y el conductor no había activado el limpiaparabrisas, así que en la grabación del circuito de videovigilancia solo consta una figura borrosa.

—¿Huellas dactilares?

—Todos llevaban guantes —dijo Jackie.

—¿Qué dijo Collins en su defensa cuando le interrogasteis?

—Nos soltó su rollo de carrerilla —dijo William—, y en cuanto me dijo dónde podía encontrar a Faulkner, me dio con la puerta en las narices.

—Otro que nos toma el pelo —dijo el Halcón—. Todo forma parte del plan maestro de Faulkner.

—La verdad es que el tipo es digno de admiración —opinó William—. No solo tiene los nervios de acero sino también el descaro de dejar su vieja corbata en el asiento delantero del Jaguar.

—Sabiendo que Harrow también fue el colegio del lord chambelán —añadió Paul.

—Y el gobernador residente confirmó que reconoció la corbata y dio por hecho que…

—El tiempo se agota —interrumpió el Halcón, echando un vistazo a su reloj—, así que olvidaos de la corbata, que Faulkner claramente dejó ahí para provocarnos, y empecemos a concentrarnos en la corona desaparecida. ¿Vosotros qué creéis?, ¿que hizo una copia o que la cambió por una ya existente?

—Yo no creo que le diese tiempo a fabricar algo tan espléndido y detallado —dijo Rebecca, mirando la réplica que había sobre la mesa—. Entre otras cosas, porque entonces el artesano encargado de hacerla también habría tenido que estar involucrado en el fraude, además de varios gemólogos y sus ayudantes.

—Conforme. Pero si queremos tener alguna esperanza de encontrarla a tiempo —dijo William—, empecemos por desglosar la hora dorada minuto a minuto. En primer lugar, las dos figuras que fueron grabadas por la videovigilancia entrando en la estación de metro de Tower Hill con una bolsa de la tienda de la Torre de Londres.

—Sin duda, Collins y Lamont —dijo el Halcón después de mirar una vez más la foto del vídeo—. Sin embargo, solo uno de ellos, Collins, aparece en Westminster treinta y ocho minutos más tarde, todavía con la misma bolsa que ahora sabemos que contenía la corona falsa.

—Que debió de entregar a Faulkner antes de volver a casa —dijo William.

—Conforme —dijo el Halcón—. Pero ¿cuándo y dónde cambiaron las coronas?

—Supongamos que tanto Lamont como Collins estuvieron en el metro algo menos de veinte minutos —dijo Paul, estudiando un mapa de la línea Circular que desplegó en medio de la mesa—. Si hubieran ido hacia el este, habrían llegado a Paddington, a Baker Street o posiblemente a Kensington. Pero si fueron al oeste, su destino obvio sería Westminster.

—Conforme —dijo el Halcón—. Al fin y al cabo, es ahí donde nos encontramos a ese condenado esperando tranquilamente a que apareciéramos nosotros. Seguro que ha dejado la corona real sobre una estatua de la reina para asegurarse de que no pase desapercibida.

—No estoy de acuerdo —dijo Rebecca—. La habrá dejado en algún sitio en el que la gente ni se fije en ella.

—¿El palacio de Buckingham? —sugirió Jackie—. ¿La Cámara de los Lores?

—Dios mío, por favor, que no sea la Cámara de los Lores —dijo el Halcón, exasperado.

—En momentos como este —dijo William—, no sabéis cuánto agradecería que estuviera con nosotros el inspector Hogan. Siempre se le ocurren ideas originales.

—Angela lleva toda la mañana intentando localizarlo —dijo el Halcón—. Pero lo único que ha averiguado es…

—Está con los niños en una excursión del cole —interrumpió William, mirándose el reloj—. Han ido a ver al otro hombre que robó las joyas de la Corona.

—El coronel Blood —dijo Paul.

—¡Baker Street! —exclamó Rebecca, sin apartar la vista del mapa de la línea Circular.

—¿Qué pasa con Baker Street? —preguntó el Halcón.

—Son nueve paradas en la línea Circular, habrían tardado unos veinte minutos.

—Oculta a la vista de todos —dijo el Halcón. Cogió el teléfono y se puso a marcar.

Capítulo 27

—Northcliffe House —dijo una voz alegre—. ¿En qué puedo ayudarle?

—Quería hablar con el director del *Daily Mail*, por favor.

—¿De parte de quién?

—Booth Watson, consejero de la reina.

Recalcó lo de consejero de la reina.

—No se retire. Voy a probar con su línea.

Booth Watson miró el cuaderno amarillo y repasó su guion mientras esperaba… y esperaba… y esperaba…

—Buenas tardes, señor Booth Watson. Soy Paul Dacre. ¿En qué puedo ayudarle?

—Buenas tardes, señor Dacre. Tengo una exclusiva para usted, pero antes de que le cuente los detalles, quiero que me garantice que no va a trascender que la fuente soy yo.

—Delo por descontado —dijo Dacre.

—Esta mañana, en la ceremonia de apertura del Parlamento…

—El coronel Blood fue un infame canalla del siglo XVII y la única persona que ha intentado robar las joyas de la Corona.

—Pero fracasó —dijo Artemisia, alzando la voz para que todos lo oyeran.

—Sin embargo —continuó la guía turística—, quizá lo habría conseguido si el hijo del custodio de las joyas, un soldado que estaba de permiso después de haber luchado en Flandes, no hubiese llegado…

—Justo a tiempo —completó Peter.

El móvil empezó a vibrar en el bolsillo de Ross.

—… en el mismo instante en el que estaba teniendo lugar el robo.

Ross miró el número de la pantalla y vio que no tenía más remedio que responder.

—Justo cuando Blood salía corriendo de la Casa de las Joyas con la corona bajo la capa —siguió la guía mientras Ross soltaba la mano de Jojo y se daba la vuelta—, Talbot Edwards, un capitán de la guardia, iba de camino hacia la Torre Martin y oyó las palabras…

—¡Detengan al ladrón! —dijo Artemisia.

—¡Detengan al ladrón! —repitió Peter.

Ross pulsó el botón verde y contestó:

—Dígame, señor.

—Escúchame, inspector —dijo el Halcón—, y escucha atentamente, porque ya no estás de permiso.

—Bien —dijo el Halcón después de colgar—. Solo vamos a tener una oportunidad, así que no podemos cagarla otra vez. William, quiero que vayas derecho a la Torre e informes al gobernador. Adviértele de que es probable que el director del *Mail* le llame en cualquier momento. Aconséjale que no responda a la llamada, aunque, cómo no, la decisión le corresponde a él. Eso sí, bajo ningún concepto le digas lo que nos traemos entre manos; cuanto menos sepa, mejor. Mientras, Paul, Jackie y Rebecca se reunirán con Ross lo antes posible. Lo encontraréis a la salida de la estación de metro de Baker Street, junto a la estatua de Sherlock Holmes. Y aseguraos de que os lleváis esto —añadió, señalando la corona falsa—. En lo que tardéis en bajar las escaleras llegará un coche patrulla para recogeros. Paul, en cuanto os reunáis con el inspector Hogan, dadle la corona y seguid sus instrucciones.

Paul se inclinó, cogió la corona y la volvió a guardar en el estuche mientras Jackie le abría la bolsa de la Torre de Londres para ayudarle a meterla. Rebecca fue la primera en salir del despacho del comandante, y se puso a pulsar sin parar el botón del ascensor mientras Paul y Jackie la seguían.

Al abrirse la puerta del ascensor, Jackie pasó corriendo por delante de ellos, bajó las escaleras y llegó a la puerta de la calle en el mismo instante en el que Danny salía de Scotland Yard con William en dirección a la Torre. El coche patrulla prometido se acercó y ocupó su lugar.

Jackie mantuvo abierta la puerta de la calle mientras Rebecca salía del ascensor, corría hacia el coche patrulla, abría la puerta de atrás y esperaba. Paul salió del ascensor y se dirigió lentamente hacia el coche, agarrando la bolsa como si llevase la corona auténtica.

Una vez que Paul se hubo instalado en el asiento de atrás, Rebecca se sentó a su lado y Jackie se subió de un salto al asiento del copiloto al tiempo que le decía al conductor adónde iban. Él ya lo sabía, y en cuanto Jackie cerró la puerta, el coche patrulla arrancó.

Cuando se fueron, el Halcón se sentó delante de su escritorio a esperar la llamada del director del *Daily Mail*.

Pero antes tenía que poner al tanto al comisario general, que a su vez informaría al primer ministro, que pediría audiencia con la reina para contarle algo que ella ya sabía.

Sonó el teléfono.

Ross apagó el móvil, se agachó y le susurró a Jojo:

—Tengo que hacer una cosa muy importante. No tardaré —le prometió.

Jojo le soltó la mano a regañadientes y siguió escuchando a la guía.

—El coronel Blood y sus cómplices fueron inmediatamente arrestados y encerrados en la Torre Blanca...

—Pero por poco tiempo —interrumpió Artemisia mientras Ross salía sigilosamente de la Sala de los Delincuentes y se dirigía hacia la zona de la familia real, donde fue saludado por otra guía que hablaba para un grupo todavía más grande.

—Su majestad llevó la Corona imperial del Estado de 1937 en su coronación, en 1953.

—Parece de verdad —dijo un niño que estaba cerca de la primera fila.

Qué chaval más listo, pensó Ross mientras se daba lentamente la vuelta y estudiaba la distribución de la sala. Su mirada se posó en la princesa Diana, y empezó a fraguar un plan. Dio otra vuelta antes de salir de la galería y volver rápidamente a la puerta principal. Sabía que aún faltaban unos minutos para que el equipo se reuniese con él, así que los dedicó a comprar tres entradas en la taquilla. De este modo no habría retrasos.

—Supongo que sabe —dijo la señorita de detrás del mostrador— que cerramos a las seis.

Me basta y me sobra, quería decirle Ross, pero se limitó a darle tres billetes de cinco libras y cogió las entradas.

Salió del museo y, cuando se estaba acercando a la estatua de Sherlock Holmes, vio un coche patrulla dirigiéndose hacia él. Levantó la mano como para parar un taxi, y el coche se detuvo a su lado con un frenazo.

Rebecca fue la primera en bajar, con Jackie pisándole los talones. Paul, con la bolsa bien agarrada, fue el último en sumarse al grupo. Ross les dio las entradas, explicándoles exactamente lo que esperaba que hicieran cuando llegasen a la Sala de la Realeza.

Paul le dio la bolsa de la tienda de la Torre de Londres a Ross mientras Rebecca entraba en el museo. Jackie la siguió treinta segundos después, con Paul a la zaga.

Ross iba a entrar en la sala cuando le sonó el móvil. Dio al botón de responder sin detenerse, y al ver el nombre que parpadeaba en la pantalla dijo: «Ahora no, señor», y, por primera vez en su vida, colgó al comandante.

Una vez dentro de la Sala de la Realeza, vio que sus tres colegas, siguiendo las instrucciones, se habían colocado cada uno por su lado al fondo del grupo, con aspecto de estar muy atentos a las palabras de la guía. Ross se puso al final de la primera fila. Una barrera de cuerda rodeaba una figura de cera de la reina, con un letrero que advertía claramente de que, si alguien pasaba por encima, sonaría una alarma. Ross ya lo había previsto y lo había incorporado a su plan.

—La Corona imperial del Estado nunca sale de la Torre de Londres —continuó la guía—, salvo en ocasiones oficiales como la ceremonia de apertura del Parlamento, cuando su majestad luce la corona mientras pronuncia el Discurso de la Reina ante la Cámara de los Lores. Observen atentamente...

Ross se volvió y asintió firmemente con la cabeza.

El Halcón cogió el teléfono y oyó una voz desconocida.

—Buenas tardes, comandante Hawksby. Me llamo Paul Dacre, y soy el director del *Daily Mail*.

—Buenas tardes, señor Dacre —respondió el Halcón, muy consciente de que estaba hablando con el director de prensa más poderoso de Fleet Street.

—Acabo de recibir una llamada de una fuente fidedigna que afirma que esta mañana, en la ceremonia de apertura del Parlamento, la reina no llevaba la Corona imperial del Estado sino una réplica de escaso valor. ¿Quiere hacer algún comentario?

—¿Y quién, si me permite la pregunta, es esa fuente fidedigna? —dijo el Halcón, a pesar de que sabía la respuesta.

—No estoy autorizado para revelarlo.

—Entonces yo tampoco estoy autorizado para responder a su intento de sacarme información.

—Lo que sí puedo decirle —dijo Dacre antes de que el Halcón pudiera colgar— es que mi fuente también sostiene que la corona real debería haber sido devuelta a la Torre esta tarde por su subalterno, un tal comisario jefe Warwick, y que no ha sido así.

—No tengo ni idea de qué me está hablando —dijo el Halcón, clavando la mirada en una mesa vacía en la que, apenas unos instantes antes, había estado la corona falsa.

—Entonces, comandante, le sugiero que mañana por la mañana lea la primera edición de nuestro periódico, y así sabrá exactamente de qué le estoy hablando —respondió Dacre mientras la línea dos se iluminaba en el teléfono del Halcón.

—Descuide, eso haré —dijo el Halcón, colgando a Dacre antes de responder a la línea dos.

—Buenas tardes, comandante, soy…

—Buenas tardes, gobernador —respondió Hawksby—. Estaba a punto de llamarle para advertirle de que cuente con que le va a llamar el director del *Daily Mail*.

—Ya se ha comunicado conmigo —dijo el gobernador con voz angustiada—. Me dijo que va a enviar al corresponsal especializado en la realeza acompañado de un fotógrafo para que saque una foto de la Corona imperial del Estado de 1937. Tengo varias coronas y diademas a mi disposición, comandante, pero, como bien sabe, esta no se encuentra entre ellas.

—Llame de nuevo a Dacre y dígale que la Torre está cerrada. Estoy convencido de que la corona volverá a estar expuesta en su lugar cuando abran ustedes al público mañana por la mañana.

—En circunstancias normales, seguro que colaría —dijo el gobernador—, pero por desgracia Dacre tenía prevista esta posibilidad y me ha dicho que ya se ha puesto en contacto con el joyero de la Corona, el señor Thomas, para que verifique la autenticidad de la corona. Pero cuando vaya el señor Thomas, se va a encontrar con que lo único que hay para verificar es un cojín de terciopelo.

—Dígale al señor Thomas que puede ver la corona mañana a las diez, como el resto del mundo.

—Ojalá pudiera —contestó el gobernador—. Pero desgraciadamente, por culpa de un tal coronel Blood, eso no es posible. Le ahorro los detalles, comandante, pero en 1673 el rey Carlos II hizo pública una proclama que permitía al joyero de la Corona acceder a la Torre en cualquier momento del día o de la noche, y nadie, repito, nadie, ni siquiera su majestad, puede impedirle que cumpla con su deber.

—¿Y no estará de viaje en el extranjero, o tal vez haya salido a cenar, o al teatro, o…?

—En estos momentos, el señor Thomas va de camino a la Torre —anunció el gobernador, cortándole en seco—. Dacre le ha dicho que tiene motivos para pensar que la corona puede haber sido robada, y eso es lo que les va a contar a sus tres millones de lectores mañana por la mañana, a no ser que Thomas diga lo contrario. Francamente, lo único que va a ver ahora es un expositor vacío.

—Finja todo lo que pueda, y volveré a ponerme en contacto con usted en cuanto tenga alguna novedad.

El Halcón colgó y se puso a tamborilear con los dedos sobre la mesa mientras esperaba impaciente a que le llamase Ross. El teléfono empezó a sonar y lo cogió como si fuera una cuerda de salvamento. Era su secretaria.

—Es el comisario general, que le devuelve la llamada.

El director del *Daily Mail* se apoyó contra una esquina de su escritorio, deseando empezar la reunión editorial vespertina.

—Solo hay una historia en la que merezca la pena volcarse, porque va a dominar la agenda periodística de los próximos días, incluso semanas. Y, como tenemos la exclusiva, el resto de Fleet Street nos irá pisando los talones.

Nadie le interrumpió.

Dacre empezó a informar a los jefes de sección de la conversación que había sostenido con un eminente consejero de la reina, sin mencionar ni una sola vez su nombre, como tampoco las evasivas que le había dado el comandante Hawksby ni las respuestas tan poco convincentes que había recibido del gobernador residente cuando le había pedido que confirmase que la corona no había sido devuelta esa tarde a la Casa de las Joyas.

—Bueno, Matt, empecemos por ti —le dijo bruscamente al corresponsal de asuntos de la realeza—. Quiero que me escribas mil palabras. La historia de la corona, detalles de las joyas y, lo más importante, cuánto vale. Nada de «incalculable»; quiero ceros, cuantos más mejor.

El pequeño grupo reunido en el despacho del director iba anotando todas sus palabras sin levantar ni una vez los ojos del papel.

—Mientras, escribiré un editorial sobre los cuatro imbéciles que han permitido que suceda esta catástrofe, y pediré que dimitan. Necesito fotos del gobernador residente de la Torre, del comandante Hawksby, que está al frente del Servicio de Protección de la Casa Real, y del comisario jefe William Warwick; también de su segundo de a bordo, que no sé cómo se llama. Y no olvidéis que solo disponemos de un par de horas antes de que se empiece a imprimir la primera edición.

—Perdón por la pregunta —dijo el corresponsal de asuntos de la realeza—, pero ¿qué pasa si descubrimos que la verdadera corona ha vuelto a la Torre y el señor Thomas dice que esa de la que habla su eminente consejero de la reina no es más que una réplica?

—Entonces voy a necesitar una foto de la réplica y la foto más reciente que tengamos de Miles Faulkner.

—¿Quién es? —preguntó el jefe del departamento de fotografía.

—El principal cliente del eminente consejero de la reina —interrumpió el jefe de la sección de sucesos—, que en estos momentos está en Wormwood Scrubs y que, según me han dicho, mañana comparecerá en los tribunales para solicitar la libertad bajo fianza.

—Y para entonces todos los periódicos tendrán ya la historia —dijo Dacre—. Así que no podemos perder ni un segundo.

—¿Qué titular ponemos si resulta que Faulkner se ha estado tirando un farol y solamente tiene una réplica de la corona? —preguntó el director adjunto.

—«Entre rejas de por vida». Retrasa la primera plana lo más posible, pero dile a la sala de imprenta que, si Faulkner tiene en su poder la auténtica corona, imprimiremos un millón de copias más.

—¿Y si es la réplica?

—Medio millón. En cualquiera de los dos casos, aumentará nuestra tirada y nos mantendrá por delante de nuestros rivales —dijo Dacre—. Aunque sé cuál de las dos posibilidades prefiero.

Rebecca dio un paso atrás y soltó un grito desgarrador. Todos los presentes en la Sala de la Realeza excepto Ross y un niño se giraron inmediatamente y vieron a la princesa Diana tirada en el suelo, decapitada. A su lado había una joven de rodillas, llorando.

Ross pasó por encima de la cuerda y disparó la alarma, pero treinta segundos después, cuando el primer guarda de seguridad entró corriendo en la sala, había terminado su tarea.

—Cuánto lo siento —dijo Rebecca sin parar de llorar, mientras Jackie, todavía de rodillas, intentaba consolarla.

—Sé que no se lo va a creer, señorita —dijo el guarda—, pero con esta ya van dos veces esta semana. De hecho, todavía están reparando al príncipe Carlos.

Los tres agentes de policía le creyeron, pero fingieron sorprenderse.

—¡Mamá! —gritó el niño a voz en cuello—. Ese hombre acaba de robar la corona —dijo, señalando la espalda de Ross mientras este se escabullía de la Sala de la Realeza.

Un guarda de seguridad corrió a comprobarlo, pero la corona seguía en su sitio. Miró al niño con cara de pocos amigos y volvió a lo que quedaba de la princesa Diana.

Paul estaba ayudando a Rebecca a levantarse para cuando Ross llegó a la Sala de los Presidentes. Pasó por delante de Washington, Jefferson, Lincoln y Kennedy sin mirarlos dos veces. Lo primero que vio al salir por la puerta principal fue un coche de policía con tres motoristas de élite delante y otros dos detrás. La puerta trasera del coche se abrió. Era evidente que le estaban esperando.

Ross se lanzó al asiento del pasajero, y no había cerrado aún la puerta cuando el grupo de escoltas salió disparado a una velocidad desconocida en Londres, a no ser que pertenecieras a la familia real o fueras un delincuente dándose a la fuga. Ross no estaba seguro de qué era él.

Cogió el teléfono del reposabrazos e inmediatamente llamó al comandante para decirle que estaba en posesión de la Corona imperial del Estado y que había dejado la réplica sobre una figura de cera de la reina, como merecía.

—¿Y el resto del equipo? —preguntó el Halcón.

—Están intentando reconstruir a Humpty Dumpty.

El Halcón se rio por primera vez desde hacía días, pero enseguida pasó a su siguiente problema.

—El corresponsal de asuntos de la realeza del *Daily Mail* y un fotógrafo van ya de camino a la Torre. Han salido de Blackfriars Road, así que seguro que llegarán mucho antes que tú. De todos modos, el gobernador me asegura que puede retenerlos hasta que llegues. Por desgracia, esto no vale para el joyero de la Corona, un tal señor Thomas de la casa Garrard, que tiene derecho a entrar en la Casa de las Joyas en cualquier momento del día o de la noche. Y no hay nada que se pueda hacer para impedírselo.

—¿Dónde se encuentra ahora? —preguntó Ross.

—Ya está de camino, pero va a descubrir que todos los semáforos del trayecto están en rojo coja la ruta que coja, mientras que los tuyos van a estar todos en verde. A pesar de eso, todavía te va a costar llegar a la Torre antes que él. Los periodistas seguro que llegan primero, pero el gobernador los retendrá hasta que llegue Thomas. Aunque si el joyero de la Corona aparece antes que tú…

—Entonces, gana Faulkner —dijo Ross mientras pasaban a toda velocidad por delante de Marble Arch y seguían por Park Lane en dirección a Hyde Park Corner.

El Halcón se limitó a decir:

—Mantén esta línea abierta para que sepa en todo momento dónde estás y te pueda ir informando de las novedades.

—De acuerdo —dijo Ross.

Se quedó mirando con admiración la elegante rutina de sus colegas del Grupo de Escolta Especial, que se encargaban de que el vehículo avanzase sin obstáculos. A pesar de ser tan competentes, Ross aún no tenía claro que fuese a llegar a tiempo a la Torre.

El gobernador residente y el exponedor jefe se encontraban junto a una larga vitrina vacía, que durante trescientos sesenta y tres días al año estaba ocupada por la Corona imperial del Estado. Se les había acabado la charla trivial. Sonó el teléfono.

—Han llegado los dos caballeros de la prensa, señor —dijo el jefe de alabarderos—. Les he explicado que no pueden entrar en la Casa de las Joyas hasta que no aparezca el señor Thomas.

—E incluso entonces, intente retenerlos el mayor tiempo posible —susurró el gobernador—. Unos minutos podrían ser cruciales.

Debería haber dicho segundos.

—Ahora mismo estoy dando la vuelta a Hyde Park Corner —dijo Ross—. Por ahora nada nos ha retrasado. ¿Dónde está el joyero de la Corona?

—El señor Thomas está entrando en la plaza del Parlamento en este mismo instante, de modo que te saca unos ocho minutos de ventaja. Pero todavía tiene que vérselas con once semáforos: a lo largo del Embankment, todos se van a poner en rojo justo antes de llegar él. En cuanto entre en la City, los semáforos ya no estarán bajo mi control. Pero tú sigue. Cada vez estás más cerca de él.

—¿Dónde estás? —preguntó Dacre.

—Estoy mano sobre mano en un lugar llamado la Torre Central —respondió el corresponsal de asuntos de la realeza—. No nos dan permiso para entrar en la Casa de las Joyas hasta que llegue el señor Thomas. ¿Alguna idea de cuándo puede ser eso?

—El señor Thomas acaba de llamar para decir que nunca había visto tan mal el tráfico. Es como si todos los semáforos se pusieran en rojo nada más llegar él. Espera reunirse contigo en unos cinco o seis minutos como mucho.

—Tengo la clara sensación de que están intentando impedir que nos acerquemos siquiera a la Casa de las Joyas —dijo el corresponsal.

—Me alegra saberlo —dijo el director.

—¿Dónde estás? —vociferó el Halcón.

—Estoy bajando por Constitution Hill en dirección al palacio de Buckingham —dijo Ross—. ¿Cree que su majestad tiene alguna idea de lo que estamos haciendo en su nombre?

—Dile a tu conductor que cruce el puente de Westminster —dijo el Halcón, sin hacer caso del comentario— y se dirija hacia la Torre por el lado sur del río; si no, acabarás detrás del señor Thomas, y entonces seguro que llega él antes que tú.

—Acabo de dejar atrás los dos dragones que marcan el límite de la City —dijo Thomas—, y el tráfico, inexplicablemente, es mucho más fluido. Así que calculo que llegaré a la entrada principal de la Torre en unos cinco minutos.

—¿Dónde va a aparcar? —preguntó Dacre—. En la City hay doble línea amarilla por todas partes.

—Donde aparco siempre —dijo Thomas sin dar explicaciones.

—Ahora mismo estoy al sur del río y me dirijo por Tooley Street hacia el Puente de la Torre —dijo Ross—. En unos ocho minutos llegaré a la puerta Este. Eso, suponiendo que no me retrase nada.

320

—Verás que la puerta Este ya está abierta, pero solo puedes arriesgarte a llegar con el coche hasta el foso, que está a unos cien metros. Si alguien viera que cinco motos de policía y un coche patrulla entran en la Torre, la prensa no tendría que atar muchos cabos para comprender que todo lo que le ha dicho Booth Watson es cierto. De manera que cuando llegues a la puerta Este, deshazte de la escolta y cruza andando por el puente levadizo central. Al otro lado habrá un contacto esperándote. Puedes darle la corona.

—Es William, ¿no? —dijo Ross.

—No, él ya está en la Casa de las Joyas con el gobernador. Es…

—Thomas acaba de pasar por delante de la Mansion House —interrumpió una voz—, pero aún tiene que encontrar un sitio donde aparcar.

—Entonces calculo que tengo un par de minutos más —dijo Ross mientras su pequeña comitiva giraba a la izquierda después de la catedral de Southwark y ponía rumbo al Puente de la Torre.

—No cuentes con ello —dijo el Halcón.

Una sirena de niebla sonó tres veces y distrajo a Ross, que al mirar a su derecha vio un enorme yate que se dirigía directamente hacia el puente. Al volver la cabeza, por la ventanilla delantera vio una fila de lucecitas rojas. El tráfico se había parado en seco.

—¡Vamos, tú puedes! —gritó, aunque el conductor no necesitó que le animase a sortear el tráfico, ignorar las luces rojas y entrar acelerando en el puente que lentamente empezaba a elevarse.

Ross se abrochó el cinturón, se agarró a la corona y se puso a rezarle a un dios en el que no creía.

Los tres escoltas motorizados que iban en cabeza salvaron volando el pequeño hueco mientras el conductor del coche patrulla pisaba con fuerza el acelerador. Al llegar al hueco, despegó, y por unos segundos se quedó suspendido en el aire antes de caer estrepitosamente al otro lado del puente, como un avión en un mal aterrizaje.

Los dos motoristas de refuerzo dieron un volantazo y derraparon hasta detenerse al llegar al borde de la creciente abertura. No tuvieron más remedio que ver el yate pasando serenamente por debajo.

—¿Dónde estás? —preguntó el Halcón mientras lo que quedaba de la comitiva continuaba su camino por el otro lado del puente.

—A unos dos minutos de la puerta Este —dijo Ross, que acababa de decidir que no era el momento para decirle al comandante que cinco segundos más y la corona habría acabado en el fondo del Támesis.

El director del *Daily Mail* se quedó mirando el titular provisional.

EXCLUSIVA: ROBAN JOYAS DE LA CORONA EN LA TORRE DE LONDRES

Una fotografía a color de la Corona imperial del Estado de 1937 dominaba la primera plana. El director miró el titular alternativo:

FAMOSO DELINCUENTE EN ROBO FALLIDO DE LAS JOYAS DE LA CORONA

—Todavía necesito una foto de la corona falsa —gritó Dacre—, además de una foto actualizada de Faulkner.

—No va a ser fácil —dijo el director adjunto—. Nadie sabe dónde está la corona falsa, y en estos momentos Faulkner está recluido en régimen de aislamiento.

—No pongas excusas —dijo Dacre, señalando a su reportero de la sección de sucesos—, y hazme un perfil de Faulkner de mil palabras en el que expliques por qué, para empezar, no habría que haberle sacado de la cárcel.

—¿Y si la corona no está en la Torre y solo Faulkner sabe dónde está? —preguntó el corresponsal jefe de la sección de sucesos.

—Entonces, mil palabras sobre el nuevo Raffles. El caballero con corbata de exalumno de Harrow School que ha dado sopas con honda a la flor y nata de Scotland Yard, dejándolos a la altura de los polis del cine mudo. En cualquier caso, solo me quedan cuarenta y cinco minutos para decidir qué titular saco. Así que aseguraos de que tenéis los dos artículos listos para que les eche un vistazo antes de que entremos a imprenta.

Todos salvo el director salieron del despacho y rápidamente volvieron a sus mesas. Algunos se pusieron a hacer llamadas mientras otros escribían los primeros párrafos, conscientes de que solo disponían de cuarenta y cinco minutos antes de que los rotativos se pusieran en marcha.

El señor Thomas aparcó su coche en línea amarilla en Lower Thames Street, a tan solo cien metros de la entrada de la Torre. Bajó rápidamente la cuesta en dirección a la puerta Oeste, donde vio que había un comité de bienvenida esperándole, además del jefe de alabarderos, que llevaba un gran manojo de llaves. Él no tenía un gesto tan agradable. ¿Podría ser que…?

El señor Thomas tuvo que firmar en el libro de visitas antes de que el jefe de alabarderos cogiera el teléfono y marcase el número de la Casa de las Joyas. La llamada tardó en ser respondida.

—Ha llegado el señor Thomas, señor. ¿Le acompaño a la Casa de las Joyas?

El gobernador miró la vitrina vacía en la que solo había un mullido cojín de terciopelo rojo. Aceptó que podría ser el gobernador residente con menos tiempo en el cargo de los mil años de historia de la Torre y que sería recordado para toda la eternidad como el hombre que entregó las joyas de la Corona a un delincuente. Podía oír a Faulkner diciéndole al jurado: «¡Si hasta aceptó una invitación del lord chambelán para almorzar con él en su club, White's!». Esa tarde, cuando le había advertido a su mujer de lo que podía sucederle, ella le había recordado que tres antiguos gobernadores habían sido decapitados.

—Eso quizá duela menos —había respondido él.

—¿Hay algo que pueda hacer yo para ayudar?

—Sí, mientras todavía haya una posibilidad remota…

—Sí, por favor, acompañe al señor Thomas a la Casa de las Joyas. Le estaré esperando.

—¿Y los caballeros de la prensa?

—Sí, que vengan también. Si me van a decapitar… —empezó a decir el gobernador, interrumpiéndose al ver un mensaje parpadeando en la pantalla de su móvil.

Acabo de llegar a la puerta Este. He dejado a los motoristas y me dirijo hacia el puente central a pie. Con usted en menos de un minuto.

—Esto, caballeros —dijo el alabardero, haciendo una pausa—, es la Torre Martin, donde se guardaron las joyas de la Corona en el siglo XVI, pero quizá más interesante sea…

—No he venido aquí a que me den una lección de historia —dijo Thomas, sin interrumpir el paso.

—Cuando cruce el foso —respondió el gobernador—, se encontrará a su contacto esperándole al otro lado y…

Ross cruzó corriendo el puente central y, al llegar al otro lado, susurró de manera audible:

—¿Dónde está?

—Aquí —dijo una voz que no reconoció. Una figura salió de entre las sombras, cogió la bolsa y echó a correr por la cuesta que llevaba a la Casa de las Joyas.

Ross habría salido corriendo detrás de la figura si un hombre elegantemente vestido, que se imaginó que sería Thomas, no hubiera pasado de largo seguido de un alabardero, un fotógrafo y un tipo que supuso que sería el corresponsal especializado en la realeza del *Daily Mail*. Ross, un espectador involuntario, volvió a esconderse entre las sombras.

Los cuatro estaban doblando la esquina de lo alto de la cuesta en el mismo instante en el que la figura ladrona de bolsas llegaba a la Casa de las Joyas. La pesada puerta se abrió poco a poco y entraron con sigilo. La puerta se cerró de golpe y una llave giró en la cerradura.

El exponedor jefe alzó la vista y vio a una persona que reconoció dirigiéndose hacia él. Al llegar, se plantó delante y le dio la bolsa.

—Esto es muy anómalo —dijo el exponedor jefe, sacando amorosamente la Corona imperial del Estado de la bolsa. La estaba dejando sobre el cojín cuando todos oyeron una llave girando en la cerradura—. Muy anómalo —repitió en el mismo momento en el que se abría la puerta de par en par.

El señor Thomas entró resueltamente seguido del jefe de alabarderos y dos personas no invitadas. Se acercó dando zancadas hasta el gobernador y, sin darle siquiera la oportunidad de presentarse, dijo:

—¿Por qué no está encerrada esta corona en su vitrina de exposición?

—Di orden de que quitaran la vitrina cuando me dijeron que estaba usted viniendo desde la Torre Central —dijo con calma el gobernador residente—. Lamento que le avisaran con tan poco tiempo, sobre todo porque me han dicho que tiene una invitada muy especial a cenar.

—Tenía —dijo Thomas mientras sacaba una lupa de un bolsillo interior, la limpiaba con su pañuelo y daba un paso al frente para examinar la corona con más detenimiento.

Apenas tardó unos instantes en darse la vuelta, y con los ojos clavados en el corresponsal y en su fotógrafo, dijo:

—¿Cuál de ustedes es el mentecato que me ha obligado a dejar a un miembro de la realeza para venir aquí a perder el tiempo?

El fotógrafo dio un paso atrás mientras el corresponsal de la realeza tartamudeaba:

—Pensábamos que…

—Ese es el problema —dijo Thomas—. Que no han pensado.

—Entonces, ¿me está diciendo que esta es la corona auténtica?

—A usted y a todo el que quiera escucharme —dijo Thomas.

—Pero ¿la reina la llevó esta mañana en la ceremonia de apertura? —insistió el corresponsal mientras el fotógrafo empezaba a sacar foto tras foto.

—Sí, a no ser que tenga otra —escupió Thomas, sin intentar disimular el sarcasmo. A continuación, se volvió hacia el gobernador y dijo—: Lo siento, pero voy a tener que dejarles para volver antes de que se marche Su Alteza Real.

—Le pido disculpas —dijo el gobernador— si le hemos causado alguna molestia.

—Usted no tiene la culpa, amigo. Perdone, debo irme enseguida.

—Claro que sí, señor Thomas. Pero antes de que se vaya, permítame que le presente a mi esposa, Caroline.

—Encantado, *lady* Faber —dijo Thomas, haciendo una ligera reverencia —. Espero que volvamos a vernos en otra ocasión en la que no tenga tanta prisa —añadió antes de marcharse sin decir una palabra más.

Mientras conducía de vuelta a Chelsea, Thomas no pudo evitar fijarse en que todos los semáforos estaban en verde. Y, más desconcertante todavía: ¿qué hacía la mujer del gobernador en la Casa de las Joyas a esas horas de la noche? ¿Y por qué llevaba un chándal negro, deportivas negras y una bolsa de la tienda de la Torre de Londres? ¿Podría ser que…?

—Hemos estado peligrosamente cerca… —dijo el gobernador cuando los dos periodistas, contrariados, se hubieron marchado a regañadientes de la Casa de las Joyas sin una historia que contar.

William se quedó mirando la Corona imperial del Estado, mientras el exponedor jefe volvía a colocarla en la vitrina, y no pudo menos que darle la razón al gobernador.

—¿Le apetece venir luego a tomar algo con mi esposa y conmigo para celebrarlo? —sugirió el gobernador—. Creo que los dos nos lo hemos ganado.

—Muy anómalo —repitió el exponedor jefe mientras activaba de nuevo la alarma.

—Gracias —dijo William—, pero primero he de ir a rescatar a mi colega y a darle la buena nueva.

—¿Y por qué no le pide al inspector Hogan que nos acompañe? —dijo la mujer del gobernador—. ¿Qué veneno bebe?

—Guinness, señora —dijo William conteniendo una risita, y se fue en busca de Ross.

Ross salió de las sombras nada más ver a William caminando con determinación hacia el puente levadizo central. Cuando le propuso que le acompañase a tomar algo con el gobernador y su mujer, Ross se limitó a decir:

—Tendrá que ser breve. He quedado a cenar con Alice a las ocho, y no le gusta que le hagan esperar.

—Cada día suenas más como un hombre casado —bromeó William.

—Ojalá —dijo Ross mientras se dirigían a la residencia del gobernador.

William se sacó un teléfono móvil de un bolsillo interior.

—Pero primero tengo que llamar al Halcón para ponerle al día.

—Ya lo he hecho yo —dijo Ross.

—¿Cómo es posible que sepas lo que ha pasado en la Casa de las Joyas si ni siquiera estabas allí?

—Tres pistas, comisario jefe —respondió Ross—. Primero, no creo que el joyero de la Corona se hubiese marchado tan deprisa si la corona no hubiese estado otra vez en su sitio. Se habría quedado a pedir explicaciones.

—Bueno, es una pista circunstancial como mucho.

—Quizá —dijo Ross—, pero las caras de resignación de los dos gacetilleros que salieron tras él unos instantes más tarde confirmaron mis sospechas.

—No me parece concluyente.

—Querido Watson —dijo Ross mientras hacía como que tocaba el violín—, los dos habrían echado a correr con el teléfono pegado a la oreja si hubiesen conseguido su exclusiva para la portada. En cualquier caso, había una pista final que habría convencido a cualquier jurado.

—¿A saber? —preguntó William, parándose en seco y mirando a los ojos a su amigo, que era evidente que había decidido mantenerle en vilo un rato más—. ¡Desembucha de una vez!

—El siguiente tipo que salió de la Casa de las Joyas parecía bastante satisfecho de sí mismo…

—Me confieso culpable —reconoció William—. Pero aún tengo que llamar al comandante para pedirle que se encargue de que Faulkner salga del aislamiento.

—¿Y eso por qué, si se puede saber?

—Elemental, querido Hogan —dijo William mientras se encaminaban a la residencia del gobernador—. Pero te voy a dejar unos minutos pensando mientras hablo con el Halcón. La conversación va a ser breve, porque él seguro que no necesita que le diga por qué.

Nadie se sorprendió más que Miles cuando un funcionario de prisiones de alto rango abrió la puerta de su celda y le dijo que le levantaban el aislamiento.

—¿Por qué? —preguntó Miles, receloso, mientras salía al pasillo detrás del funcionario.

—A mí no me pregunte —dijo el interpelado acompañando al preso por un largo y oscuro pasillo hasta su celda de la primera planta—. No me pagan para eso.

—Tengo que llamar a mi abogado —dijo Miles, parpadeando al salir de nuevo a la luz del día.

—Está en su derecho, señor Faulkner. Pero no olvide que solo se permite una llamada al día y que le cortarán a los tres minutos.

No iba a necesitar tres minutos para que Booth Watson le confirmase que había informado al director del *Daily Mail* de que la Corona imperial del Estado no había sido devuelta a la Torre de Londres después de la ceremonia de apertura del Parlamento. No obstante, cuando compareciese ante el tribunal por la mañana, revelaría por fin dónde podían encontrarla… pagando las cinco libras que costaba la entrada. Miles tenía el pálpito de que iba a actuar ante un nutrido público.

—Y no olvide, señor Faulkner —dijo el funcionario, bajando la voz—, que todo lo que diga será grabado.

—¿Qué más puedo pedir? —dijo Miles mientras se dirigía a la cabina de teléfono imaginándose que el comandante Hawksby y su equipo iban a escuchar todas y cada una de sus palabras.

Booth Watson cogió el auricular. Sabía perfectamente quién estaba al otro lado, porque solo una persona más tenía aquel número.

—He salido del aislamiento, BW, y supongo que tengo que agradecértelo a ti, ¿no? —Fueron las primeras palabras de Miles, que no tenía tiempo que perder.

—Me gustaría llevarme el mérito —dijo Booth Watson—, pero no, sospecho que fue Warwick quien lo organizó.

—Pero ¿por qué, cuando estoy a punto de darle tantos problemas?

—La respuesta más sencilla, Miles, es que de nuevo has subestimado a tu comisario jefe favorito.

—Pero cuando me presente mañana en los tribunales, ¿cómo va a explicar Warwick que se me ha acusado de robar la Corona imperial del Estado?

—Añadiendo tres palabras a la hoja de cargos.

—¿Qué tres palabras?

—«Una réplica de», que no robaste de la Torre de Londres sino del Museo de Cera de Madame Tussauds.

—No se van a salir con la suya.

—Ya lo han hecho —dijo Booth Watson—. El comandante Hawksby le ha dado al *Daily Mail* una exclusiva bajo condición de anonimato con una foto de la corona falsa que sospecho que va a ser portada en el periódico de mañana.

—¿Y qué van a contar?

—Que fuiste detenido en la Entrada del Soberano de la Cámara de los Lores en posesión de una réplica de la Corona imperial del Estado que habías robado poco antes del Museo de Cera de Madame Tussauds. Hasta les ha dado una foto tuya reciente…, la que te sacaron cuando estabas bajo custodia policial, nada más detenerte.

—Cuando declare mañana desde el estrado de los testigos —respondió Miles—, Warwick va a ser el hazmerreír de todos.

—Me da la impresión de que cuando el juez que preside, y no digamos la prensa, examinen la réplica, serás tú el objeto de las carcajadas, y su eco te seguirá hasta la cárcel de Wormwood Scrubs.

—Pero los dos coches con las matrículas falsas deberían ser pruebas suficientes de que mi equipo entró en la Torre y de alguna manera consiguió salir con la Espada del Estado y la Corona imperial del Estado.

—Los dos coches están acumulando polvo en un depósito de Wandsworth, con sus matrículas originales otra vez en su sitio, y seguro que Lamont los reclamará la semana que viene, cuando vuelva de Milán.

—Pero Bruce confirmará mi versión.

—Lo dudo, Miles… A no ser, claro, que quiera acompañarte a Wormwood Scrubs. No, más bien me temo que el excomisario estará encantado de pagar una pequeña tasa de desmovilización para poder reclamarlos, y no me sorprendería que de aquí a una semana ya se los hubiese revendido a los de la compraventa de coches a un buen precio.

—En cuanto salga en libertad provisional, voy a contarles a todos los periódicos la verdad de lo que sucedió.

—No creo que te den la provisional tan pronto —dijo Booth Watson.

—¿Por qué no? La corona falsa no puede ser tan valiosa.

—El director del Madame Tussauds ha hecho una declaración por escrito a la policía. Afirma que la corona es obra de uno de los principales artesanos del país, que ha costado más de veinte mil libras, y que tiene la factura para demostrarlo. También señala en su declaración que es una de las atracciones más populares del museo. Después felicita cordialmente a la policía y en particular al comisario jefe Warwick por el grato regreso de la corona al museo, y recuerda a todo el mundo que volverá a estar expuesta cuando el museo abra mañana por la mañana a las diez. De manera, Miles, que, dadas las circunstancias, es poco probable que te libres de cuatro años de cárcel como mínimo, teniendo en cuenta tu historial. Pero tendré mucho gusto en seguir tus instrucciones.

—Te voy a decir exactamente lo que quiero que hagas…

El teléfono empezó a zumbar. Tres minutos de lo más satisfactorios.

El comandante Hawksby apagó la cinta. También a él le habían parecido tres minutos de lo más satisfactorios, y decidió seguir el sabio consejo de Booth Watson.

Llamó al director del *Daily Mail* y le dio una exclusiva, junto con una foto de la réplica de la corona y una foto actualizada de Miles Faulkner. Al fin y al cabo, ¿no era eso exactamente lo que le había aconsejado Booth Watson que hiciera?

El Halcón no acababa de decidirse: ¿quién era más canalla, Miles Faulkner o Booth Watson, consejero de la reina? En opinión de William, estaban empatados.

Ross sonrió cuando la mujer del gobernador le dio a él una Guinness y a William una copa de champán.

—Ya lo entiendo —dijo Ross.

—Entiende ¿qué? —preguntó el gobernador.

—Ya sé por qué han sacado a Faulkner de la celda de aislamiento.

—Porque ya no supone ninguna amenaza —dijo el gobernador—, y no nos conviene que la ciudadanía piense que alguna vez lo fue.

—¿No querrá usted incorporarse a mi equipo, gobernador? —dijo William—. Sé incluso a quién sustituiría.

—No, gracias, comisario jefe. De hecho, no quiero verlos a ninguno de los dos hasta el año que viene.

Ambos se rieron mientras la mujer del gobernador volvía a llenarles las copas y decía:

—¿Puedo preguntar a cuál de los dos debemos dar las gracias por que mi marido no vaya a ser ejecutado de manera sumaria?

—La modestia me lo impide, señora… —empezó a decir Ross.

—Llámeme Caroline, por favor —insistió ella.

Ross levantó su vaso fingiendo un brindis. De buena gana le habría dicho William que dejase de flirtear, pero habría sido como pedirle a un gato que indultase a un ratón.

—Lo cierto —dijo William— es que la agente que primero lo dedujo fue la joven subinspectora Rebecca Pankhurst, un excelente miembro de mi equipo.

—Es mi número dos, Caroline —dijo Ross.

—Solo en cuanto a rango —dijo William—, y no por mucho más tiempo. Pero he de confesar que Ross fue quien hizo el trabajo pesado.

—Entonces alcemos las copas y brindemos por Rebecca —dijo el gobernador—, que nos ha salvado a todos la vida.

—¡Por Rebecca! —dijeron al unísono mientras el teléfono de Ross empezaba a sonar.

Ross se imaginó que sería Alice para preguntar dónde estaba, y ya tenía preparada una excusa.

—¿Inspector Hogan? —dijo una voz que no reconoció—. Soy el gerente del Madame Tussauds. Disculpe que le moleste, pero creo que debería saber que su hija está sentada en el tajo de ejecución y se niega a moverse hasta que venga usted a buscarla.

Agradecimientos

Quiero agradecer los inestimables consejos y la ayuda documental de Simon Bainbridge, Alain Baron, Michael Benmore, Jonathan Caplan KC (consejero del rey), Kate Elton, Stephen Froggatt, Alison Prince y el dr. David Smith.

Agradecimientos especiales a:
La subinspectora Michelle Roycroft (retirada)
El comisario general John Sutherland (retirado)